Avoir un (ex)
petit ami gai :
mode d'emploi

Avoir un (ex)
petit ami gai :
mode d'emploi

Carrie Jones

Traduit de l'anglais par
Jo-Ann Dussault

Copyright © 2007 Carrie Jones
Titre original anglais : Tips on Having a Gay (ex) Boyfriend
Copyright © 2012 Éditions AdA Inc. pour la traduction française
Cette publication est publiée en accord avec Llewellyn Publications, Woodbury, MN, www.fluxnow.com

Éditeur : François Doucet
Traduction : Jo-Ann Dussault
Révision linguistique : Féminin pluriel
Correction d'épreuves : Nancy Coulombe, Katherine Lacombe
Conception de la couverture : Mathieu C. Dandurand
Photo de la couverture : © Thinkstock
Mise en pages : Sébastien Michaud
ISBN papier 978-2-89667-607-1
ISBN PDF numérique 978-2-89683-454-9
ISBN ePub 978-2-89683-455-6
Première impression : 2012
Dépôt légal : 2012
Bibliothèque et Archives nationales du Québec
Bibliothèque Nationale du Canada

Éditions AdA Inc.
1385, boul. Lionel-Boulet
Varennes, Québec, Canada, J3X 1P7
Téléphone : 450-929-0296
Télécopieur : 450-929-0220
www.ada-inc.com
info@ada-inc.com

Diffusion
Canada :   Éditions AdA Inc.
France :   D.G. Diffusion
                  Z.I. des Bogues
                  31750 Escalquens — France
                  Téléphone : 05.61.00.09.99
Suisse :   Transat — 23.42.77.40
Belgique :   D.G. Diffusion — 05.61.00.09.99

Imprimé au Canada

Participation de la SODEC. ᏚᎧᎠᎬᏟ
Nous reconnaissons l'aide financière du gouvernement du Canada par l'entremise du Fonds du livre du Canada (FLC) pour nos activités d'édition.
Gouvernement du Québec — Programme de crédit d'impôt pour l'édition de livres — Gestion SODEC.

Catalogage avant publication de Bibliothèque et Archives nationales du Québec et Bibliothèque et Archives Canada

Jones, Carrie

  Avoir un (ex) petit ami gai : mode d'emploi
  (Belle ; 1)
  Traduction de : Tips on Having a Gay (ex) Boyfriend.
  Pour les jeunes de 12 ans et plus.
  ISBN 978-2-89667-607-1
  I. Dussault, Jo-Ann. II. Titre.

PZ23.J66Av 2012   j813'.6   C2012-940876-X

Pour Emily et Doug, Betty et Lew,
avec tout mon amour.

Pour Ned
Parce qu'il avait confiance et qu'il nous manque.

Samedi

IL VEUT SAVOIR POURQUOI cela se produit.

— Pourquoi ? demande-t-il. Pourquoi ?

Tu secoues la tête et tu lui réponds :

— Je ne sais pas.

Il s'enfonce dans le ridicule canapé en velours côtelé de ta mère et détourne son regard. Du bout de son index, il donne une chiquenaude à une feuille de sa plante tropicale. Il attend que tu parles.

Qu'es-tu censée dire ?

Nous allons d'abord marcher. Nous marchons dehors, sous les étoiles d'octobre. Nous nous tenons par la main. Il fait froid. Très froid. La lumière tamisée provenant des fenêtres de nos voisins nous salue. Aucun véhicule à l'horizon parce qu'il n'y a pas beaucoup de gens, à Eastbrook, dans le Maine, qui circulent à 23 h. C'est triste, mais c'est ainsi.

Tandis que nous avançons, j'attends en silence, parce qu'à la maison, Dylan m'a fait savoir qu'il avait quelque chose d'important à me dire. Je suppose que cela concerne l'université, l'an prochain; le fait que nous allons fréquenter d'autres étudiants et tout ce que cela allait entraîner; et la façon dont nous avions déjà décidé de terminer l'année, de passer l'été ensemble et de laisser les choses suivre leur cours. Ses lèvres esquissent une moue d'inquiétude, comme cela lui arrive juste avant un examen d'algèbre avancé. J'ai envie de l'embrasser afin qu'il cesse de s'inquiéter à propos des choses qui, je sais, le préoccupent.

Le froid m'empêche de m'approcher de lui et d'appuyer mes lèvres sur sa jolie moue. Chaque fois que j'ouvre la bouche, le froid me glace les dents. Nous passons devant les maisons de mon petit lotissement. Celui-ci s'étire sur à peine un kilomètre et demi, avec des maisons entassées de chaque côté du chemin. C'est ainsi à Eastbrook : les lotissements sont répartis sur des kilomètres de routes de campagne et séparés par des champs de bleuets et des forêts. Ils sont tous éloignés les uns des autres, mais les maisons sont toutes rapprochées. Tout le monde est au courant de la vie de ses voisins.

Je suppose qu'Eddie Caron a cessé de regarder ses rediffusions du Nascar et qu'il nous observe nous promener le long du chemin. Ou Mme Darrow a peut-être écarté son rideau et éteint la lumière de son salon afin de pouvoir nous épier et voir si nous nous embrassons. Demain, ils vont le dire à leurs amis et, d'ici lundi, tout le monde va savoir que madame Darrow nous a vus nous embrasser, qu'Eddie Caron nous a vus marcher l'air rêveur, sous les étoiles.

C'est ainsi à Eastbrook. Tout le monde se connaît et, la plupart du temps, cela me donne envie de hurler et d'aller me cacher quelque part dans une autre ville, mais ce soir, cela me réconforte dans ce froid ; j'ai le sentiment que si nous nous effondrions, Dylan et moi, complètement gelés, quelqu'un viendrait nous ramasser, appellerait une ambulance, s'occuperait de nous.

— On se gèle, dis-je à Dylan.

— Ouais.

— Tu crois qu'Eddie Caron regarde le NASCAR ?

— Sans doute de la porno.

J'éclate de rire, mais Dylan n'esquisse même pas un sourire. J'essaie d'être drôle.

— *Des beautés aux gros nichons dans de grosses camionnettes.*

Dylan ne dit rien. Normalement, il aurait répliqué quelque chose comme *des beautés désespérées coquines avec leurs accessoires d'aspirateur.*

— Qu'est-ce qui ne va pas, Dylan ? dis-je. Il fait froid dehors. Veux-tu qu'on rentre à la maison ?

Il secoue la tête.

— Accorde-moi une seconde, Belle. D'accord ?

Ce qu'il est grognon ! Je m'éloigne un peu de lui. Je contourne les fissures dans la chaussée, causées par le gel de l'hiver passé qui a crevassé le pavé à certains endroits. L'hiver est presque de retour, et la ville n'a toujours pas effectué les réparations. Je saute par-dessus chacune d'entre elles pour me réchauffer.

Le mot que Dylan m'a remis vendredi, à l'école, fait une bosse dans ma poche. Je garde toujours son mot le plus récent, comme un porte-bonheur ou peut-être la preuve que j'ai un petit ami. Si jamais quelqu'un doute que j'en aie un, je peux toujours le sortir de ma poche et dire :

— Non. Non. Il existe. Vraiment. Voici un mot qu'il m'a écrit.

Comme si tout le monde à Eastbrook ne le savait pas déjà.

Le mot alourdit ma poche, à la hauteur de ma hanche.

« Belle Philbrick, je t'aime, a-t-il écrit, et si j'ai l'air bizarre aujourd'hui, c'est parce que l'obscurité m'affecte. Je déteste voir les jours raccourcir. »

7

C'est peut-être cela qui ne va pas. C'est peut-être parce qu'il fait de plus en plus froid et que l'obscurité arrive plus tôt. Le vent fait tourbillonner des feuilles mortes autour de nous. Je frissonne.

Dylan s'arrête, passe sa main libre dans ses cheveux et se tourne vers moi. Il prend mon autre main, comme ces hommes qui sont sur le point de demander leur petite amie en mariage. Dans la pénombre, je ne vois pas ses yeux verts. Ce ne sont que des ombres. Des ombres tristes. Je frissonne de nouveau. Je veux rentrer à la maison.

— Belle, dit-il d'une voix rauque et grave.

Il n'a pas sa voix habituelle ; sa voix si douce et mélodieuse. Un chat traverse le chemin en grognant et nous fait sursauter. Je ris, mais pas Dylan. Il se contente de me fixer et de me parler toujours avec cette même voix grave. On dirait un père.

— Belle, je veux que tu saches que je n'aimerai jamais une autre femme.

Pas encore cela. Je râle. Parfois, Dylan ressemble à un CD qui joue en boucle la même piste, alors, je lui donne ma réponse habituelle en pensant à combien nous serons bien quand tout ceci sera terminé et que nous pourrons retourner nous blottir l'un contre l'autre sur le canapé moelleux, dans la chaleur de ma maison.

— C'est stupide. Tu vas aimer beaucoup d'autres femmes.

Il secoue la tête.

— Mais oui! que je m'exclame en répétant ce que je lui ai dit durant tout l'automne. Et ça ne me dérange pas. C'est ce qui arrive parfois dans les relations. L'amour n'est pas toujours exclusif. Nous allons être séparés durant l'université, et tu vas rencontrer des filles qui sont beaucoup plus belles, beaucoup plus intelligentes et beaucoup plus sexy...

Il laisse tomber mes mains et lève la sienne dans un geste d'impatience.

— Vas-tu la fermer une seconde?

— Oh! ça va!...

Mon sang ne fait qu'un tour et j'aime presque cette sensation parce que cela me réchauffe.

— J'essaie de te dire que je n'aimerai jamais une autre femme.

Il martèle chacun de ses mots. Un chien aboie. Ils ont le même ton.

— Et moi, je te dis que si.

Je souffle sur mes doigts pour les empêcher de geler.

— Non et non! C'est clair?

Il pivote sur lui-même, s'éloigne de deux pas, puis revient vers moi.

Un avion traverse le ciel. Ses feux clignotent. Il s'envole sans doute vers l'Europe. Quand les avions décollent de Boston ou de New York, ils doivent parfois faire un atterrissage d'urgence au petit aéroport situé tout près. C'est le dernier arrêt avant l'Europe, la dernière chance pour les avions et les équipages. L'aéroport est petit, mais il possède la plus grande piste du pays, une grande piste asphaltée qui ne mène nulle part, sinon vers le ciel.

Derrière moi, la glace craque dans un ruisseau et le bruit me fait sursauter, mais le corps de Dylan demeure immobile. Son visage, par contre, devient agité. Il pousse des soupirs bruyants. J'attends l'explosion qui survient toujours quand ses lèvres disparaissent et qu'il serre les poings. Je n'ai pas peur. Je le connais trop pour avoir peur. Il ne me ferait jamais de mal. L'avion s'éloigne au loin.

Au lieu d'exploser, il me parle d'un ton ferme.

— Je n'aimerai jamais une autre femme parce que je suis gai.

Le monde cesse de tourner.

Un siècle passe. Deux. Je demeure bouche bée. Je fais un pas en arrière, puis un autre, jusqu'à l'accotement du chemin. Ma main s'élève vers ma bouche et la recouvre.

Dylan s'avance vers moi, les bras tendus.

— Je suis désolé, Belle. Il fallait que je te le dise.

Je hoche la tête. Ma bouche est toujours ouverte, mais aucun son n'en sort. Mes jambes cèdent et je m'effondre sur le sol froid, au bord du chemin. Je suis en position de prière, à genoux, les mains tendues devant moi.

Dylan s'agenouille lui aussi et me serre dans ses bras.

— Je t'aime, tu sais.

Je ne dis rien. Que pourrais-je bien dire?

----o----

Putain! Ce n'est pas tous les jours que mon petit ami, le roi de la récolte de l'école secondaire d'Eastbrook, m'annonce qu'il est gai. Ce n'est pas tous les jours que la reine de la récolte se fait larguer au milieu du chemin du lotissement à la con de ma mère, avec les étoiles qui sont témoins de mon humiliation et les chiens qui aboient parce qu'ils veulent venir m'arracher le cœur et l'abandonner sur le sol gris et froid.

Ce n'est pas tous les jours que mon monde s'effondre.

— Je comprends, finis-je par dire quand je peux enfin parler et que le froid du sol a pénétré dans mes os et mes fesses. Je comprends vraiment.

— Tu n'es pas fâchée?

— Non.

Et je ne le suis pas. Secouée, oui. Mais pas vraiment fâchée. Mais je suis surtout engourdie. J'essaie de déplier mes jambes et de me lever, mais le froid me ralentit dans mon mouvement.

— Tant mieux.

Des larmes recouvrent le visage de Dylan. Il s'assoit et je cesse d'essayer de me lever. À moitié debout, je l'entoure de mes bras. Le chien aboie de nouveau. Le corps de Dylan tremble contre le mien.

— Tant mieux.

Je le serre encore plus fort dans mes bras. Il renifle dans mes cheveux. Ses mains caressent mon dos et je frissonne, malgré ce qu'il vient de me dire. Cela ne m'empêche pas de frissonner.

Ses larmes se transforment en sanglots.

— Je n'aurais pas pu supporter que tu me détestes, Belle. Je n'aurais pas pu le supporter.

— Je sais, dis-je. Je sais. Je ne te déteste pas.

Mes paroles forment des nuages sombres dans l'air froid. Mes mains caressent son dos, ses cheveux. Je m'accroche à lui parce que j'ai peur de ne jamais plus pouvoir le serrer dans mes bras. Je m'accroche à lui, mais mon cœur est aussi vide que le ciel de la nuit. L'avion a disparu. Il s'est envolé au loin. Même le chien est silencieux.

— Nous allons toujours nous aimer, dit-il. Nous allons toujours être là l'un pour l'autre.

— Oui. Nous allons toujours nous aimer.

Les phares d'un véhicule éclairent le chemin, et je peux dire qu'il s'agit d'une camionnette Chevy. C'est pathétique, mais c'est ainsi dans une petite ville du Maine. Je peux même dire au son du moteur que c'est Eddie Caron, alors je suppose que c'est encore plus pathétique, mais je suis heureuse qu'il ne soit pas resté chez lui, un samedi soir, à regarder des films pornos.

Il s'arrête près de nous et ouvre sa portière, sans toutefois quitter son véhicule. Il sort simplement sa tête et une partie de son corps. Son corps massif n'est qu'une ombre noire et je ne parviens pas à voir ses traits parce que les phares m'aveuglent.

— Ça va ? nous lance-t-il.

— Ouais, que je lui crie.

Tu parles d'un mensonge !

— Vous n'êtes pas en train de faire des conneries au bord du chemin, n'est-ce pas ?

Je me lève.

— Non, Eddie ! Qu'est-ce que tu t'imagines ?

Il éclate de rire.

— Je voulais juste m'assurer que tu allais bien, Belle.

— Merci.

Eddie referme sa portière et poursuit sa route jusque chez lui. Je me penche vers Dylan et l'aide à se relever.

— Nous devons rentrer, dis-je. Il fait trop froid ici.

Dylan repousse ma main. Il se lève, secoue les feuilles mortes sur son derrière.

— Je déteste Eddie Caron.

— C'était gentil de sa part. Il voulait seulement s'assurer que tout allait bien.

— Eh bien, ce n'est pas le cas. Ça ne va pas du tout. Qu'est-ce que tu en penses ?

Il se dirige vers chez moi, sans attendre ma réponse. Car la seule réponse que je pourrais donner est incontestablement « non ».

----o----

C'est le refrain d'une chanson qu'il ne cesse de répéter. Il veut savoir pourquoi cela se produit.

— Pourquoi ? demande-t-il. Pourquoi ?

Je secoue la tête et je lui réponds :

— Je ne sais pas.

Il s'enfonce dans le ridicule canapé en velours côtelé de ma mère et détourne son regard. Du bout de son index, il donne une chiquenaude à une feuille de sa plante tropicale. Il attend que je parle.

Que suis-je censée dire ?

Je ne peux pas. Je suis incapable de dire quoi que ce soit.

----o----

Nous restons assis sur le canapé durant des heures. Ma mère passe la tête dans le cadre de porte. Elle porte sa robe de chambre turquoise sur laquelle sont imprimées des petites roses roses. Dylan est la seule autre personne à part moi à l'avoir vue ainsi vêtue. Elle avance à pas feutrés vers nous.

— Je vais me coucher, dit-elle en bâillant.

Elle m'embrasse sur la tête, puis elle embrasse Dylan. Elle plisse les yeux en nous regardant comme si elle savait que quelque chose n'allait pas.

— Ne veillez pas trop tard, nous lance-t-elle en se dirigeant d'un pas dandinant vers l'escalier.

— Ta mère est tellement mignonne, dit Dylan en se penchant en avant.

Il dépose sa tête entre ses mains. Sa voix se casse.

— Elle va tellement me manquer.

Je lui caresse le dos.

— Nous allons rester amis. Tu vas continuer de voir ma mère.

Il hausse les épaules, mais garde toujours sa tête entre ses mains. Je dois me contenter de regarder les muscles de son dos.

— Ça sera plus pareil.

— Non, dis-je en voulant retirer ma main, mais en craignant de l'insulter. Non, ce ne sera plus pareil.

Nous demeurons dans cette position durant un bon moment. Les minutes s'écoulent, et je suis encore hébétée. À chaque seconde qui passe, le couple Dylan-et-Belle devient de plus en plus un vieux conte de fées, une vieille histoire, et je ne sais pas où cette nouvelle histoire va nous entraîner.

Finalement, Dylan se redresse. Ses yeux verts ressemblent à un mélange de feuilles.

— Nous allons continuer de chanter ensemble, n'est-ce pas? Tu vas continuer de pincer les cordes de Gabriel et nous allons continuer de passer du temps ensemble, non?

Je fais signe que oui, mais je sais que ce n'est sans doute pas vrai, alors je réponds :

— Je ne sais pas, Dylan. Je ne sais pas. C'est comme toutes nos chansons fétiches. Elles ne nous appartiennent plus, maintenant. Tu comprends ?

Il ferme les yeux parce que c'est l'une des vérités les plus difficiles à avaler.

----o----

Dylan et moi avions l'habitude de venir chez moi après toutes nos activités parascolaires et de passer du temps dans ma chambre. Je prenais Gabriel, et nous nous amusions à chanter des chansons, à inventer des progressions d'accords et des paroles bébêtes. Puis, nous faisions jouer de vieux airs de crooners que Dylan aimait, et nous les fredonnions.

Ma guitare, Gabriel, est mon moyen d'expression. Je ne suis pas une auteure brillante, ni une actrice, et je ne m'épanche pas en rédigeant des poèmes déchirants. Je joue simplement de la guitare et exprime ainsi toutes mes émotions.

Je l'apporte tous les jours à l'école ; je joue durant l'heure du midi parce que c'est en jouant tout le temps, en pratiquant, qu'on devient bon. Je croyais qu'il en était de même pour les relations, mais je me trompais de toute évidence. Je n'avais pas envisagé que l'un de nous deux puisse être homosexuel.

Mais je ne me trompe pas en ce qui concerne Gabriel.

Et quand je jouais pour Dylan, toutes ces chansons étaient associées au plaisir, au déconnage et à l'amour, et c'est fini, maintenant. C'est bel et bien fini.

----o----

Les heures ont passé, j'entends ma mère ronfler dans sa chambre. Le réveil m'indique qu'il est trop tard pour appeler Emily, mon autre meilleure amie. Dylan? Je ne peux pas vraiment l'appeler. Avant de partir, il m'a embrassée sur la joue. Mes lèvres se sont senties négligées, mais elles n'ont pas boudé. Elles ont plutôt tremblé.

Je sors son dernier mot de ma poche et je lis un autre paragraphe.

J'aimerais que les gens nous fichent la paix. Qu'ils fichent la paix à tout le monde afin que nous puissions être nous-mêmes. Mais, bien entendu, il y a toujours une contrainte, un genre de laisse.

Je lis une autre phrase.

Je voudrais simplement me sentir libre avec toi.

Debout dans ma chambre, dans mon pyjama en flanelle, je me rends soudainement compte de ceci : je vais toujours être seule.

Et ce n'est pas ce mot stupide qui va m'aider. Je le lance sur ma commode et il atterrit sur mon brillant à lèvres, inerte.

Le stupide cadran continue de me dire qu'il est trop tard pour appeler quelqu'un ou même envoyer un texto.

Gabriel est appuyée contre le mur, près de la fenêtre. Elle appartenait à mon père. Je l'ai appelée Gabriel, qui est un nom masculin, je le sais, mais c'est tout de même *une* guitare. Elle est trop jolie pour être de sexe masculin, et puis, Gabriel était un ange, non? Et pour moi, les anges n'ont pas vraiment de sexe; avec eux, il n'est pas question de genre, mais plutôt d'envolées célestes, comme avec la musique. Alors malgré toutes les moqueries de Dylan, je crois que ce nom est tout à fait approprié pour une guitare. J'en jouais et Dylan chantait avec moi; du folk, la plupart du temps. Bob Dylan. Greg Brown. John Gorka. Je la saisis, mais j'éprouve une sensation bizarre en faisant un simple accord G7. Alors, je la remets à sa place.

Il y a un gros trou vide au milieu d'une guitare acoustique. Le son résonne à l'intérieur, mais, en ce moment, ce cercle a l'air d'un œil qui me regarde, qui attend que je fasse du bruit, que j'emplisse le vide, mais j'en suis incapable. Je suis moi-même trop vidée.

Habituellement, quand je ne suis pas à l'école ou en train de faire mes devoirs ou de manger, je gratte les cordes de Gabriel. À force de jouer, de la corne s'est formée sur le bout de mes doigts. Avant, Dylan m'appelait la fille à la guitare. Certains élèves continuent de m'appeler ainsi quand nous ne faisons que passer du temps ensemble et que nous déconnons. Que vont-ils penser? À propos de moi et de Dylan?

Je caresse le manche de Gabriel avec un de ces bouts de doigts durcis par la corne, mais je suis incapable de la prendre. Je ne peux plus en jouer.

J'éteins la lampe de ma chambre. Par la fenêtre, derrière les arbres pour la plupart dégarnis de feuilles, je vois des voitures circuler sur le chemin Bayside, à au moins un kilomètre et demi, au loin, dans la plaine. Leurs phares scintillent comme des petites étoiles. Je connais sans doute tous ceux qui se trouvent dans ces véhicules, et ils me connaissent sans doute tous. C'est sans doute le Dr Mahoney qui se rend au Maine Coast Memorial Hospital pour faire naître un bébé. C'est sans doute Cindy Cote, la mère de Mimi Cote, qui s'en va travailler au Denny's, le seul restaurant en ville qui sert des repas après 20 h 30. Elle travaille à cet endroit et au Riverside les dimanches.

Et toutes ces personnes me connaissent également. *C'est la petite Belle Philbrick, dont le père est décédé à la guerre du Golfe quand elle était encore bébé. Elle fréquente ce beau Dylan. Quel beau couple ils forment ! Ils vont se marier après l'université. C'est l'évidence même.* Voilà le genre de propos qu'elles tiendraient.

Dans ma ville, tout le monde répète votre passé et prédit votre avenir chaque fois qu'ils vous voient, même si ceux à qui ils le disent le savent déjà. Je me demande ce qu'ils vont dire de moi, maintenant, et ce qu'ils vont dire de Dylan.

Je m'éloigne de la fenêtre et je marche dans la maison sur la pointe des pieds sans allumer les lumières. Je perds vite mon sens de l'orientation, même si j'ai vécu ici toute ma vie. Mais tout est différent dans le noir. Je me cogne contre la table basse du salon. Je me fais un bleu au tibia. Ma hanche heurte le coin du comptoir de la cuisine. La douleur est agréable, comme de l'eau après avoir remonté une longue pente à vélo.

Les bruits de la nuit flottent autour de moi. J'entends les ronflements de ma mère résonner dans le couloir. Les voitures font vrombir leur moteur, au loin, sur les routes. Des souris s'agitent derrière les murs. Des pattes de chats font craquer les feuilles mortes.

Je m'appuie contre le comptoir. Puis, je dis aux bruits, à la maison, au vide :

— Je suis seule,

Dans la cuisine plongée dans le noir, mon corps s'affale sur le comptoir, mais mon âme ? Elle s'élève jusqu'au plafond et observe la scène en se demandant qui est cette fille seule dont les pieds sont bien plantés sur le plancher de bois, cette fille qui est moi.

Ma mère continue de ronfler dans sa chambre. L'horloge continue de me dire qu'il est trop tard pour appeler quelqu'un.

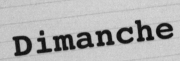

Dimanche

Le lendemain, après que ma mère se soit réveillée à la lueur sombre d'un jour de pluie typique, je quitte la cuisine où mon corps était passé de rester debout à s'asseoir sur le comptoir.

— Bonjour, ma chérie. Tu t'es levée tôt, ce matin, dit-elle d'une voix encore endormie.

Elle se dirige vers la cafetière, les yeux à peine ouverts et sans vraiment prendre conscience de ce qui l'entoure. Elle n'est vraiment pas du genre matinal.

— Mouais.

Je vais dans ma chambre, j'ignore Gabriel et j'allume ma chaîne stéréo. C'est Barbra Streisand, cette grande chanteuse que Dylan adore. Elle a un CD de chansons tirées de comédies musicales qui remontent aux années 1980. Dylan et moi aimons les chanter ensemble. Il a une très belle voix, une de ces voix typiques des clubs de chant classiques. Une belle voix de baryton étoile de la Nouvelle-Angleterre. Moi, je suis alto et plutôt folk. Quand je chante, vous vous attendez à ce que je sois accompagnée d'une guitare.

Cependant, je ne fais pas jouer la musique que j'aime. Je fais jouer la sienne. C'est bien sûr ironique, parce qu'il vient de me larguer et que je me retrouve là, dans ma chambre, en train d'écouter sa musique. Je ne peux pas m'en empêcher. Je monte le volume et je me souviens.

Parfois, Dylan chantait pour moi. Parfois, il chantait même si je ne le lui demandais pas, comme quand j'étais nerveuse ou que nous avions peur que j'aie une crise d'épilepsie. Je posais ma tête sur son ventre, et sa respiration changeait; elle devenait plus profonde et plus lente. Son souffle laissait s'envoler des paroles de chansons qui résonnaient dans la chambre ou à l'extérieur et chatouillaient agréablement mes oreilles. Même quand il chantait dans un chœur, je pouvais toujours distinguer sa voix. C'était la voix qui cascadait dans ma tête, jusque dans ma gorge, et qui s'installait au fond de moi.

Je pousse le volume à fond parce que ma mère est partie au supermarché.

Barbra possède une voix à la fois puissante et douce qui résonne dans toute la pièce. Je saisis ma chatte Muffin et je lui gratte la tête tout en regardant par la fenêtre pendant que Barbra chante.

Muffin pose sa patte sur le carreau froid. Je ferme les yeux et j'entends la voix de Dylan entremêlée à celle de Barbra.

Nous venions toujours chez moi après l'école et nous chantions cette chanson. Nous nous époumonions à chanter les vieilles comédies musicales que Dylan aimait. Nous avions tendance à surjouer et à éclater de rire si fort que nous ne pouvions plus chanter. Nous nous laissions tomber sur mon lit, puis nous nous embrassions. C'était notre rituel.

Dylan peut tout chanter, autant des chansons folks, de l'opéra, des comédies musicales que du rock. Même si ce n'est pas un très bon rocker. Ce n'est pas de sa faute.

Le rock est trop criard pour le coffre de notre voix. Ce n'est pas Dylan.

Bien que, comment puis-je savoir cela? Comment puis-je savoir qui il est maintenant? Et si je ne sais pas qui il est, comment puis-je savoir qui est n'importe quelle autre personne?

J'ouvre la bouche et j'essaie de chanter, mais rien ne sort sauf un hoquet, comme si je cherchais mon souffle. Muffin pose sa patte sur mon visage. Je la hume... Je sens une odeur de poils de chat et d'extérieur, comme l'odeur de la forêt. Elle ronronne.

— Muffin, je lui murmure, tout en n'étant pas certaine d'avoir vraiment prononcé son nom ou si elle a pu m'entendre par-dessus la voix de Barbra.

Je ferme les yeux et j'appuie mon front contre la fenêtre, en me souvenant des choses auxquelles je ne devrais pas penser étant donné que mon petit ami s'avère être gai. Même si ce n'est pas sain, j'y repense.

Une fois, après avoir chanté cette chanson, Dylan et moi avons fait l'amour, puis sommes allés prendre un bain. Après nous être glissés dans la baignoire, nous y avons versé du bain moussant aux framboises. Nous avons tellement ri. Nous avons recouvert de mousse notre visage, nos seins et nos cheveux, et les bulles ont fini par éclater et disparaître. L'eau chaude est devenue tiède, et Dylan m'a embrassée... longuement. Puis, nous sommes restés assis l'un en face de l'autre, et tout dans la salle de bain a semblé briller : la boîte de papiers-mouchoirs que ma mère avait confectionnée avec des rectangles en plastique et de la ficelle, les serviettes couleur pêche, la photo d'une plantation du Sud, au-dessus des toilettes. Mais surtout, Dylan. Dylan rayonnait.

Nous nous sommes regardés, puis un étrange rayon lumineux et doré a jailli de mes yeux et s'est dirigé vers Dylan. Et au même moment, un étrange rayon lumineux et doré a jailli des yeux de Dylan et a croisé le mien. Ils se sont entremêlés durant une minute. Ils ont continué de briller tout en étant accompagnés d'un sentiment de paix et de réconfort, et de toutes ces niaiseries à la guimauve des produits Hallmark.

Nous sommes demeurés assis dans l'eau. Nous sommes restés silencieux dans l'eau. Nous avons attendu que l'eau devienne froide. Puis, nous nous sommes levés. Le seul bruit provenait de l'eau qui s'écoulait de nos corps et tombait dans la baignoire. Dylan m'a tendu sa main et nous nous sommes essuyés en nous frottant bien fort l'un et l'autre.

— Je t'aime, tu sais, m'a dit Dylan, en enfilant son jean.

Il a dû tirer dessus parce que je n'avais pas assez bien essuyé ses cuisses.

— Tant mieux, ai-je dit en riant et en essayant d'attacher mon soutien-gorge dans mon dos.

J'avais les épaules tendues. Je pensais encore aux rayons lumineux, en me demandant si j'avais eu une hallucination ou si c'était réel. Je n'ai cependant pas voulu en parler, car il ne les avait peut-être pas vus. J'avais besoin que ce soit vrai.

Dylan m'a fait pivoter de manière à ce que mon dos soit appuyé contre lui. Son corps était chaud.

— Laisse-moi t'aider.

Il a agrafé mon soutien-gorge avec ses doigts. Puis, il m'a donné un baiser dans le cou. J'ai frissonné. Il a doucement retiré ma pince à queue de cheval et a dit :

— Tu m'aimes, n'est-ce pas ?

— C'est sûr.

J'ai passé mes doigts dans mes cheveux mouillés et je me suis retournée face à lui.

Il a penché la tête comme un chien le fait quand il réfléchit.

— Jusqu'à quel point ?

— De toute mon âme, ai-je répondu.

Et je le crois. Je crois vraiment que c'est ainsi que j'aime Dylan, même si ça peut paraître cucul. Et je crois que cet après-midi-là, dans ma baignoire, nous avons vu nos âmes. C'était presque magique, comme cela ne s'est jamais plus produit dans ma vie. Et je persiste à y croire. Malgré tout.

COMMENT NE PAS CROIRE que vous êtes destinée à être avec un garçon quand une telle chose se produit ? Comment y croire, après, quand cela se produit et qu'il s'avère qu'il aime les garçons ?

— Ce n'est pas vrai !

— Je te le jure.

Je lèverais bien ma main pour prêter le serment de scout, mais je suis trop triste, trop épuisée.

Emily, ma meilleure amie à part Dylan, a perdu sa capacité de fermer sa bouche. Celle-ci pend, grande ouverte. Je décide finalement de la lui fermer gentiment. Elle rougit, se jette sur mon lit et couvre son visage avec ses mains.

— Je suis désolée, dit-elle. C'est tout simplement...

— Incroyable, dis-je. Bizarre ? Horrible ? Ridicule ? Grotesque ? Humiliant ?

— Ouais, répond-elle en retirant ses mains de son visage. En effet. Mais d'un côté, c'est logique, tu sais.

Je sens monter la colère en moi. Je la repousse dans mes orteils. Mais elle persiste à remonter.

— Qu'est-ce que tu veux dire ?

— Si on tient compte du fait qu'il chante des chansons de comédies musicales et qu'il s'habille vraiment bien.

— Tous les hommes qui chantent et qui s'habillent bien ne sont pas gais ! je lui crie. C'est un stéréotype.

Elle se redresse dans le lit.

— Je sais. Je sais. Oh ! mon pauvre chou !

Elle se rapproche de moi et m'enlace de côté.

— Je croyais qu'il m'aimait, dis-je en reniflant.

Elle hoche la tête.

— Je ne peux pas croire qu'il ne m'aime pas.

— Il t'aime toujours, ma douce, mais plus de cette façon, précise-t-elle en me serrant gentiment dans ses bras.

Je gémis.

— Tu parles !

Elle réfléchit un moment et ajoute :

— Qui va l'aider pour ses devoirs en économie ?

Je hausse les épaules.

— Et qui va l'aider à étudier pour le cours d'anglais ? demande-t-elle.

— Je ne sais pas ! Moi, peut-être. Nous allons peut-être rester amis.

Nous demeurons assises un moment, puis je lui dis :

— Ça doit être extrêmement difficile pour lui.

— Quoi ?

— Le fait d'être homosexuel.

Emily hoche la tête. Ma chatte Muffin saute sur le lit et frotte sa tête contre nos dos. Emily la saisit et l'embrasse sur le nez.

— Ah ! c'est qui la belle cha-chatte ? Oui, c'est toi. Oui, c'est toi.

Elle dépose Muffin sur ses genoux.

— Au moins, il ne souffre pas d'un drôle de fétiche comme fantasmer sur les chats ou un autre truc du genre.

— C'est vrai. Mais imagine qu'il se fasse un petit ami ? Imagine qu'il commence à fréquenter quelqu'un et que tout le monde se rend compte que mon «seul véritable amour» aime les garçons?

— Ce serait vraiment moche, admet Emily. Vraiment. Mais on est à Eastbrook. Tout le monde va finir par le deviner.

Elle prend Muffin et l'embrasse sur le ventre. Muffin pose ses pattes sur les cheveux d'Em, sans sortir ses griffes. Em dépose la chatte sur le lit et dit :

— C'est Eddie Caron qui va être content.

— Oh! Super! Mon but dans la vie est de faire plaisir à Eddie Caron.

Em hausse les épaules.

— Cela va aussi faire plaisir à Tom Tanner.

— Ne sois pas ridicule. Tom est un garçon tellement superficiel qui a fréquenté Mimi Cote et qui n'est vraiment pas mon genre. Il m'appelle coco.

— Il t'a toujours aimée, ajoute-t-elle en reprenant Muffin sur ses genoux. Rappelle-toi en quatrième année, au primaire, quand il t'a donné pour la Saint-Valentin cet anneau sur lequel était écrit JE T'AIME, et combien cela a rendu Dylan jaloux?

— C'était en quatrième année. Je ne suis pas vraiment à la recherche d'un autre petit ami, pour le moment.

Je m'affale sur le lit et je ferme les yeux très fort pour ne pas pleurer.

La voix de ma mère nous provient du salon. Elle est revenue du supermarché et s'affaire maintenant à épousseter tout en chantant, ce qui pourrait être embarrassant si quelqu'un d'autre qu'Em était ici. Em est habituée à ma mère. Elle est même habituée à sa façon de tout le temps chanter les mauvaises paroles des chansons.

— *Live like Yoda's crying,* chante, je veux dire, hurle ma mère.

Em pouffe de rire.

— Oh! Putain! C'est la chanson de Tim McGraw. Elle a transformé les paroles au lieu de dire *Live like you were dying*?

— Hé oui! dis-je.

— C'est tellement drôle, ajoute Em en reniflant. Elle croit vraiment que ce sont les paroles?

— Elle est toujours étonnée quand je lui dis qu'elle se trompe de paroles.

Heureusement pour nous toutes, ma mère met en marche l'aspirateur et nous ne pouvons plus l'entendre chanter. J'essaie de me détendre sur mon lit.

— Je me sens égoïste de penser à moi. Je devrais me préoccuper de lui, tu sais, de tout ce qu'il doit affronter.

— Pas du tout. C'est à lui de le faire. Pense à toi. Il n'y a pas de mal à ça. Tant que tu ne t'apitoies pas sur ton sort pendant plus d'une semaine.

Muffin bondit sur mon ventre et me coupe le souffle.

— Une semaine?

— Ouais. Plus longtemps que ça et tu vas finir par devenir agaçante, obsédée par ce qui t'arrive, comme une Mallory.

Une Mallory est une fille qui ne pense qu'à elle, qui ne parle que d'elle et qui ne s'intéresse qu'à ce qui la concerne et à sa relation avec les garçons, le maquillage, les vêtements, les parents et elle-même.

— Je ne serai jamais une Mallory !

Je me redresse sur le lit en serrant Muffin contre mon ventre pour l'empêcher de partir. Elle se débat.

— C'est vrai. Tu es une bonne fille du Maine qui prend sa vie en main, ricane Emily en levant sa main et en plaçant ses doigts comme un scout. Jure-le-moi. Sur mon honneur, je jure, devant Dieu, bla, bla, bla, de ne jamais être une Mallory.

Je lève ma main et je le jure. Je lève une patte de Muffin et je le lui fais promettre à elle aussi. Emily grimace, examine ses ongles, secoue la tête et me lance :

— T'es complètement tarée. Pauvre chatte.

Elle saisit Muffin qui va se réfugier sur son épaule. On dirait qu'elles ronronnent toutes les deux. Elle prend son appareil photo numérique et prend une photo de moi, même si mon nez est rouge à force d'avoir pleuré et que mes cheveux sont ébouriffés. Depuis la mort de son père, elle prend continuellement des photos. Elle a peur de perdre les gens, peur d'oublier des choses à leur sujet si elle ne les prend pas en photo quand ils ont l'air heureux, triste ou fâché, ou quand ils sont ballonnés après avoir mangé trop d'ailes de poulet. Elle me dit qu'elle ne se rappelle plus à quoi ressemblait son père sauf quand il souriait. Je la laisse donc prendre ses photos en me disant qu'elle est courageuse et que je devrais l'être moi aussi.

— Une semaine ? je demande à Emily.

Elle hoche la tête, examine la photo, sans me la montrer. Elle prend une autre photo de Gabriel, ma guitare solitaire, appuyée contre le mur. Em secoue ses cheveux bruns et sexy de mannequin par-dessus son épaule que Muffin a quittée.

— Une semaine.

Après le départ d'Em, je crie à ma mère que je vais faire du vélo.

Elle lève ses yeux de son ordinateur. Elle est en train de payer des factures, et quelques mèches de sa queue de cheval du week-end retombent sur son visage.

— Il fait froid dehors.

— Je sais.

Elle a le mot *inquiète* imprimé sur son front comme chaque fois que je sors seule, mais c'est une bonne mère et elle sait que je ne fais presque plus de crises d'épilepsie, qu'elles ne dictent pas ma vie. Et elle veut que j'aie une vie.

— Tu as ton téléphone portable?

— Ouais.

Je dépose un baiser sur sa tête, et elle passe ses bras autour de mes hanches.

— Tu vas bien te couvrir, d'accord?

— Promis, dis-je en m'éloignant.

Elle sourit, et quelque chose change dans son regard. Un souvenir vient de remonter à la surface.

— Te rappelles-tu quand tu étais petite et que Mimi Cote et toi étiez allées à vélo jusqu'au carrefour Washington et que vous aviez toutes les deux eu une crevaison et que ce type, Pete, de chez R. F. Jordan, avait mis vos vélos à l'arrière du camion-benne et vous avait ramenées à la maison?

Je serre les dents. Je déteste penser à Mimi Cote. Nous étions amies quand nous étions petites, puis vers le milieu de l'école secondaire, tout a changé quand elle a commencé à fréquenter Tom Tanner.

— Oui, oui.

— Tu lui parles parfois ? demande ma mère.

Mais elle se concentre de nouveau sur son écran d'ordinateur empli de numéros de chèques et de relevés de dépôt.

Je crois qu'elle ne m'a même pas entendu quand j'ai répondu :

— Non.

J'enfourche mon vélo et je roule jusqu'à ce que mon esprit ressemble au champ de bleuets, ce champ de rien du tout, empli de pierres, d'arbrisseaux et de fruits séchés. De vieilles empreintes dans le sable. De plumes de geais bleus. Du tee-shirt gris d'un ouvrier détrempé de sueur.

Je sais que derrière le champ, il y a une forêt, un monde composé d'arbres inclinés, de branches qui s'élèvent vers le ciel et d'oiseaux qui vont d'un nid à l'autre. Je sais que derrière le champ, il y a un lotissement où se dressent de jolies maisons et que l'on peut trouver à l'intérieur des chiens qui agitent la queue et des enfants heureux, des lits confortables, des photos de famille accrochées aux murs et sur lesquelles des personnes sourient, rient et s'étreignent, des histoires magiques d'amour et d'espoir et des réfrigérateurs emplis de lait au chocolat et de restes savoureux qui n'attendent que d'être réchauffés.

Je sais. Je sais que c'est là, derrière le champ, derrière mon esprit et quand je parcours à vélo les collines du Maine, que je contourne les nids-de-poule et que je passe par-dessus les plaques de chaussée soulevées par le gel, je suis incapable de penser à autre chose qu'à ce que je désire.

J'exhale chaque désir avec chacune de mes respirations qui forment un nuage dans l'air glacial. Chaque désir bondit dans mon cœur tandis que je pédale de plus en plus vite.

Je veux une vie sur laquelle je peux compter. Je veux une vie où il y a quatre murs stables et où les gens que j'aime sont ce à quoi je m'attends. Est-ce trop demander? Je veux que personne ne sache à propos de Dylan et moi. Je veux que ce ne soit pas vrai.

----o----

Avant qu'Emily ou Dylan ait leur permis de conduire, nous avions l'habitude de rentrer de l'école à pied jusque chez Dylan, parce que c'est lui qui habitait le plus près, à seulement un kilomètre et demi environ. Dylan riait d'Emily et de son côté «fille» quand elle citait des extraits du *Cosmopolitan* ou du *Vogue*. Nous nous installions dans la cuisine de Dylan et avalions tout ce que nous pouvions trouver dans la maison, habituellement des baguels. Nous mangions toujours des baguels, accompagnés de thé.

Dylan me faisait toujours un thé parfait, comme je suis incapable de le réussir. Il avait le goût de la pomme et de la cannelle, et il n'était pas trop fort, ni trop faible comme je le fais. Il mettait la quantité parfaite de miel et faisait tourner la cuillère sans jamais la cogner sur les côtés de la tasse. Maintenant, je n'ai plus personne pour me faire du thé.

Maintenant, il va faire du thé pour un joli garçon, et ils vont s'embrasser comme nous avions l'habitude de le faire, d'abord doucement, puis passionnément jusqu'à plus soif.

Mon cœur bat vite et mes pieds cessent de pédaler parce que mes lèvres ne seront plus jamais embrassées. Mes pieds cessent de pédaler parce que j'ignore, maintenant, où je pourrais bien aller. Je suis au milieu d'un chemin qui traverse un champ de bleuets.

J'avais tort. C'est mon cœur qui est le champ, pas ma tête. Ma tête est une rivière agitée qui s'écoule sans savoir où elle va. Ma tête est une rivière agitée qui s'écoule à la recherche de sa maison, à la recherche de l'océan.

----o----

Il n'a rien d'autre à faire que de rentrer à la maison et d'aller me cacher dans ma chambre, de regarder ma guitare Gabriel appuyée contre le mur, d'essayer de ne pas penser à la musique, de ne pas penser à lui.

MA MÈRE FRAPPE À MA PORTE.

Je serre mon album de promotion contre ma poitrine et je ferme les yeux, en espérant qu'elle n'entre pas. Mais ça ne sert jamais à rien d'espérer. La porte s'ouvre en grinçant, et sa voix grince juste après.

— Chérie? Ça va?

Je hoche la tête, sans ouvrir les yeux.

Elle répète sa question.

— Ça va?

Je hoche la tête, mais c'est un mensonge et je ne veux pas faire partie des menteurs, alors je laisse ma langue expirer de l'air de ma bouche. L'air forme un mot. Le mot est « non ».

Elle se précipite vers moi parce que c'est le genre de mère qu'elle souhaite être. Elle se précipite et se laisse tomber sur mon lit. Elle passe ses bras autour de mon corps et nous étreint, moi et mon album.

— Oh! ma chérie! Qu'est-ce qu'il y a? Tu veux me le dire?

Je secoue la tête.

Elle caresse doucement mes cheveux.

— Tu en es certaine?

La voix de Barbra Streisand devient moins forte. Ma mère a dû baisser le volume. La voix de la chanson de Dylan s'éclipse peu à peu.

Je frissonne. La vérité est que je suis vraiment fâchée contre Dylan. Je suis vraiment fâchée, mais pas parce qu'il est homosexuel, parce qu'il a prétendu ne pas l'être.

Comment puis-je le dire à ma mère? Comment puis-je lui dire que le garçon qu'elle croyait que j'épouserais ne m'a jamais aimée de cette façon?

Elle me serre dans ses bras et me berce.

— Je suis là pour toi, tu sais. Je suis là.

— Oui oui, dis-je. Merci.

Je me détache d'elle. Elle repousse mes cheveux de mon visage. Ils sont mouillés de larmes. Sa voix est un murmure.

— Oh! ma douce. Ça me fend le cœur de te voir si triste.

Je renifle.

— Ouais. Moi aussi.

— Bien. Je vais te ficher la paix, mais tu sais que si tu as besoin de moi...

Je termine la phrase à sa place.

— Tu es là.

— Je ne t'ai pas entendu jouer, aujourd'hui, dit-elle en se dirigeant vers Gabriel. Ça t'aiderait peut-être à te sentir mieux.

Je secoue la tête.

Je ne crois pas.

— Mes doigts sont trop froids. Le Maine est trop froid.

Quand tu es assise seule dans ta chambre, en serrant ton oreiller contre ta poitrine et en écoutant de la musique à la guimauve parce que l'amour de ta vie s'avère être gai, des questions plutôt simples ne cessent de jaillir dans ton esprit.

Des questions comme :

Depuis combien de temps le sait-il ?

Combien de fois m'a-t-il embrassée en souhaitant que je sois un garçon ?

Combien de fois a-t-il grimacé à l'intérieur quand je l'embrassais ?

Comment se fait-il que je n'aie rien vu ?

C'est vraiment se comporter comme une Mallory que de serrer ton oreiller contre ta poitrine et de laisser ton chat grimper sur toi pendant que tu rumines toutes sortes de pensées, mais je le fais tout de même et je me rappelle soudainement une chose qui s'est produite la semaine dernière. Il est venu chez moi après l'école. Il me tenait la main pendant que nous grimpions les marches. Son regard était si triste. Il a retiré mon sac à dos et a prononcé :

— C'est trop lourd pour toi.

J'ai éclaté de rire en disant.

— C'est un immense poids sur mes épaules.

Et il a répliqué :

— Nous avons tous un poids à porter.

J'ignorais s'il faisait référence à mes crises d'épilepsie, auxquelles je déteste penser parce qu'elles se font de plus en plus rares; puis, j'ai pensé qu'il parlait peut-être de lui, Dylan.

Son regard était triste, mais j'ai essayé d'être drôle parce que je ne pouvais pas supporter de le voir aussi triste; pas mon jeune prodige, pas mon Dylan. J'aurais voulu pénétrer en lui et chasser toute sa tristesse, mais je voulais également entrer en lui et devenir cette tristesse dans ses yeux, être grande et prodigieuse comme lui, être capable de chanter pour toujours ces airs musicaux. J'avais peur d'être moi et que Dylan soit Dylan, et je voulais simplement…, je voulais simplement que nous soyons ensemble, que nos âmes s'entremêlent comme dans la baignoire. Ou encore, je voulais simplement être une toute petite fille qui pouvait disparaître entre ses bras et ne plus voir ses yeux tristes fixés sur moi, sans rien me dire.

Tom Tanner est passé devant nous dans sa camionnette et a klaxonné. Il était accompagné de joueurs de soccer. Il m'a salué de la main. J'ai fait de même. Dylan a plissé les yeux. Il déteste Tom depuis la deuxième année du secondaire même s'ils étaient les meilleurs amis avant. C'est lorsque Tom a commencé à fréquenter Mimi Cote que tout a déraillé.

Mme Darrow nous a interpellés de la porte d'entrée de sa maison.

— J'ai des biscuits si vous en voulez.

— Merci Mme Darrow, lui ai-je lancé.

Nous sommes allés chez elle et elle nous a donné une assiette de biscuits. Mme Darrow fait les meilleurs biscuits en ville. Elle a demandé à Dylan si ses parents et ses frères allaient bien. Elle nous a remerciés d'avoir ramassé ses feuilles mortes, comme nous le faisons chaque année. Mais elle continue toujours de nous remercier durant tout l'hiver.

En nous éloignant, Dylan a dit :

— As-tu l'impression que tout le monde est au courant de tous tes faits et gestes ?

— Il n'y a pas de secrets à Eastbrook, ai-je répliqué avec un petit rire diabolique et en tendant mes mains devant moi comme un zombie.

Les lèvres de Dylan se sont légèrement retroussées, mais il n'a pas ri.

Il m'a suivie dans la maison comme s'il me protégeait du monde entier, comme un chevalier servant. Il a fermé la porte et l'a verrouillée.

— As-tu retiré la clé de la serrure ? m'a-t-il demandé, parce que je laisse toujours les clés dans les serrures.

Dylan dit toujours que c'est parce que je suis tellement intelligente, parce que mon esprit est toujours en train de réfléchir à des choses tellement plus signifiantes qu'il oublie de se concentrer sur les choses sans importance.

En ce moment, je ne me sens pas intelligente de pleurer ainsi sur mon lit, avec mes écouteurs sur les oreilles. Je me sens stupide, aveugle et vide. Une guitare qui ne joue pas. Je me sens comme quelqu'un qui n'a aucune idée de qui sont les autres.

Si seulement il me restait des biscuits de Mme Darrow. Que penserait-elle de tout cela ? Elle disait toujours :

— Vous êtes tellement un beau couple.

Puis, elle nous pinçait les joues.

----o----

— Tu as l'air triste, ai-je dit à Dylan, ce jour-là, quand nous sommes entrés chez moi avec les biscuits de Mme Darrow et le souvenir du klaxon de Tom qui résonnait dans notre tête.

Il a haussé les épaules.

— Nous avons tous un poids à porter.

Je l'ai serré contre moi et il m'a serrée contre lui. Il sentait comme le pin et Noël. Il sentait comme la terre fraîche prête à être cultivée. Il sentait comme le vent.

Nous avons fait l'amour, ce jour-là. Nous faisions l'amour presque tous les jours, puis je l'aidais à faire ses devoirs. Mais je me souviens très bien de cette journée en particulier parce qu'après, il m'a embrassée sur le nez, comme si j'étais son bébé, et il a caressé du bout du doigt ma clavicule en disant d'une voix rauque :

— Je vais toujours t'aimer, tu sais. Toujours.

— Moi aussi, ai-je murmuré.

Il a saisi ma main et l'a tenue serrée dans la sienne.

— Je le pense vraiment.

— Moi aussi.

Et c'est vrai, Dylan. Je suis tellement fâchée que tu m'aies menti, mais je vais toujours t'aimer. Toujours. Et c'est pour cette raison que je suis également fâchée contre moi.

----o----

Il n'était qu'un garçon et je n'étais qu'une fille, et il en a été ainsi durant une longue période. Il n'était qu'un garçon et je n'étais qu'une fille, et il m'écrivait des mots quand il s'ennuyait en classe et je les lisais et je les transportais partout avec moi, dans ma poche. Puis, je lui répondais par écrit. Et il m'écrivait : «Puis-je venir chez toi cet après-midi?»

Et nous savions tous les deux ce que cela voulait dire. Cela voulait dire : «Allons chanter des chansons stupides, jouer de la guitare, puis faire l'amour, chez toi, dans ton lit, pendant que ta mère est au travail.» Cela signifiait : «Allons nous étendre dans la cour arrière et regarder le ciel tout en imaginant des choses.» Cela signifiait : «Je t'aime et je te veux et je t'aime.»

J'ignorais que c'était un mensonge. Comment aurait-ce pu être un mensonge?

J'AI DÉCIDÉ D'ADOPTER une approche plus pratique. J'ai ouvert mon ordinateur portatif et j'ai commencé à rédiger une liste des choses à faire et à NE PAS faire.

Muffin me regarde. Elle saute sur mon bureau et fait tomber cette figurine d'éléphant que Dylan m'a un jour rapportée d'une vente-débarras. Elle est censée porter chance quand on pointe la trompe vers la porte. Je pointe la trompe vers la porte, je caresse Muffin, puis je commence à taper.

COMMENT RÉAGIR QUAND TON (EX) PETIT AMI T'ANNONCE QU'IL EST GAI

1. Ne le dis à personne.

2. Ne te donne pas le qualificatif de «fille à pédés», car c'est un terme péjoratif qui évoque toutes les imitatrices de Paris Hilton, Liza Minnelli et beaucoup trop de fard à paupières bleu désseché par un peu trop de party.

3. Ne pleurniche pas durant une semaine ; profite plutôt de cette semaine pour expliquer en long et en large pourquoi sept jours ne suffisent pas pour surmonter le fait qu'on t'ait volé ton identité, le fait que ta foi en la vie vient d'éclater en mille morceaux.

4. Demande-toi pourquoi ton identité reposait sur le fait d'être la petite amie d'un garçon. Écoute les rockeuses super sexy qui se fichent de tout.

5. Envisage l'idée d'être lesbienne.

6. Rejette complètement l'idée d'être lesbienne quand même l'idée d'embrasser la très belle Angelina Jolie ne t'excite pas.

7. Demande-toi comment tu as pu prendre autant de plaisir à faire l'amour avec un homosexuel de 17 ans.

8. Pleure.

9. Pleure encore.

10. Serre ta chatte dans tes bras. Ne l'appelle pas. Résiste. Résiste de le dire à ta mère. Résiste à toute cette réalité. Résiste. Résiste. Résiste!!!

11. Dis-toi que tu es victime d'une caméra cachée. Regarde autour de toi pour voir si Ashton Kutcher, celui qui anime Punk'd : stars piégées, n'est pas là, puis rappelle-toi que tu n'es pas célèbre, ce qui fait que tu ne mérites pas d'être piégée.

12. Rappelle-toi la façon dont il avait regardé le vendeur de bretzels, au centre commercial de Bangor. Ce n'était pas le regard d'un hétérosexuel. Les hétérosexuels ne laissent pas leur regard glisser vers les fesses d'un autre gars, sauf s'il y a une affiche «Donne-moi un coup de pied au cul» collée dessus. Il n'y avait pas d'affiche «Donne-moi un coup de pied au cul».

13. Songe à coller sur tes propres fesses une affiche «Donne-moi un coup de pied au cul».

14. Pleure.

15. Dresser une stupide liste ne t'aide pas à te sentir mieux, mais cela te donne l'impression de ne pas être hystérique et d'être en parfaite maîtrise de tes émotions.

16. Déchire ta liste.

17. Fais tes devoirs en mettant la radio à fond.

18. Abandonne et va te promener à vélo dans la campagne. Encore une fois.

19. Écris-lui des mots. Déchire-les également. Déchire tout afin que tout soit comme ton cœur, en mille morceaux.

Je vais imprimer ma liste parce que je les imprime toujours. Quand elles sont suffisamment bonnes ou importantes, je les épingle sur mon tableau en liège. J'envoie un autre coup de fil à Em.

— C'est vraiment moche d'être larguée un samedi.

J'imprime ma liste de conseils.

— Oui oui, murmure-t-elle.

Je poursuis sur ma lancée.

— Parce que quand tu es larguée un samedi, tu as tout le dimanche pour broyer du noir, puis, tu t'inquiètes du fait que tu vas devoir en parler à tout le monde à l'école, le lundi. Et tu sais, je vais devoir le répéter à tout le monde et tout le monde va être stupéfait que nous ayons rompu.

Je reprends mon souffle, je saisis les feuilles que je viens d'imprimer et j'y jette un coup d'œil.

Em respire tellement fort que je peux l'entendre dans le téléphone.

— Belle, tu ne peux pas le dire aux autres.

— Putain ! C'est vrai, ce n'est pas à moi de le dire, n'est-ce pas ? dis-je en sentant les feuilles trembler dans ma main. C'est à Dylan de le dire.

— Ouais, approuve-t-elle.

Je ferme les yeux. Muffin se frotte contre mon visage, faisant presque glisser le téléphone de ma main. Je le ressaisis fermement.

— Pourquoi faut-il qu'il soit gai ? dis-je.

Em ne répond rien parce qu'il n'y a pas de réponse. Je le sais bien. Je le sais, mais je fais l'idiote.

— Les gens vont s'en rendre compte, cependant. Ils vont se rendre compte que nous ne nous embrassons plus tout le temps, que nous ne sommes plus toujours ensemble.

— C'est vrai. Et sa manie de te pincer les fesses.

— Mes fesses vont se sentir bien seules.

— Elles vont bien aller. Si quelqu'un te pose des questions, dis-lui simplement que vous avez rompu. Pas besoin de donner des détails.

La voix d'Em est douce et apaisante.

— Les gens veulent toujours avoir des détails, je lui mentionne.

— Ça ne fait rien. Ça ne les concerne pas. Ça vous concerne seulement, Dylan et toi. Compris?

Je laisse tomber ma liste et je dépose Muffin sur mes genoux.

— D'ac.

Lundi

EMILY ME CONDUIT À L'ÉCOLE dans sa petite voiture rouge qui est de la couleur d'une borne d'incendie. Elle sait que je ne veux pas parler, alors elle fait jouer le CD du *Fantôme de l'opéra*. C'est ce que nous faisons quand l'une de nous deux est triste. Nous chantons faux, en imitant des voix d'opéra et en faisant de grands mouvements exagérés.

Cela fonctionne habituellement, mais, cette fois-ci, je me contente de l'examiner du coin de l'œil.

Emily est très maigre. Elle n'a à peu près pas de seins, mais des hanches plus grosses que les miennes. Nous portons la même taille de vêtements, mais nos corps sont complètement différents. On dirait que je pèse neuf kilos de plus qu'elle, alors que c'est plutôt deux.

— Tout est dans les seins, dit-elle toujours.

Et, comme toujours, j'approuve. Et comme toujours, elle sourit.

D'ailleurs, elle sourit en ce moment même.

— Je porte Paddy! me crie-t-elle, même si elle est à quelques centimètres de moi sur le siège du conducteur.

La musique est vraiment forte. Paddy est le nom qu'elle a donné à son soutien-gorge rembourré.

— Et comment va Paddy? je lui demande.

— Il est triste. Il a besoin de filles pour le réconforter!

Elle freine brusquement à sept centimètres de l'arrière d'un gros Hummer orange. Il appartient au vétérinaire. Elle éclate de rire et crie :

— Désolée, Dr Lasko!

Puis, elle me tapote le genou.

— Ça va? Où est Gabriel? As-tu laissé Gabriel chez toi?

Elle a un regard étrange comme si j'avais oublié d'enfiler un tee-shirt ou quelque chose du même genre.

— On ne parle pas, on chante seulement, lui dis-je au moment où elle redémarre.

Elle acquiesce de la tête et se met à s'époumoner avec une voix de soprano hyper haute, le nez en l'air et la bouche grande ouverte. Très grande ouverte.

— La, la, la… le fantôme de l'opéra! hurle-t-elle.

Elle sort son appareil numérique et me prend en photo d'une main. Son autre main, heureusement, tient encore le volant.

Em a commencé à prendre des photos, il y a quelques années, quand son père est décédé. Il avait le cancer. Quand ils partaient en vacances, Em trouvait agaçant que sa mère marche derrière eux en photographiant tout ce qu'elle voyait afin qu'ils puissent s'en souvenir. Maintenant, Em est heureuse d'avoir ces photos, des films et des films de photos de son père et elle en train de faire toutes sortes de choses. J'aurais bien aimé avoir toutes ces photos de mon père, mais j'étais tellement jeune quand il est décédé ; j'avais trois ans. Je ne me souviens pas vraiment de lui.

Emily prend continuellement des photos. C'est son truc. Il ne faut pas en tenir compte avec elle, mais, aujourd'hui, j'en suis incapable.

— Pas de photos, dis-je comme une vedette de cinéma.

Elle en prend une autre, puis dépose l'appareil entre nous, près du levier de vitesses.

— D'accord. Alors, on chante.

Elle commence à chanter et je me joins à elle.

— Oh !... la, la, la... le fantôme de l'opéra...

— Ah ! Ah ! hurle-t-elle en remontant la gamme jusqu'à mi, au-dessus du do.

— Ah ! Ah !

Je chante ou plutôt je crie avec elle, en ouvrant grand les bras et en lui frappant l'oreille. On hurle pour atteindre le sol.

— Ah ! Ah !

C'est comme si j'évacuais ma peine et cela me fait beaucoup de bien.

Elle appuie sur la touche REPEAT de son lecteur de CD, et nous chantons la chanson en boucle durant tout le trajet jusqu'à l'école. Nous la chantons en passant devant la Dead River Oil Company, devant Mike's Store, devant la maison de Tom Tanner, devant la bibliothèque et devant le restaurant Denny's. Nos voix sont rauques comme si nous souffrons d'une laryngite, mais nos cœurs sont prêts à affronter ce que la journée pourrait nous réserver.

— Je n'ai jamais entendu de chanson aussi cucul, dit-elle.

— C'est ce qui en fait une si bonne chanson, je réplique en ajustant ma ceinture de sécurité. De la vraie guimauve en bouche!

Elle sourit.

— On recommence.

----o----

Dans le stationnement, j'arrête de marcher. L'école se dresse devant moi, imposante et glaciale. Dylan se trouve à l'intérieur. Va-t-il m'attendre près de mon casier comme il le fait habituellement? J'ai la gorge nouée.

Emily passe son bras autour de mes épaules.

— Viens. Allons prendre le taureau par les cornes.

— Le quoi?

Elle hausse les épaules.

— Le taureau par les cornes. C'est ce que mon père disait toujours.

Je rigole et je me remets à marcher en secouant la tête.

Emily court pour me rattraper.

— Mais quoi? Quoi? s'exclame-t-elle.

Je marmonne :

— Le taureau par les cornes.

— Qu'est-ce qui est si drôle?

— Comme si Dylan était le taureau, et son pénis, la corne, dis-je en grommelant.

Emily secoue la tête au son de la première cloche.

— Oh! Belle. Tu ne vas pas bien. Tu ne vas vraiment pas bien. Tu as perdu la tête. Complètement.

Elle tire sur la bretelle de son soutien-gorge.

— Veux-tu porter Paddy aujourd'hui? Pour le soutien?

Cela me fait rigoler encore davantage. J'ouvre brusquement la porte de l'école et je fonce dans Tom Tanner. Tom est dans mon cours d'allemand; il fait aussi partie de l'équipe de soccer. Il a les cheveux châtains comme des glands et du bon pain grillé.

Il saisit mes épaules pour garder son équilibre.

— Holà! Ralentis un peu, coco.

— Désolée, dis-je en secouant la tête.

Il semble content de me voir et garde ses mains sur mes épaules. Puis, il prend conscience de son geste. Du moins, c'est ce que je crois parce que son regard change. Emily pousse un long sifflement.

Il sourit; un long sourire qui ferait fondre le cœur d'une fille ordinaire, mais je ne suis pas attirée par les joueurs de soccer qui ont déjà fréquenté Mimi Cote, peu importe si le joueur est d'une beauté renversante. Il continue tout de même de sourire.

— Ça va.

Puis, je me rappelle une chose. Quand nous étions en quatrième année du secondaire, Tom Tanner m'avait dit de ne pas devenir la petite amie de Dylan. Qu'avait-il dit, déjà ? Il avait dit :

— Il prend davantage soin de ses cheveux que toi, coco.

Tom m'appelle coco parce que je suis membre d'Amnistie internationale et de Students for Social Justice et aussi parce qu'en septième année du primaire, quand nous avons fait notre gros projet sur les Nations Unies, nous devions tous représenter un pays, et j'avais représenté Cuba, un pays communiste. Tom, bien entendu, avait représenté les États-Unis. Mais ce n'est pas ce qui m'intéresse, maintenant. Ce qui m'intéresse, c'est de savoir comment il se fait que Tom Tanner le savait et que je ne le savais pas.

— Où est ta guitare, coco ?

— À la maison.

Il me jette un regard suspicieux, puis me salue de la main et s'éloigne d'un pas nonchalant. Je reste plantée là, à le fixer, jusqu'à ce qu'Emily me tire par le bras.

— Nous allons être en retard au cours de droit.

Je me retourne vers elle.

— Est-ce que tout le monde le savait ? Tout le monde le savait sauf moi ?

Elle sait de quoi je parle. Elle baisse un peu la tête et affiche un air triste.

Puis, elle pousse un soupir et dit :

— Je ne sais pas, Belle. Moi, je l'ignorais. Peut-être que Tom le savait. Je ne sais pas. Ils étaient amis à l'école primaire. Il s'est peut-être produit quelque chose.

EN PARVENANT À MON CASIER, je constate que Dylan ne m'attend pas comme d'habitude. J'appuie ma tête contre le métal froid et dur de la porte de mon casier.

— Belle, dit une voix.

Ce n'est pas lui.

C'est Emily.

— Nous sommes en retard, lance-t-elle.

Je lance ma veste dans mon casier, à côté du pull de Dylan, juste au-dessus de l'autocollant de pare-chocs que Dylan m'a donné et sur lequel est écrit *GIVE PEAS A CHANCE*[1]. Le monde semble tourbillonner et je suis très en colère, mais j'ignore contre quoi. Contre les petits pois ? J'arrache l'autocollant, je le froisse et je le tends à Em qui sait qu'il est préférable qu'elle se taise. Puis, je lance mon sac à dos, je prends le matériel dont j'ai besoin et je m'éloigne. Je m'éloigne. Je m'éloigne.

Je m'éloigne de Dylan.

N'est-ce pas ce que je dois faire ?

Dimanche était le jour de repos, de deuil. Lundi est le jour des nouveaux départs. Lundi est le jour du labeur.

---

1. N.d.T.: Un dérivé de « Give Peace a chance » (Donnez une chance à la paix) qui devient en français : « Donnez une chance aux petits pois. »

— QUE VAIS-JE FAIRE QUAND JE VAIS LE VOIR ? je demande à Emily.

Elle secoue ses longs cheveux. Elle me regarde d'un air inquiet.

— Je ne sais pas, répond-elle.

Je me rappelle quand Eddie Caron a surpris sa petite amie, Hannah Trudeau, dans sa camionnette, la première semaine de la cinquième année du secondaire. Eddie était amoureux fou d'Hannah ; il prenait toujours sa minuscule main quand ils marchaient dans le couloir de l'école. Il portait même ses livres et son plateau de la cafétéria ; il aimait la chouchouter. J'avais taquiné Dylan en lui disant qu'Eddie traitait Hannah beaucoup mieux que lui me traitait.

Dylan avait levé un sourcil et avait dit :

— Tu veux que je porte ton plateau ? Ça fait tellement cinquième année.

J'avais haussé les épaules.

— Tu ne prends même pas de plateau à la cafétéria, avait-il dit en me chatouillant.

Et je l'avais chatouillé à mon tour et cela avait mis fin à la conversation. Mais j'ai toujours trouvé que c'était gentil de la part d'Eddie de chouchouter Hannah de cette façon, de toujours lui ouvrir la porte et de lui offrir des fleurs. Ma mère disait qu'il était vieux jeu. Dylan disait qu'il était crétin.

Mais tout cela a pris fin quand Eddie s'est précipité ce jour-là vers sa camionnette et qu'il a vu la langue d'Hannah bien enfoncée dans la bouche d'Ashleigh Martel. Elles avaient toutes les deux enlevé leur chemisier. Il l'a saisie et a projeté au sol le petit corps maigre d'Hannah. Tout le monde est accouru pour voir ce qui se passait parce qu'Hannah et Ashleigh criaient et qu'elles ne portaient que leur soutien-gorge, ce qui a suscité l'intérêt des garçons. Puis, Eddie Caron lui a passé un savon et s'est mis à la frapper et à lui donner des coups de pied. Elle paraissait si petite et Eddie, si gros. Il avait toujours été gros, même depuis la maternelle quand je partageais mes biscuits Oreos avec lui et qu'il me donnait un morceau de son bœuf séché.

Je n'aurais jamais pu imaginer que je verrais, un jour, Eddie Caron battre une fille. Et pourtant, c'est ce qu'il était en train de faire. Il lui donnait toute une raclée.

Je lui ai crié d'arrêter. J'ai crié et j'ai tendu ma housse de guitare à Em afin qu'elle la garde à l'abri. Puis, j'ai bondi sur le dos d'Eddie et j'ai essayé de l'arrêter, mais je n'ai pas pu parce qu'il était trop fort. Je suis restée agrippée à son dos comme une idiote, en lui criant de laisser Hannah tranquille. Je ne ressentais rien, pas même de la peur ou de l'inquiétude. J'étais une ardoise vierge, une feuille blanche, une guitare silencieuse, une musique de fond.

Tom et Shawn Card l'ont saisi et l'ont tiré par les bras pour ensuite le coincer à côté de la camionnette, comme un chien sauvage qui sent de la viande, qui a peur et qui a un goût de sang dans la bouche. Je me suis laissé glisser du dos d'Eddie et j'ai regardé en me demandant quoi faire. Em a pris une photo et je me suis tournée vers elle, en colère.

— Em. Pas de photos !

Elle a mordu sa lèvre et a collé son appareil photo contre sa hanche.

— Mais c'est tellement super !

Elle s'est excusée du regard et s'est remise à prendre des photos. Nous les avons regardées plus tard : Ashleigh en train de tirer sur sa bretelle de soutien-gorge avec son ventre qui débordait de son jean ; Hannah, le visage rouge et mouillé de larmes, qui gémissait de douleur aux côtés d'Ashleigh ; Eddie, mon ancien protecteur, dont le visage habituellement calme était défiguré par la rage ; Tom et Shawn, les muscles des bras tendus, qui le retenaient.

Hannah a voulu se sauver avec Ashleigh, mais elles n'ont fait que quelques pas, en serrant leur chemisier de leurs mains, avant de s'arrêter et de regarder autour d'elles. Puis, quelqu'un, je crois que c'était Jacob Paquette, a crié :

— Gouines !

Em l'a également pris en photo. Il avait la bouche grande ouverte et serrait les dents, exprimant ainsi toute sa haine.

Puis Hannah s'est mise à sangloter. Ses larmes se sont mélangées au sang qui maculait le gravier. Ashleigh, cependant, avait des couilles. Elle s'est simplement retournée et nous a fait un doigt d'honneur en criant :

— Foutez-nous la paix !

Dylan et Emily sont venus près de moi. Dylan m'a serrée dans ses bras et m'a demandé :

— Ça va ?

— Oui, oui, ai-je répondu, mais je tremblais, et Dylan le savait.

Il savait que je tremblais. Alors, il m'a simplement serrée plus fort. Puis, il a relâché son étreinte et m'a dit :

— Tout le monde a le droit d'aimer.

J'ai secoué la tête et j'ai répondu comme une idiote :

— Mais elle trompait Eddie.

Maintenant, je sais que c'est parce qu'elle avait trop peur de le dire. Était-ce ce que ressentait Dylan ? Avait-il trop peur d'en parler ? Et qu'est-ce qui avait changé ? Pourquoi maintenant ? Pourquoi être courageux maintenant ?

Courageuse, c'est ce que Tom avait dit que j'étais ce jour-là.

Il s'est approché de moi après qu'Eddie ait retrouvé son calme et se soit éloigné d'un pas lourd. Dylan et Emily sont montés à bord de sa voiture, mais j'ai traîné derrière, surtout parce que j'étais agacée qu'elle ait pris des photos et parce que Dylan était resté à l'écart plutôt que de venir m'aider à mettre fin à la bataille. Bob, le meilleur ami de Dylan, qui avait le malheur de porter un nom de vieil homme, lui a crié quelque chose en lui montrant son saxophone. Dylan est sorti de la voiture et s'est précipité vers lui, en lui racontant, j'imagine, ce qui venait de se produire.

Je les ai regardés se parler. Ils étaient si différents. Bob était si corpulent et Dylan, si mince. Bob et ses lunettes trop épaisses et ses cheveux trop courts, et Dylan qui semblait sortir tout droit d'une publicité de sous-vêtements, mais sans la peau bronzée.

Tom s'est soudainement placé devant moi, me bloquant la vue, et il m'a dit :

— Coco. Tu es vraiment courageuse.

Cela m'a surprise. En grande partie parce que je ne m'attendais pas à ce que Tom s'adresse à moi sans me taquiner, ce qu'il faisait constamment depuis que Dylan et moi avions commencé à nous fréquenter. Mais j'ai également été surprise parce qu'il m'a dit que j'étais courageuse. Dylan ne me l'a jamais dit.

J'ai haussé les épaules comme si cela n'avait pas d'importance, comme si je ne tremblais pas et il a tendu sa main et m'a caressé le coude. Ses doigts brûlaient ma peau. Il a hoché la tête et a dit :

— Vraiment. Tu l'es. Les autres se sont contentés de regarder la scène.

— Pas toi.

— Ce n'est pas dans mon ADN, a-t-il répondu avec un petit sourire en coin.

J'ai dû le regarder bizarrement parce que son sourire s'est agrandi. Il m'a montré le morceau de ruban adhésif en toile sur sa manche en disant :

— Les gênes de mon père policier.

Le père de Tom est le chef de la police d'Eastbrook. Tout le monde le sait, mais je n'y pense jamais étant donné que je ne suis pas tous les jours confrontée à la police.

— Ça doit être ça.

C'est à ce moment-là que Dylan s'est approché et a souri à Tom, mais Tom ne lui a pas rendu son sourire. Il s'est contenté de le saluer de la tête, puis il m'a fait un clin d'œil et s'est éloigné.

— C'était quoi, ce clin d'œil? a demandé Dylan lorsque nous nous sommes engouffrés dans la voiture d'Emily.

— Rien, ai-je répondu.

— Il t'aime tellement, a dit Emily avec sa stupide voix chantante.

Assis à l'arrière de l'auto, Dylan s'est approché et il a passé ses bras autour de moi.

— Tu es à moi, Belle. Tu es à moi.

Tom le savait, n'est-ce pas? D'une certaine façon, il le savait.

Pourquoi ne suis-je jamais capable de voir s'ils sont gais ou pas?

— Ton radar à homos est cassé, m'annonce Emily.

Nous nous penchons au-dessus de la table de la cafétéria pour parler tout bas. Je n'ai pas vu Dylan de la journée et je crois qu'il m'évite parce qu'après tout, ce n'est *pas* une si grande école. Habituellement, le midi, nous nous assoyons avec beaucoup d'élèves, mais Em et moi avons demandé à nos amis de nous laisser seules, et comme tous nos amis savent se comporter et comprennent quand quelque chose ne va pas, ils le respectent et nous laissent tranquilles.

Je lève les yeux au plafond pour rendre ma réplique encore plus théâtrale.

— Je n'ai même pas de radar à homos.

— Il vient peut-être avec une garantie, dit-elle en éclatant de rire et en prenant ensuite une grosse gorgée de Coca-Cola.

— Elle est échue depuis 15 ans, dis-je en grognant.

J'ai passé deux longues années de l'école secondaire à fréquenter et à aimer un homosexuel, Dylan, mon meilleur ami. Je continue de jeter un coup d'œil aux joueurs de soccer, à l'autre table. Tom Tanner est avec eux; il rit, joue avec du ruban adhésif en toile, et boit une boisson gazeuse. Il possède un sourire qui lui fend le visage, un sourire de superstar, et quand il rit, il projette sa tête en arrière et son sourire devient alors encore plus grand.

Quand nous étions en deuxième année de l'école secondaire, j'avais le béguin pour lui. J'étais alors une voltige dans l'équipe des meneuses de claques, et chaque fois que mes bases me soulevaient pour faire la torche, je le fixais sur le terrain de soccer de manière à attirer son regard. Parfois, il me regardait. Parfois, il ne me regardait pas, mais j'espérais toujours qu'il le fasse. Puis, Mimi Cote lui a demandé de sortir avec elle et ils s'embrassaient toujours lors des soirées dansantes. J'ai cessé d'être meneuse de claques à ce moment-là. Je ne supportais plus d'être près de Mimi.

Je repose mon regard sur Em. Elle mordille le bord de sa lèvre et se prépare à poser la question qui brûle les lèvres de tout le monde. Elle hésite d'abord, puis finit par dire :

— Tu n'avais pas une petite idée... Je veux dire... Quand vous faisiez l'amour ?

Je lui jette un regard furieux.

— Non.

Emily s'énerve et agite ses mains.

— Je veux dire... Il t'a sûrement envoyé quelques signaux.

— NON ! dis-je en hurlant.

Quelques élèves de troisième année cessent de manger leur pizza et leurs baguels et nous fixent du regard. Nous leur sourions et les saluons de la main comme des candidates d'un concours de beauté. Je baisse le ton et j'ajoute :

— Non. Tout fonctionnait très bien dans ce domaine.

Elle secoue la tête.

— C'est bien ce que je pensais. Je veux dire, on voyait bien qu'il bandait et tout le reste quand vous dansiez.

Je hausse les épaules et je me rassois bien droite. Puis, je lui dis d'une voix normale :

— C'était sans doute à cause de la friction.

— Mais il a *bel et bien* fait partie d'un club de chant, commente-t-elle.

— Je sais.

— Et il utilise beaucoup plus de produits pour les cheveux que toi, ajoute-t-elle, en mordant dans une frite.

— C'est ce que Tom avait dit, lui aussi.

— Tom ?

— Quand Dylan et moi avons commencé à nous fréquenter.

— Ce sont cependant des stéréotypes, souligne-t-elle en prenant une autre frite. Je veux dire, il est également très bien foutu, il n'a pas une voix aiguë, il marche comme un vrai mâle, il mange tout le temps des hamburgers au fromage et il regarde les parties de football. Mange donc.

— Ouais.

Je n'ai pas touché à ma nourriture. Je suis incapable d'avaler quoi que ce soit depuis ce que Dylan m'a révélé, samedi, il y a deux jours. Je ne fais que boire du Postum[2].

— Les stéréotypes sont stupides.

Je laisse Emily seule à la table et je me mets dans la file pour aller chercher de l'eau chaude. Elle est normalement destinée au thé. Je ne bois pas de thé sauf quand Dylan m'en prépare un. C'est trop fade, trop liquide, trop rien, mais il réussit à le rendre buvable. Je ne peux pas boire de café parce que la caféine me fait faire des crises d'épilepsie et même quand il est décaféiné, il y a encore suffisamment de caféine pour que je me mette à avoir des convulsions sur le plancher ou à parler de chiens dans un langage confus. C'est ce que je fais quand j'ai une crise, selon mes témoins comme Dylan, Emily et ma mère. J'erre dans la pièce en disant des choses comme :

— Les chiens ? Où sont les chiens ? Ils aboient. Les chiens aboient. Nous devons aller chercher les chiots.

Ce n'est pas un genre de chose agréable et cohérente, et je suis certaine que j'ai toujours l'air d'une malade mentale.

Alors, je bois du Postum.

Je fais couler l'eau chaude.

Quelqu'un se glisse dans la file derrière moi et se racle la gorge.

---

2. N.d.T.: Le Postum était une boisson de céréales décaféinée qui servait de substitut au café. Autrefois distribué par la compagnie Kraft, il a été retiré du marché.

Je tourne la tête et j'aperçois Tom Tanner qui me sourit. Je lui rends son sourire parce que ma mère m'a appris à être polie, puis je vois ses yeux s'agrandir.

— L'eau…, dit-il en passant sa main par-dessus mon épaule pour refermer le robinet d'eau chaude avant que le liquide bouillant déborde de ma tasse isotherme et me brûle les doigts.

L'eau cesse de couler juste avant qu'il ne soit trop tard. J'ai peur de bouger.

Il me frôle par-derrière et entoure mes doigts avec les siens. Je sens la chaleur se répandre jusque dans mes épaules. Je réprime un petit rire nerveux. Puis, il dit :

— On la vide à trois. D'un seul mouvement. Un. Deux. Trois.

Un petit geste et, voilà, c'est fait. Il me sourit. Il a une fossette sur la joue gauche.

Embarrassée, je marmonne :

— Merci.

Mes doigts sont chauds et frémissants sous les siens.

Il s'éloigne un peu et secoue la tête.

— Tu es vraiment dans la lune, aujourd'hui, coco.

Je repousse une mèche de cheveux de mon visage avec mes stupides doigts tremblants et je me reverse de l'eau, le dos tourné afin de ne pas être obligée de le regarder.

— Oui. Je sais. Je n'ai pas beaucoup dormi cette nuit.

— Tu as fait la fête ?

— Ouais. C'est tout à fait mon genre. Faire la fête un dimanche soir.

Je ferme le robinet d'eau chaude bien trop tôt. Ma tasse est à moitié pleine.

— Tu as étudié pour le cours d'allemand ? demande-t-il.

— D'allemand ?

Je ferme les yeux en poussant un grognement. Il éclate de rire.

— Tu as oublié l'épreuve ?

Je hoche la tête.

— Toi, Belle Philbrick, tu as oublié une épreuve ?

— N'en rajoute pas, dis-je en le regardant emplir sa tasse d'un bon café bourré de caféine. Imbécile.

Il secoue la tête.

— Ce serait bien la première fois.

Mon ventre vide accueille mon cœur qui s'enfonce de plus en plus bas dans mon corps. Tom a dû le remarquer parce qu'il pose sa main sur mon épaule et murmure :

— Belle, tout va bien aller.

— Tu parles, dis-je en bredouillant comme une gamine de quatrième année.

— Avec l'épreuve. Avec Dylan. Avec tout, ajoute-t-il en appuyant davantage sa main sur ma peau. Je te le promets.

Puis, il retire sa main et s'éloigne, me laissant seule avec ma demi-tasse d'eau, une autre peur qui me tenaille, un affreux mal de tête et une question. Comment a-t-il su ?

— Pas de guitare aujourd'hui ? me lance-t-il par-dessus son épaule.

Je secoue la tête, confuse. Il s'interroge à propos de ma guitare. J'apporte toujours Gabriel à l'école. Ne me l'a-t-il pas déjà demandé ? Ne m'a-t-il pas déjà parlé de Gabriel ? Il essaie peut-être seulement de poursuivre la conversation. J'ignore pourquoi, cependant.

— Je l'ai oubliée.

C'est un mensonge.

Il hoche la tête et continue de s'éloigner.

Comment a-t-il su à propos de Dylan ? Comment a-t-il su ?

Je cours le rattraper. Il s'assoit avec les joueurs de soccer, Andrew, Ben, Brandon et Shawn. Il bricole une sorte d'alligator miniature avec du ruban adhésif en toile pendant que les autres garçons l'observent.

— Comme c'est mignon.

Je dépose ma tasse sur la table et je lui jette un regard de haut.

Les autres garçons pouffent de rire et Shawn lance :

— Holà ! Tommy est dans une mauvaise passe.

Tom ne bouge pas.

Je lui demande comment il l'a su.

Il détourne son regard. Il regarde les joueurs de soccer. Andrew avale son Coca-Cola.

— Su quoi ? demande Tom.

— À propos de Dylan. À propos de Dylan et moi.

Mon cœur menace de sortir de ma poitrine. Je me demande si Tom peut le voir battre. Je me demande s'il va l'attraper.

Il lève ses mains dans les airs.

— Heu… ! Belle. Ce n'est pas le bon moment.

— Dis-le-moi simplement, Tom.

— Ouais, Tom, ricane Andrew. Dis-le-lui.

Andrew saisit l'alligator en ruban adhésif de Tom et fait comme s'il voulait le mordre. Tom le repousse.

J'attends.

— Belle…, commence Tom en avalant sa salive.

Sa pomme d'Adam remonte dans sa gorge. Il se lève de son banc.

Je le regarde d'un air furieux. Andrew fait comme si l'alligator s'attaquait à sa propre gorge. Tous les garçons s'esclaffent sauf Tom qui me fixe avec autant de force que je le fixe. Finalement, il saisit mon épaule et m'entraîne vers le distributeur de Coca-Cola. Ian Falvey, un élève de troisième année, essaie de glisser un billet d'un dollar, mais le distributeur persiste à le rejeter. Tom lui tend des pièces de 25 ¢ et lui dit :

— Dégage !

Le jeune glisse ses pièces de monnaie dans la fente du distributeur, saisit son Coca-Cola et lance un « merci » par-dessus ses frêles épaules.

Tom s'appuie contre l'appareil. Il me regarde fulminer, avec mes deux mains posées sur mes hanches.

— Belle, dit-il en soupirant.

Il secoue la tête.

— Tu es en colère contre la mauvaise personne, ajoute-t-il.

— Je ne suis pas fâchée contre toi, dis-je en expirant profondément pour me calmer. Dis-moi seulement ce que tu sais.

Tom lève la tête au plafond. Puis, il la rabaisse et nos regards se croisent. Rien ne sort de sa bouche.

— Tom, dis-le-moi, c'est tout.

Je suis sur le point de l'étrangler. De tirer les mots de sa bouche avec mes deux mains. J'essaie de rester polie.

— S'il te plaît.

Mais au lieu d'avoir l'air civilisé, ma voix semble faible. Elle semble fracassée, comme une figurine de fée en porcelaine que la queue d'un chien a fait tomber, comme un ours en peluche qui a perdu une patte durant une soirée pyjama tumultueuse parce que Mimi Cote aime à jouer à « essaie de l'attraper », comme le cœur d'une fille qui ne sait plus quoi est quoi, comme si elle se fracassait en mille morceaux sans le vouloir.

Je le supplie.

— S'il te plaît.

— Ce n'est pas à moi de te le dire. Dylan devrait te le dire.

Il me saisit par les épaules pour que je reprenne mes esprits, puis il me fait glisser derrière lui, de manière à ce que je me retrouve entre le distributeur et le mur. Il me cache, je crois. Il me cache parce qu'il ne veut pas que le monde me voie, la fille stupide, la reine de la récolte avec le roi homosexuel. Je m'interroge un moment. Dylan est peut-être amoureux de Tom, et c'est pour cela qu'il est au courant. Pour une raison que j'ignore, cela me fend encore plus le cœur que le simple fait de savoir que Dylan est gai. Et si Tom était gai lui aussi ? Ils étaient les meilleurs amis. Et ils se détestent maintenant. C'est peut-être cela… Peut-être que chaque garçon qui m'attire est gai. Mon visage grimace. Je refuse de pleurer. Je fixe Tom droit dans les yeux avec un regard de chien alpha.

Il lèche ses lèvres. Il avale sa salive.

— J'ai vu Dylan embrasser Bob. Je sais qu'il se passe quelque chose, d'accord ?

Je reste bouche bée. Le moteur du distributeur gronde près de moi. Je m'appuie contre l'appareil. Pas Tom. Pas Tom, bien sûr. Bob. Bob. Il a embrassé Bob.

— Belle ?

Sa voix semble venir de très loin, d'un très long tunnel dans lequel je ne veux pas pénétrer, mais que puis-je faire d'autre ? Dylan est gai. Il a embrassé Bob. Il n'y a pas de retour en arrière. Le conte de fées dans lequel je croyais vivre a déjà été révisé, la chanson que je croyais chanter a changé de tonalité et il n'y a rien que je puisse faire, personne contre qui je peux me fâcher. Tout cela a simplement disparu. Ça n'a jamais existé.

— Belle ?

— Quand ? réussis-je à demander. Quand ?

— Hier, au centre commercial. Dans le stationnement.

Hier. Ils s'embrassaient pendant que j'écoutais Barbra Streisand ou que j'annonçais la mauvaise nouvelle à Em. Hier, ils s'embrassaient pendant que je me demandais pourquoi mon monde s'était effondré, en fixant sa photo et essayant de faire en sorte que mon cœur continue de battre en inspirant de l'air dans mes poumons. Hier.

Je ferme les yeux. Le monde tremble sous mes pieds. J'ouvre les yeux et j'essaie de fixer le visage de Tom. Il est si loin, si flou. Je cligne des yeux pour chasser les larmes.

Je frotte ma poitrine pour essayer de chasser toute ma colère. Je m'effondre à la place.

— Oh! Oh!

Tom m'entoure de ses bras et quelqu'un siffle tout près de nous.

Tom m'entoure de ses bras et je ne le repousse pas. Je m'effondre. Il n'y a rien d'autre à faire.

----o----

Tom m'attire dans ses bras. Puis, il m'aide à m'asseoir par terre.

— Ça va? demande-t-il.

— Est-ce que j'ai eu des convulsions?

Ma voix est agitée. Je ne peux pas avoir fait une crise. Je n'ai pas consommé de caféine, ni d'aspartame, rien. Autour de moi, les gens me regardent, mais je ne me sens pas confuse comme quand j'en fais une. Oh, putain!

— Est-ce que j'ai eu des convulsions?

Tom semble confus.

— De quoi parles-tu? Des convulsions?

— Ce... ce n'est rien... dis-je en bégayant.

J'avale ma salive. J'essaie de me calmer.

— Qu'est-il arrivé?

Il repousse une mèche de cheveux de mon visage.

— Tu as perdu connaissance. Tu t'es évanouie pendant trois secondes.

Je m'efforce de me lever, mais Tom me maintient par terre. Je parie qu'il croit que je vais de nouveau m'effondrer.

— Je ne perds jamais connaissance.

Mes joues rougissent.

Il sourit et me dit d'un ton fanfaron :

— Et c'était quoi, d'après toi ?

Je réfléchis. Je lève mes mains dans les airs.

— Je suis tombée dans les pommes ?

Il éclate de rire et les joueurs de soccer s'approchent, ce qui me fait rougir davantage. J'ai l'impression d'avoir les joues en feu. Ils se mettent à le taquiner.

— Mais qu'est-ce que t'as bien pu lui dire, Tom ? Tu l'as enfin invitée à sortir avec toi ?

Blablabla. Je fais comme si je ne les avais pas entendus, mais j'observe Tom. Il sourit, mais son regard est affligé. Il sourit, mais ses mains tremblent légèrement comme elles le font quand il doit faire un compte-rendu oral en allemand.

— C'est ma faute, dis-je en riant.

J'essaie de sauver la situation.

— J'ai eu un étourdissement et Tom a joué au chevalier servant.

Je bats des cils, mais cela m'étourdit un peu et je tangue légèrement. Tom et Shawn me saisissent tous les deux et Shawn hurle :

— Holà !

Tout le monde dans la cafétéria nous regarde et Emily accourt vers moi avec ses mains sur la bouche. Elle sait que je suis horrifiée à l'idée de faire une crise à l'école. Elle sait que c'est peu probable que cela se produise à l'école. Ce n'était cependant pas une crise d'épilepsie.

— As-tu oublié de manger? Les filles oublient toujours de manger, lance Andrew.

Il tient toujours le petit alligator dans ses mains.

— J'ai acheté du Postum, dis-je en guise d'explication.

Andrew demande à Shawn.

— C'est quoi, du Postum?

Shawn hausse les épaules et me dit :

— Je vais aller te chercher de la nourriture.

Il se précipite vers le comptoir et Emily s'accroupit près de moi en saisissant le bras que Shawn vient de libérer.

— Elle n'a pas mangé depuis samedi!

Je lui jette un regard assassin.

— Elle n'est pas anorexique, laisse-t-elle échapper. Elle… elle est seulement stressée à cause de Dylan. Ils ont rompu.

Je l'assassine encore davantage du regard. Elle couvre de nouveau sa bouche avec sa main.

Tom me lance un regard interrogateur. Sa bouche articule en silence les mots « Tu le savais donc? ».

Je hausse les épaules, mais Emily a tout vu et elle dit à voix haute :

— Il le lui a dit samedi soir.

Tom se raidit. Il secoue la tête.

— C'est vraiment moche.

— Qu'est-ce qui est moche ? demande Andrew, l'air de ne rien comprendre et ridicule dans son maillot de soccer.

Ils portent tous leur maillot. Il doit y avoir une partie, aujourd'hui.

— Qu'est-ce qui est moche ?

— Rien, je réplique. Je suis seulement ridicule d'avoir perdu connaissance. Je suis vraiment une chiffe molle. Hein ?

Je me lève en repoussant les mains qui veulent m'aider, je chancelle vers Emily et j'essaie d'avoir l'air d'avoir retrouvé la maîtrise de moi-même. Même si je sais que j'échoue lamentablement. Shawn fonce vers moi avec un baguel dans une main et un sandwich au fromage fondant dans l'autre.

— Je ne savais pas ce que tu voulais, dit-il.

Il a l'air d'un gentil petit garçon, comme un garçon de quatre ans qui a fait un dessin pour sa mère, même s'il fait deux mètres et qu'il pourrait coucher avec toutes les meneuses de claques de l'école.

— Merci. C'est vraiment gentil.

— Ouuuh ! Shawn est gentil, roucoule Andrew en battant des cils.

Shawn rougit.

— Il ne faudrait pas que Dylan entende ça.

Nous gardons tous le silence, même Shawn qui tient encore la nourriture et qui lève ses mains dans les airs en demandant :

— Quoi ? Qu'ai-je dit de mal ?

Emily saisit le sandwich au fromage fondant et m'entraîne avec elle vers notre table, mais non sans avoir entendu Andrew faire dire à son alligator :

— Mon cher Shawn. Dylan n'est plus dans le portrait.

LE POSTUM : MODE D'EMPLOI

1. Le Postum est l'élixir des aînés aux cheveux bleus. Même les nouveaux contenants ont l'air de sortir tout droit des années 1950. On y trouve une étiquette dépouillée avec un graphisme à l'ancienne en lettres majuscules qui dit : « Postum. Boisson chaude de céréales instantanée. Original. Saveur riche. Naturellement sans caféine. »

2. La préparation du Postum est une expérience exigeante. Si tu immerges complètement la cuillère dans l'eau chaude, les grains bruns adhèrent au métal et forment une pâte brunâtre qui rappelle une diarrhée de chien. Je n'ose même pas penser à ce que cela fait aux parois de mon œsophage et de mon estomac. Il y a des choses qu'il est préférable d'ignorer.

3. Tu dois verser le Postum dans l'eau chaude, attendre un moment, puis le dissoudre à la cuillère. Évite de penser que tu pourrais perdre connaissance dans la cafétéria. Ne te dis pas qu'il s'agit d'une nouvelle forme de crise.

4. Prends une gorgée et savoure le mélange d'eau, de son de blé, de blé, de mélasse et de maltodextrine (extraite du maïs).

5. Ne te préoccupe pas des curieux qui te regardent avec un air ahuri et qui disent : «Putain! C'est quoi ce truc?»

6. Cache-toi sous la table de la cafétéria et finis de boire ta boisson, loin de la foule exigeante.

La première fois que j'ai fait une crise d'épilepsie, je venais tout juste de commencer à fréquenter Dylan. Nous étions au sous-sol, dans la salle familiale, en train de regarder *Survivor*, cette télé-réalité où les participants vivent dans des lieux hostiles et votent pour s'éliminer les uns après les autres et où le gagnant finit par devenir très maigre à force de ne manger que des asticots, tout en remportant un million de dollars. Je buvais mon 509e Pepsi de la journée, tandis que Dylan se goinfrait de nachos.

L'une des participantes de *Survivor* pleurait parce que son mari lui manquait, et Dylan a grommelé :

— Putain ! Quelle femmelette !

J'allais abonder dans le même sens quand la canette de Pepsi dans ma main s'est mise à trembler. J'ai essayé de la déposer. Mais mes doigts l'ont laissée tomber. Puis, ils sont devenus rigides et agités, agités, agités et j'ai essayé d'ouvrir la bouche pour dire quelque chose, mais avant même de pouvoir prononcer un mot, j'ai perdu connaissance.

Quand je me suis réveillée, ma tête reposait sur les cuisses de Dylan et il y avait du Pepsi partout sur le plancher.

— Dylan ?

J'étais complètement désorientée.

Il m'a embrassée sur le front.

— Ça va, Belle. Tu vas bien.

Tout dans mon corps me faisait mal comme si je venais de courir un marathon. Ma tête tournait. Je me suis mise à pleurer.

— Qu'est-ce qui m'est arrivé ?

Dylan a secoué la tête.

— Je ne sais pas. Je ne sais pas, ma douce, mais je suis là. Je suis là pour toi.

— Tu le jures ?

Il a hoché la tête.

— Juré.

----o----

Mais il ne le sera plus jamais. Il ne le sera plus et je ne peux pas le supporter. Je veux me cacher. Je sens le regard des élèves de la cafétéria posé sur moi. Em continue de parler et de faire comme si tout allait bien, mais ce n'est pas le cas. Ça ne va pas bien du tout.

— Il faut que je sorte d'ici.

— Quoi ? dit-elle en dressant la tête. La cloche va sonner dans environ deux minutes.

J'avale le reste de mon Postum, puis je me lève et me dirige vers la porte de la cafétéria. Je passe précipitamment devant les élèves, puis je cours à toute vitesse dans le stationnement, en direction du terrain de balle molle. Je cours tellement vite que personne ne peut m'arrêter.

Au moment où j'ai quitté la cafétéria, Em s'est levée et a crié mon nom. J'espère que personne ne l'a entendue. J'espère que personne n'a vu.

Tom a tout vu, cependant. Tom me voit maintenant et court plus vite que moi avec ses jambes de joueur de soccer. Il me saisit derrière le vieil abri des joueurs, où sont écrits les mots EASTBROOK ROCKS. Nous avons tous les deux fui la prison de l'école secondaire ; nous avons couru dans nos uniformes (scolaires dans mon cas et de soccer dans le sien), laissant tout derrière, les murs gris couverts de rayures, les planchers en linoléum et les regards froids. Les regards des autres. Nous sommes maintenant sous le ciel, le dos appuyé contre le mur de l'abri des joueurs, à peine essoufflés, juste un peu.

— La vie est une merde, me dit-il.

Je suis incapable de dire quoi que ce soit ; je frotte simplement mes mains contre mon visage qui est mouillé de larmes et de sueur. Je ne peux distinguer les unes de l'autre.

— La vie est une merde, et après, tu meurs, dis-je en marmonnant.

Il s'étouffe dans un rire. Un écureuil, assis au-dessus de l'abri, pousse de petits cris. Nous avons envahi son espace.

Mon dos glisse contre le mur de l'abri. Mes fesses atterrissent sur le sol froid. Mes jambes s'étirent devant moi. Dylan m'a dit que j'avais de belles jambes. Je m'étouffe avec ma propre salive et me mets à sangloter, seulement à sangloter, parce qu'il n'y a rien d'autre que je puisse faire.

Mes épaules tremblent. Mes yeux deviennent des montagnes sur lesquelles la neige fond et se transforme en rivières qui coulent le long de mon chemisier et mouillent mes mains et mes cuisses.

Tom m'attire contre lui. Son bras entoure mon dos raide, entoure mon corps. Une fois que la neige a entièrement fondu, j'essuie mon visage avec mes mains. Je regarde au loin une grosse balle blanche qui repose au milieu d'une flaque d'eau emplie de feuilles, oubliée et abandonnée lors d'une partie de balle molle, le printemps dernier. Je me sens comme cette balle, mais je ne le suis pas. Ou peut-être que je le suis. Je suis une balle, et Tom est la flaque dans laquelle je repose. Non. Tom est une feuille dans la flaque qui attend la suite des événements. Mes larmes forment la flaque d'eau.

— J'en ai marre de pleurer pour ça, dis-je en essuyant mon visage.

Il me regarde d'un air sombre et me dit d'un ton vraiment grincheux.

— Tu as beaucoup pleuré ?

Ce n'est pas comme si j'avais fait une Mallory de moi-même, en pleurant continuellement et en gémissant sur mon sort.

— Je veux simplement dire que j'en ai assez de pleurer pour ça maintenant.

Il hoche la tête et me tapote l'épaule avec ses doigts.

— Il n'y a pas de mal à pleurer. C'est vraiment moche.

J'acquiesce de la tête.

— Ouais.

L'écureuil nous lance deux glands, l'un après l'autre.

— Quel rabat-joie, dit Tom.

— Qui, moi?

— Non, l'écureuil.

L'écureuil bondit du bord de l'abri sur une branche de pin qui s'élève près de nous. Il grimpe jusqu'au tronc, se retourne et pousse encore une fois des petits cris de mécontentement.

— J'ai l'impression de ne plus savoir qui je suis.

En disant ces mots à Tom, comme un écureuil qui jacasse, la vérité qu'ils dégagent me frappe comme un coup de poing dans le ventre. Je fixe le visage de Tom, ce garçon qui aime me taquiner, cette ex-flamme de Mimi.

— Pourquoi est-ce que je te dis tout ça?

— Tu as besoin d'un ami, coco.

— J'ai des amis.

Un camion chargé de bois de chauffage file à toute vitesse sur la Route 1; il passe devant le terrain de base-ball, en direction de Bangor et d'autres villes. Peut-être le Canada. Peut-être Boston. Peut-être en direction d'un navire qui va transporter le bois au Japon ou en Russie, dans un lieu exotique, dans un lieu qui n'est pas ici.

— Je ne suis pas une communiste.

— Tu sais au moins ça, non ? dit Tom.

Il me rapproche un peu plus de lui et me bouscule comme un frère le ferait. L'écureuil nous balance un autre gland. Ce dernier atterrit sur mon pied. Tom devient sérieux.

— Je crois que, parfois, quand tu es avec la mauvaise personne, tu essaies de devenir ce que cette personne désire. Tu te perds et tu cesses d'être qui tu es, juste un peu, mais ça ne veut pas dire que tu ne peux pas redevenir toi-même.

— Comme Dylan avec moi ?

Il hausse les épaules.

— Ouais. Ou comme moi avec Mimi, en deuxième année du secondaire. Mais je pensais davantage à toi avec Dylan.

Nous ne disons rien. L'écureuil appelle un ami, et ils bondissent de branche en branche, fâchés et inquiets à propos de leur provision de glands. Pour qui nous prennent-ils ? Des ravisseurs de glands ?

Tom replie ses jambes et joue avec le ruban adhésif en toile qu'il a collé sur le côté de sa chaussure. Il a écrit dessus une phrase en petites lettres noires. Elle m'intrigue.

— Il fuit, poursuivi par un ours ?

— C'est une directive dans la pièce de théâtre *Le Conte d'hiver*, m'explique-t-il.

— De Shakespeare.

— Ouais.

— Je ne t'aurais jamais associé à Shakespeare.

— Et à qui m'associerais-tu, coco?

— Je ne sais pas, dis-je en frottant le ruban adhésif avec mon doigt. Au soccer? Je veux dire, j'imagine que si tu voulais écrire quelque chose sur ta chaussure, ça ferait référence au soccer.

Il ne répond rien.

— Cites-tu toujours des gens sur du ruban adhésif que tu colles ensuite sur ta chaussure?

— Ça m'arrive.

Tom sent bon, comme de la guimauve au-dessus d'un feu de camp. Au grand dam des écureuils, nous demeurons assis durant un bon moment, avant que je réagisse :

— Nous allons vraiment avoir des ennuis.

Il joue avec le ruban adhésif sur sa chaussure, le tire, le déchire en deux, le plie et le déplie.

— Tu crois que les écureuils vont nous envoyer la mafia des rongeurs parce que nous avons envahi leur territoire? Peut-être qu'au milieu de la nuit, pendant que nous serons bien au chaud dans notre lit, nous allons être assiégés par de petits écureuils armés de pistolets. Il fuit, poursuivi par des écureuils.

— Non.

J'éclate de rire, et mon épaule cogne la sienne; puis, je me rappelle ma dernière inquiétude.

— À l'école. Nous venons de nous sauver de l'école.

J'imagine des retenues, des suspensions, l'expulsion de la National Honor Society. J'imagine notre directeur arrêter ma mère dans l'allée des fruits et légumes, au Shop 'n Save, pour lui dire combien je suis devenue une mauvaise fille. Est-ce ce que je le suis? Une mauvaise fille? Je frissonne. L'écureuil lance un autre gland, en direction de mon visage. Tom réagit vite et l'attrape avant qu'il n'atteigne ma joue.

— Je vais nous tirer de là, dit-il en ouvrant lentement sa main pour révéler le gland qui repose au milieu.

Je tourne la tête et fixe ses yeux bruns. Je ne sais pas comment le regarder quand il n'est pas en train de me taquiner.

— Tu peux le faire? Tu vas nous tirer de là?

— Coco, dit-il en faisant semblant de me donner un coup de poing sur le menton. Je peux tout faire.

Je jette un coup d'œil à sa chaussure. La semelle est entourée de ruban adhésif, comme un bandage. Il n'y a rien d'écrit dessus.

— Tu as un penchant pour le ruban adhésif en toile, hein?

— Il peut tout faire, lance-t-il en souriant.

Il se lève et m'offre sa main; puis, il m'offre le gland.

— Un peu comme toi, c'est ça?

Je rigole et je saisis le gland. Il est d'un ton brun riche et chaleureux. Comme Tom.

— Ouais, un peu comme moi, ajoute-t-il, mais sans du tout rigoler.

Comme je ne me lève pas, il se rassoit et nous demeurons là encore un moment; le vent souffle si fort que nous devons nous blottir l'un contre l'autre. Mes doigts virent au bleu. Tom dit :

— Tu te rappelles en deuxième année du secondaire quand tu étais meneuse de claques durant nos parties de soccer?

— Oui.

— J'aimais bien ça.

Je le regarde en plissant les yeux.

— Tu aimais Mimi Cote.

Il hausse les épaules.

— Seulement parce que je ne pouvais pas t'avoir.

— Tu ne pouvais pas m'*avoir*? dis-je d'un air étonné.

Une petite branche, soulevée par le vent, atterrit sur mes jambes. Je la prends et j'essaie d'enlever l'écorce, mais j'ai de la difficulté parce que mes doigts sont trop gelés.

— Pourquoi ne pouvais-tu pas « m'avoir »?

— Parce que Dylan et moi avions fait un pacte.

Je casse la branche en deux.

— Vraiment?

— Si toi ou Mimi demandiez à l'un de nous deux de sortir avec elle, nous devions accepter et laisser l'autre tranquille, explique Tom en secouant la tête, avec son petit sourire mi-figue, mi-raisin. Et c'est Mimi qui me l'a demandé.

— C'est affreux. C'est comme si nous étions des trophées ou quelque chose du genre, dis-je en colère.

— Nous étions en deuxième année du secondaire.

— C'est complètement stupide!

Il m'entoure de nouveau de son bras et me secoue comme un grand frère le ferait. J'essaie de me dégager, mais cela demande trop d'effort, alors je ne bouge pas.

Il approuve.

— Ouais, c'était stupide.

AIE L'AIR DÉSOLÉ. Tom a dit que tout ce que je dois faire dans le bureau du directeur, c'est d'avoir l'air désolé.

Ce ne sera pas difficile. Je suis désolée.

Je suis désolée d'être une idiote aussi émotive.

Je suis désolée d'avoir perdu connaissance dans la cafétéria.

Je suis désolée de n'avoir mangé que la moitié de mon sandwich au fromage fondant parce que, maintenant, je suis affamée.

Je suis désolée d'avoir le visage blême couvert de plaques rouges, aussi rouges que mes yeux, et d'être obligée de traverser les couloirs de l'école avec ce visage de mort.

Mais je ne suis pas désolée de m'être enfuie. Je ne suis pas désolée du tout.

UNE FOIS SUFFISAMMENT ÉLOIGNÉS du bureau du directeur, Tom et moi exprimons notre joie en nous tapant dans la main.

— Je t'avais bien dit que je pouvais nous sortir de là, dit-il en souriant de toutes ses dents aussi blanches que la gomme à mâcher Chiclets.

— Tu as été super !

Il sourit encore davantage, lève sa main pour que je tape dedans. Au moment où je le fais, ses doigts emprisonnent les miens.

— Tu sais ce que ça veut dire, coco ?

Je secoue la tête. J'ai des picotements dans les doigts. Ils doivent être engourdis.

— Ça signifie que nous sommes des partenaires dans le crime.

Je le regarde, étonnée.

— Comme Andrade et Trevi ? Comme Burke et Hare ou Bonnie et Clyde ? Comme Cuba et l'Union soviétique dans les années 1960 ?

Il serre ma main, la laisse tomber, puis croise les bras sur sa poitrine.

— Coco, parfois tu es foutrement trop intelligente.

Si seulement c'était vrai, je me dis. Si seulement c'était vrai. Si seulement c'était vrai.

Bon, d'accord, Dylan. Je suis assise ici, dans le cours de biologie avancée, et je regarde un cochon mort. Emily et moi essayons de trouver sa rate, mais elle s'avère un peu plus difficile à identifier que nous le croyions. Si je suis dans le cours de bio, cela signifie que tu es dans le cours de chant, avec Bob. Avec BOB !

J'ai besoin de te parler de certaines choses. J'ai besoin de te parler, mais l'idée même de te voir me fait peur. J'ai peur que si je te vois, mon cœur se brise en mille morceaux, qu'il ait l'impression qu'un scalpel s'enfonce en lui, en plein centre.

Emily utilise actuellement le scalpel pour couper des muscles abdominaux dans l'espoir de trouver la rate. Elle n'arrête pas de froncer le nez en disant :

— Dégueu !

Je ne crois pas qu'elle va trouver la rate.

Je crois que nous ne trouvons jamais rien. Je veux dire dans la vie. Qu'est-ce que tu en penses ? Nous croyons découvrir des choses, puis il s'avère que ces choses ne sont pas ce que nous croyions qu'elles étaient.

Comment peux-tu ne pas être ce que je croyais que tu étais ?

J'ai encore dans ma poche le mot que tu m'as donné vendredi dernier.

Tu as écrit : Je voudrais simplement me sentir libre avec toi. Comme dans la chanson I'm free sur la cassette de Cold Spring Harbor, de Billy Joel. Tu me fais me sentir libre. Je crois que c'est l'une des raisons pour lesquelles je t'aime tant.

Qu'est-ce que cela pouvait bien signifier ?

Notre prof de science, M. Zeki, a perdu tout espoir en nous.

— Tu ne réussis pas à trouver quoi? crie-t-il à Emily.

Elle fait tout pour ne pas regarder l'entrejambe de son pantalon en toile trop serré. Je le sais parce qu'elle m'a dit que cela constitue souvent un problème. Quand il vient à notre table de laboratoire, il se tient toujours du côté d'Emily, et ses parties génitales se trouvent à peu près à la même hauteur que son nez.

Elle agite ses doigts. Elle repousse une mèche de cheveux derrière son oreille. Puis, elle agite encore ses doigts.

Elle semble avoir perdu son don de la parole. Une pensée méchante me vient à l'esprit. Si seulement cela s'était produit dans la cafétéria quand elle a tout révélé à propos de Dylan et de ma relation avec lui. Puis, je me sens coupable d'avoir une telle pensée, alors, je sors Emily de son pétrin.

— Nous ne réussissons pas à trouver la rate de Pamela.

— Pamela? demande M. Zeki, en fronçant les sourcils.

Je laisse échapper un toussotement. On dirait que tous les élèves de la classe écoutent.

— Euh! Ouais! Pamela. Nous avons nommé Pamela notre fœtus de porc en hommage à Pamela Anderson, l'actrice aux très gros... hum...

Le visage d'Emily prend une teinte de jambon rôti. Anna, qui se trouve à la table devant nous, pouffe de rire.

Tout comme M. Zeki. Mais il retrouve vite son sérieux. Son entrejambe trop serré s'approche de nous, de notre porc et de la tête d'Emily.

— Je vois. Si vous le voulez bien, examinons Pamela pour voir si elle a une rate. Ou elle a peut-être perdu toute son anatomie lors de ses dissections précédentes.

Toute la classe s'esclaffe. Emily pose sa tête dans ses mains. Pamela est étendue devant nous en attendant d'être examinée.

----o----

— Je déteste M. Zeki, me dit plus tard Emily.

— Moi aussi.

— Je sais que nous avons un nombre plus élevé que la moyenne en matière de profs bizarres, mais c'est lui le pire.

— Non. Mon prof d'allemand est pire. Il s'habille comme une femme.

— Je suis heureuse que tu ailles mieux, dit-elle en lançant ses livres dans son casier et en prenant sa tenue de sport.

Le dernier cours d'Emily est celui d'éducation physique. Moi, j'ai mon cours d'allemand.

— J'étais vraiment inquiète pour toi à midi, quand tu t'es enfuie.

Je hausse les épaules.

— Ma mère dirait que je suis démoralisée.

— Je sais que je ne t'ai pas suivie, mais j'ai pensé que cela aggraverait les choses, et puis Shawn a dit que Tom prendrait soin de toi, qu'il est bon dans ce genre de situation. Quand les gens craquent. C'est sans doute parce que son père est policier. Tom s'est occupé de toi, n'est-ce pas ?

Je hausse encore les épaules et je mens :

— Je n'ai pas craqué.

Emily m'examine de près, repousse de mon visage ma frange devenue trop longue.

— Tout va bien aller, tu sais. Tu as encore droit à six jours de pleurnichage.

J'essaie de sourire, mais sans succès.

— Tu crois que je vais m'en sortir ?

Emily me saisit par les épaules et me secoue légèrement.

— Oui. Oui. Je le crois.

Elle sort son appareil photo de son sac de sport et au moment où elle prend une photo de moi, son petit soutien-gorge de sport glisse de son sac et tombe par terre. Des idiots de quatrième année le pointent et pouffent de rire. Elle le ramasse et fait un doigt d'honneur aux garçons. Puis, elle se tourne vers moi et me dit avec un gros soupir :

— Dans mon cas, par contre, je ne suis pas aussi certaine.

---- o ----

Comme j'appréhende le cours d'allemand, je parcours très lentement les couloirs. J'ai l'impression que tout le monde me regarde et murmure des choses à propos de moi et de Dylan. De moi et de Dylan. Des élèves comme Rachel Austin et Callie Smith me saluent et me demandent comment je vais, et je sais qu'aujourd'hui, je suis le sujet de conversation de tous les couloirs de l'école secondaire d'Eastbrook et de tous les mots que les élèves s'échangent au lieu d'écouter l'enseignant, sans oublier tous les textos.

— Savais-tu que Belle Philbrick a perdu connaissance ce midi? demande Katie Vachon à Travis Bunker au moment où je passe devant eux. Dylan et elle ont rompu.

— On dit qu'il est gai.

— Impossible, réplique Katie.

Elle a déjà eu le béguin pour Dylan. Nous participons ensemble à la Course du printemps. J'ai toujours trouvé qu'elle était gentille, jusqu'à aujourd'hui.

— Ouais, ouais. Quelqu'un l'a vu embrasser un garçon chauve dans le stationnement du centre commercial de Bangor.

— Wow!

— Tu peux le dire !

— Et elle s'est enfuie.

— Elle a perdu connaissance ?

— Je te le jure !

— Mimi dit qu'elle est complètement folle.

Je serre les poings et je me demande s'ils pensent que je ne les entends pas.

Shawn passe près de moi et il me dit :

— Salut !

Certains élèves hochent la tête.

Certains élèves détournent leur regard. Certains élèves me ferment leur cœur. Leur cœur. Leur cœur. Leur cœur.

Complètement folle.

Certains élèves comme Rosie Piazza me demandent si je vais bien.

— Oui, je vais bien. Merci.

Dylan n'est pas le seul à savoir mentir.

----o----

Je me glisse sur ma chaise en espérant que personne ne me remarque. Le bureau de Tom se trouve derrière moi, mais je ne le regarde pas. J'ai peur de le regarder. J'ai peur de regarder qui que ce soit, mais il y a quelqu'un que je voudrais vraiment regarder. Quelqu'un que je veux regarder comme si mes yeux étaient des rayons X, je voudrais le regarder simplement et lui demander :

— Comment as-tu pu?

Je veux le saisir par la chemise et le soulever de sa chaise comme si j'étais une de ces vedettes musclées des films d'action. Je veux le frapper à la tête avec une guitare jusqu'à ce qu'ils tombent tous les deux en mille morceaux sur le plancher. Je veux soulever son gros derrière de sa chaise et lui dire :

— Comment as-tu pu? Comment as-tu pu? Il était à moi!

Mais cela n'a jamais été la vérité, n'est-ce pas? Il n'a jamais été à moi.

Il a toujours appartenu à lui-même. Il a toujours appartenu à Bob. Je l'ignorais, simplement. J'ignorais tout.

— *Guten Tag*, Belle, me lance M. Reitz ou Herr Reitz comme nous sommes censés l'appeler.

Adieu l'invisibilité!

— *Guten Tag*, Herr Reitz, que je lui réponds tout bas, si bas que je peux à peine entendre ma voix.

Il avance lentement vers moi et me sourit. Aujourd'hui, il porte sa culotte bavaroise, ce qui est mieux que lorsqu'il porte son costume de clown ou qu'il s'habille en chanteuse d'opéra. Cela signifie que nous allons étudier des chansons des Beatles en allemand. On peut toujours deviner le thème du cours par les vêtements qu'il porte. Cependant, il décide d'abord de me torturer.

— *Was habst du letztes Wochenende gemacht*? me demande-t-il.

Qu'ai-je fait ce week-end ? Je voûte le dos et dis la seule chose en allemand que je me rappelle sur le coup.

— *Ich habe im Atlantik letztem Wochenende geschwimmen.*

Je suis allée nager dans l'océan Atlantique. C'est un mensonge, mais c'est mieux que de dire «j'ai appris que mon petit ami est gai, j'ai perdu connaissance à midi et j'ai pleuré durant des heures en souhaitant mourir».

Herr Reitz, qui aime faire l'acteur, serre ses bras contre lui et frissonne.

— *War es kalt ?*

Je lui réponds que oui, il faisait super froid.

— Il faisait si froid que les poulets faisaient la file au PFK, en suppliant qu'on les laisse sauter dans la marmite à pression.

Il éclate de rire. Tout le monde éclate de rire, et Herr Reitz est plié en deux. J'esquisse un sourire.

Quand finalement il se redresse, il dit :

— Peux-tu le dire en allemand ?

Je secoue la tête.

— Tu n'es pas obligée. C'était tellement drôle. Que quelqu'un le prenne en note !

Puis, il reprend son rôle de prof d'allemand, se dirige vers Bob et lui demande la même chose.

— *Was habst du letztes Wochenende gemacht ?*

Bob tressaille et, derrière ses lunettes, ses petits yeux nerveux me regardent. Ses petits yeux nerveux me regardent, et je fais tout pour ne pas me lever et aller lui coller des baffes. Derrière moi, j'entends Tom soupirer très lentement. Je saisis le bord de ma chaise et j'essaie de me calmer.

Herr Reitz attend la réponse de Bob.

Nous attendons tous la réponse de Bob.

— *Ich habe gesungen*, dit-il.

J'ai chanté.

Un jour qu'Emily nous conduisait à un concert de jazz où Dylan chantait, j'avais demandé à ce dernier pourquoi Bob se tenait toujours avec lui, mais jamais avec nous.

— Il est timide, avait répondu Dylan.

Emily et moi avions échangé un regard, il s'était penché vers nous, du siège arrière, et avait dit d'un ton empathique :

— Il en a lourd sur les épaules.

Em avait baissé le volume de la radio.

— Sa mère a la sclérose en plaques.

Nous le savions. Tout le monde du comté de Hancock le savait. La mère de Bob enseignait autrefois au groupe de musique, mais elle avait dû prendre sa retraite en raison de sa maladie. Il y avait eu toutes sortes de concerts organisés pour amasser de l'argent pour elle. Dylan et moi y avions participé. Emily avait tout de même hoché la tête avec compassion. J'avais regardé par la fenêtre, me sentant méchante, mais je n'avais pas l'intention d'abandonner.

— Il te regarde d'une drôle de façon. Il se tient seulement avec toi.

J'aurais aussi voulu dire qu'il boit tes paroles à la guimauve et les chansons que tu lui fredonnes comme moi je le fais. Comme moi.

Dylan avait posé sa main sur mon épaule.

— Il a seulement besoin d'un ami. Nous avons toujours été amis.

— Mais pourquoi ne veut-il rien faire avec nous ?

Em avait alors pris une photo de nous. Dylan a le visage tordu par la colère et moi je suis fâchée, triste et stupide à la fois.

— Ne t'en fais pas avec ça, Belle. Ça n'a pas d'importance, avait-il dit en laissant sa main sur mon épaule.

Em avait pris une autre photo d'une main tout en déviant légèrement de sa route.

— Je l'aide simplement. Qui y a-t-il de mal à ça ?

J'avais secoué la tête. J'avais essuyé mes yeux avec le revers de ma main.

— Rien. Il n'y a rien de mal.

Je veux savoir : font-ils de la musique ensemble ? Joue-t-il du saxophone et Dylan chante-t-il et c'est encore plus beau qu'avec moi ? Est-ce du be-bop ou une berceuse ?

Notre épreuve consiste à traduire des chansons en allemand.

L'univers me torture.

Quelles chansons ?

Love, Love Me Do
She Loves You
Eleanor Rigby… celle qui parle des gens seuls et dit combien il y en a partout.

De l'autre côté de l'allée, Bob fredonne tout bas. On dirait un moustique qui tournoie autour de votre tête au moment où vous allez vous coucher. On dirait une épingle qui ne cesse de piquer le bout de vos doigts. C'est difficile de ne pas lui lancer par la tête mon manuel d'allemand. C'est difficile de ne pas hurler.

Finalement, finalement, finalement, Tom dit juste assez bas pour que Bob entende, mais pas suffisamment fort au point d'alerter Herr Reitz :

— La ferme, Bob !

Rasheesh, qui mesure à peine plus d'un mètre et qui est une véritable chipie en rajoute :

— Ouais, Bob, ta gueule. On dirait une mouche noire sur de l'acide.

Bob cesse de fredonner durant environ deux minutes, puis il recommence.

La chanson parle d'aimer quelqu'un et de toujours être fidèle.

Je brise mon crayon en deux.

DIX RAISONS POUR LESQUELLES JE N'ARRIVE PAS À CROIRE QUE J'AI ÉTÉ LARGUÉE POUR BOB

1. Il fredonne pendant le cours d'allemand.

2. Ses lunettes sont plus épaisses que les semelles des bottes de marche de L.L. Bean.

3. Il a une drôle d'odeur, comme de la naphtaline ou quelque chose du même genre mélangée à un métal.

4. Il fredonne des chansons des BEATLES dans le cours d'allemand.

5. Il fait partie d'un groupe de musique.

6. Il se gratte trop la tête.

7. Il fredonne des chansons des BEATLES dans le cours d'allemand en CHANTANT FAUX.

8. Il porte des sous-vêtements blancs serrés qui exposent à la vue son derrière parce que son pantalon est toujours trop bas et laisse voir la fente de ses fesses.

9. Il fredonne des chansons des BEATLES dans le cours d'allemand en CHANTANT FAUX et il marque le rythme avec ses PIEDS.

10. Il est du sexe masculin.

La cloche sonne. Nous saisissons nos livres. Je plie ma liste et je la glisse au fond de ma chaussure pour me rappeler la raison de ma colère et qu'il n'y a pas de mal à être en colère, même si je suis censée essayer d'aimer tout le monde comme nous l'enseigne le Students for Social Justice machin. Bob se dépêche de quitter la classe, mais il s'arrête à la porte. Il se retourne et revient vers moi. Un pas. Deux pas.

— Belle ? me dit-il d'une voix cassée.

Je continue de rassembler mes livres, mais Tom vient se placer près de moi, comme un chien protecteur.

— Ouais, je réponds à Bob. Que veux-tu ?

— Je suis désolé.

Puis, il se retourne et s'enfuit avant que je puisse lui répliquer quoi que ce soit. Mes paroles, mes émotions sont comme du beurre d'arachide collé derrière mes incisives. *Il* est désolé !

Tom se place derrière moi et pose sa main sur mon épaule.

— J'ai une partie de soccer, mais je peux aller te reconduire chez toi si tu veux.

Je secoue la tête.

— J'ai une réunion du Key Club.

— Chère coco gauchiste, dit-il en me tapotant les cheveux comme si j'étais un labrador noir.

— Tu peux parler ! je lui réplique.

Mais cela sonne faux. Ce n'est pas comme lorsque nous nous taquinons habituellement.

— Et puis « gauchiste » ? D'où sors-tu ça ?

— Les communistes sont de gauche. De la go-gauche. Contrairement aux fascistes.

— Tu es donc un fasciste ?

— Non. Seigneur. Ce n'est pas ce que j'ai dit.

Tom plonge son regard dans le mien durant une minute, comme s'il essayait de démêler les choses, puis il dit, finalement :

— Tu joues toujours de la guitare ?

— Oui. Tu sais que je joue de la guitare.

Tout le monde sait que je joue de la guitare. J'apporte Gabriel à l'école tous les jours et, souvent, je profite de la majeure partie de l'heure du midi pour aller jouer dans une classe vide, mais peut-être que Tom a décidé d'aborder un sujet qui n'est pas glissant, alors je hausse les épaules en pensant à Gabriel, seule contre le mur de ma chambre, silencieuse.

— Tu ne l'as pas apportée aujourd'hui, dit-il en souriant derrière sa main en train de lui gratter la joue.

— Ça fait bien deux fois que tu me le dis, non ?

Je sais que j'ai l'air de râler, mais je m'en fiche.

— Je veux dire, ce n'est pas comme si j'étais attachée à ma guitare, comme si elle était ma doudou.

Il hausse les épaules et je me sens mal de m'être montrée si bourrue.

— Tu étais bonne, l'an passé, au concours de talents.

— Merci.

Il sourit et se retourne, puis, il me lance par-dessus son épaule :

— Pour une coco gauchiste.

Tout près de chez moi, Il y a un petit cimetière qui est dissimulé par les arbres. Enfoncées encore davantage dans la terre, les pierres tombales, autrefois blanches, sont maintenant couvertes de mousse et de lichen. Et les ravages du temps ont fini par effacer les noms gravés dessus.

Dylan et moi y allions parfois quand nous voulions être seuls et que ma mère était à la maison. Ou nous allions simplement nous promener là-bas quand nous recherchions le calme et la tranquillité. Nous nous tenions par la main et baissions la tête pour éviter les branches de cèdre basses, en inhalant la douce odeur boisée et en savourant le silence, tout en nous glissant entre les deux piliers en granit où, j'imagine, se trouvait autrefois un portail.

Nous errions parmi les pierres tombales. Un jour, Dylan a lu sur une de celles-ci :

— Charlotte Block. Je parie qu'elle a eu une aventure avec le bon révérend et qu'elle a passé sa vie à se morfondre, en confectionnant des tapis avec des guenilles ; c'était sans doute la vieille fille abandonnée dans son coin, incomprise et nostalgique.

Je lui ai serré la main et me suis accroupie devant la tombe de Charlotte.

— Comme c'est triste. Elle s'est mariée jeune et a perdu beaucoup de bébés. Elle a écrit un poème à propos de fougères et de chatons jouant avec des souris. Elle a essayé d'être celle que tout le monde voulait qu'elle soit, mais n'a jamais réussi.

— Elle a tellement essayé qu'elle a fini par se perdre, a ajouté Dylan.

J'ai poussé un soupir et je l'ai attiré près de moi. Nous nous sommes assis près de la tombe de Charlotte. Son mollet bronzé touchait le mien. Le soleil avait blondi les poils de sa jambe ; ils scintillaient en contraste avec le vert de l'herbe. Son mollet était tellement plus gros que le mien, malgré tout le vélo que je faisais. Dylan avait quand même de plus gros mollets.

— Crois-tu que tout le monde est comme ça ? lui ai-je demandé.

Un aigle-pêcheur a volé au-dessus de nous en traçant des cercles, à la recherche de quelque chose au sol.

— Hé ! Un aigle-pêcheur, me suis-je exclamée.

— Il est magnifique ! a-t-il dit.

Nous avons admiré les stries en forme de V sur ses ailes.

— Ouais. Je crois que tout le monde est comme ça, a-t-il ajouté.

— Tout le monde essaie d'être ce qu'il n'est pas ? ai-je demandé en arrachant une brindille d'herbe et en la séparant en deux.

— Oui. À différents degrés, mais oui.

La brindille a glissé de mes doigts et est tombée sur le genou de Dylan. Je l'ai chassée avec ma main.

— Même toi ?

Il a hoché la tête. L'aigle-pêcheur s'est élevé dans les airs en continuant de tracer des cercles.

— Oui. Tout le monde. Toi également.

L'air est devenu plus lourd. J'ai avalé ma salive. L'oiseau a poussé un cri.

— Je ne veux pas te forcer à être ce que tu n'es pas.

Il a secoué la tête et m'a entourée de son bras, tout en m'attirant contre lui.

— Nous nous le faisons à nous-mêmes. Nous avons peur d'être ce que nous sommes vraiment.

— Je ne crois pas que j'essaie d'être ce que je ne suis pas.

Il a laissé tomber son bras et s'est écarté légèrement, de toute évidence agacé.

— Belle. Arrête tes conneries. Tu ne crois vraiment pas que tu n'essaies pas d'être ce que les autres attendent de toi ?

— Euh… ouais.

J'ai arraché une poignée d'herbe et j'ai commencé à trier les brindilles sur ma cuisse en les classant par ordre de grandeur, pendant que Dylan continuait de parler.

— Quand te sens-tu le plus heureuse ?

— Quand je suis avec toi.

Je me suis penchée et je l'ai embrassé. Il a poussé un soupir et m'a doucement repoussée.

— À part ça.

Je me suis mise à bouder, puis je lui ai répondu.

— Quand je pince les cordes de Gabriel.

Il a hoché la tête, le visage rouge d'excitation. Un écureuil, perché dans un arbre tout près de nous, a poussé des cris dans notre direction.

— En effet. Mais tu ne joues pas tout le temps. Tu ne songes même pas à en faire ton gagne-pain, n'est-ce pas ? Tu vas devenir avocate, n'est-ce pas ? Pour quelle raison ?

J'ai saisi les brindilles d'herbe sur ma jambe et je les ai éparpillées par terre. Je n'ai pas répondu. Je détestais quand Dylan jouait au psychologue. J'aimais son intelligence et son côté philosophe, mais je détestais qu'il s'en serve contre moi.

Dans le ciel, un autre aigle-pêcheur est allé rejoindre le premier. Je me suis demandé de quoi nous avions l'air à leurs yeux ; deux petites taches au sol, trop grosses pour être mangées, mais tellement, tellement petites par rapport au reste.

Dylan a répondu à sa propre question.

— Tu ne songes pas à devenir guitariste parce que ce n'est pas ce que l'on attend de toi. Tu ne passes pas tes journées à jouer de la guitare parce que ce n'est pas ce que les gens veulent que tu fasses. Tu changes tes propres désirs pour répondre aux attentes des autres.

Je me suis levée.

— Comme si toi, tu ne le faisais pas.

Il est demeuré assis, le visage triste. Toute ma colère s'est envolée.

— Non, crois-moi, je le fais, moi aussi.

----o----

Parfois, nous essayions de mémoriser les noms des personnes enterrées dans le cimetière, les noms des personnes dont l'histoire a été oubliée depuis fort longtemps, qui sont maintenant invisibles. Celles dont plus personne ne se souvient.

Les yeux fermés, nous leur chantions une sorte de mantra. Nos voix se chevauchaient.

Larry Rohan

Charlotte Block

Frances Block

Ebenezer Block

Capitaine John Mortan

Horatio Alley

Elizabeth Alley

— Nous devrions composer une chanson à leur sujet, ai-je un jour dit à Dylan en me soulevant sur un coude pour voir son visage.

Il avait gardé les yeux fermés.

— Pourquoi?

— Pour que les gens se souviennent d'eux.

— Qui va composer des chansons à notre sujet ? a-t-il demandé en ouvrant les yeux.

Ses yeux verts étaient de velours, comme s'ils avaient de la texture et de la profondeur.

— Nous allons composer nos propres chansons, ai-je répondu en déposant un léger baiser sur ses lèvres. Marché conclu ?

Il a hoché la tête et a de nouveau fermé les yeux.

— Marché conclu.

----o----

En rentrant à la maison, je me suis arrêtée et je l'ai entouré de mes bras.

— Tu devrais être qui tu désires être, ai-je murmuré.

Ses mains se sont crispées dans mon dos.

— Je ne peux pas.

— Bien sûr que si, ai-je répondu.

Puis, pour détendre l'atmosphère, je lui ai léché l'oreille.

Il a hurlé et m'a pourchassée durant tout le trajet.

----o----

À la réunion du Key Club, il est convenu que nous allons vendre des bracelets lors du bal du premier cycle de l'école secondaire du YMCA dans le but d'amasser de l'argent pour le gymnase de l'école primaire de Hancock. Une fille nommée Gillian est décédée l'été dernier, à Hancock, après avoir été renversée par une voiture. Elle roulait à vélo. Il n'y a pas d'accotements sur les routes de Hancock. C'est dangereux de s'y promener à vélo. Gillian était très bonne dans les sports et elle aurait fréquenté notre école secondaire cette année parce qu'il n'y en a pas à Hancock, comme dans beaucoup de petites villes de la région. Bref, ses parents ont pensé que ce serait une bonne façon de préserver la mémoire de Gillian que de construire un gros gymnase en son honneur.

C'est une bonne idée. N'empêche que le comté de Hancock est très petit. Personne ne va oublier Gillian. Sa grande sœur, Anna, fait partie du Key Club; elle s'est mise à pleurer en voyant tout le monde accepter la proposition de vendre des bracelets.

— Merci, dit-elle en reniflant et en essuyant ses beaux yeux bruns avec sa manche. Je vous en suis très reconnaissante.

Sur la pointe des pieds, je vais m'asseoir près d'elle et je la serre dans mes bras, pendant que les autres concluent les derniers détails et que Rachel met fin à la réunion. Em prend une photo de nous deux, et Anna lui fait un doigt d'honneur.

— Désolée. Désolée. Je ne sais pas quand m'arrêter.

Anna pousse un grognement, sourit et agite son doigt encore un peu avant de le replier et de serrer son poing. Em est tellement adorable, tout le monde lui pardonne tout. Sauf Mimi Cote, qui ne peut pas oublier qu'Em a pris une photo d'elle alors qu'elle sortait des toilettes des filles en ayant le bas de sa jupe coincé dans son tanga. Qui pourrait blâmer Mimi. Em dit que c'est au nom de l'art. Je ne sais pas de quelle sorte d'art on peut parler quand il s'agit de voir les fesses de Mimi dépasser d'un tanga, mais peu importe.

Anna se penche vers moi et me murmure.

— Je suis désolée à propos de Dylan.

— Oui, dis-je en hochant la tête.

Elle renifle encore une fois, puis repousse ses longs cheveux noirs par-dessus son épaule, en demandant :

— Est-il vraiment gai ?

— Ouais.

Au même moment, le regard d'Em croise le mien. Je recouvre mon visage avec mes cheveux au cas où elle songerait à prendre une autre photo. Mes yeux s'emplissent de larmes. Anna m'attire contre son pull duveteux ; c'est elle qui me serre dans ses bras, cette fois-ci.

— Pauvre chérie, dit-elle. Ce n'est vraiment pas drôle d'être dans ta peau.

— Ce n'est vraiment pas drôle d'être dans la peau de beaucoup de personnes, que je lui réponds.

— Ouais, dit Anna en desserrant son étreinte.

Nos regards tristes se croisent.

— Ouais.

LUNDI SOIR

J'ESSAIE DE NE PAS L'APPELER. Je veux l'appeler. Le téléphone attend ; il attend que je le berce contre mon visage comme un bébé perdu depuis longtemps, comme un amant, comme un ourson. Gabriel est appuyée contre le mur et attend ; elle attend que je la prenne dans mes bras et que je la fasse chanter.

Je prends plutôt Muffin dans mes bras. Elle miaule, mais décide que c'est beaucoup plus confortable de s'asseoir sur mon épaule que de reposer dans le creux de mes bras. Dylan avait l'habitude de la renverser et de la tenir comme en bébé et, même si c'était une position inconfortable pour un chat, elle se mettait toujours à ronronner.

Elle avait confiance en lui.

J'attends, j'attends et j'attends, mais il ne m'appelle pas.

Il m'appelle toujours le soir.

J'ai trouvé difficile de rentrer à la maison sans lui, aujourd'hui. Mon lit semble fâché contre moi. Il aurait voulu qu'il soit là. Je me laisse tomber sur lui, mais ce n'est pas pareil. Le lit sait que le poids d'une personne ne correspond pas au poids de deux personnes.

Dans ma chambre, je prends l'album de promotion de l'année passée dans ma bibliothèque.

Voici ce qu'il a écrit avec son écriture en pattes de mouche. Voici ce qu'il a écrit.

Belle,

Que puis-je dire pour exprimer ce que je ressens pour toi ? Je voudrais que ce soit quelque chose que tu n'oublies jamais. Je pourrais dire que je t'aime, mais comment pourrais-tu l'oublier étant donné que je te le dis tous les jours. Je pourrais dire que nous allons acheter un saint-bernard quand nous allons nous marier ou je pourrais dire que tu vas me rendre heureux à tout jamais. Mais qu'est-ce qui pourrait vraiment demeurer inscrit dans ton souvenir ?

Notre amour va durer toujours !

Je crois que tout ce que je viens d'écrire va de pair.

Non, je n'ai pas terminé et je sais que je suis lent, mais j'avais besoin de dire quelque chose à celle que j'aime. D'accord. Je te fiche la paix, maintenant.

Je t'aime beaucoup.

Dylan Alley

Je me demande pourquoi il a signé son nom de famille. Le savait-il déjà à ce moment-là ? Savait-il que le saint-bernard et le bonheur éternel étaient des mensonges ? Savait-il qu'à 30 ou 40 ans, cela pourrait faire des décennies que je ne lui aurais pas parlé et que je ne me souviendrais même pas de la première lettre de son nom de famille ? Le savait-il ?

Je glisse mon album de promotion sous mon lit, là où Muffin dort parmi les moutons de poussière. Elle sort de sa cachette, traverse en courant le tapis et sort de la chambre. Elle m'abandonne. Je me penche, reprends l'album et relis ce qu'il a écrit. Et je le relis. Puis, j'essaie de me rappeler ce que j'ai écrit dans son propre album. Je ne m'en souviens pas exactement, mais je sais que c'était quelque chose de joyeux à propos de jouer de la musique ensemble et de chanter des chansons de Barbra Streisand pour le reste de notre vie. Je n'aime même pas Barbra. Elle est tellement extravagante.

Je bondis hors de mon lit, je prends le CD dans le lecteur et je regarde le cercle parfait et brillant. Je le saisis avec mes deux mains et j'essaie de casser en deux le CD de Barbra, mais je ne suis pas assez forte. Je déverrouille donc ma fenêtre, je l'ouvre, j'ouvre également la moustiquaire et je lance le CD dans la nuit sombre, comme un Frisbee.

— Je te souhaite un horrible vol, dis-je en murmurant. Oublie d'attacher ta ceinture. Il n'y a pas de sorties d'urgence à l'avant et à l'arrière.

Je vois un ovni argenté scintiller au-dessus du gazon, puis tomber et disparaître.

----o----

Une fois, lors de la journée de la reconstitution historique, nous avons fait du bénévolat au musée Black House en aidant les enfants à jouer à des jeux du XIXe siècle, comme marcher avec des échasses ou courir en faisant rouler un gros cerceau avec un bâton. Nous avions offert nos services en raison du Key Club et parce que la Black House, ce musée qui n'était qu'un immense manoir en briques entretenu, avait toujours besoin d'aide.

J'aidais une petite fille à marcher avec des échasses quand un homme s'est approché et a empoigné son petit garçon pour l'éloigner des cerceaux. C'était un véritable stéréotype sur deux pattes, du genre costaud, colérique, avec les cheveux courts sur le front et longs dans le cou ; il portait des vêtements d'une autre décennie.

— Veux-tu bien me dire ce que tu fais là ? a-t-il hurlé au garçon, en lui tordant le bras.

La petite fille sur les échasses en bois s'est arrêtée de marcher sur le gazon fraîchement tondu et a retenu son souffle. J'ai saisi les échasses pour qu'elle ne tombe pas et Dylan... Dylan a lancé au père costaud un regard méchant.

L'homme ne l'a pas remarqué ; il s'est contenté de tirer encore une fois sur le bras de son fils, tellement fort que le petit garçon a trébuché sur ses propres pieds. Je n'avais aucune idée de ce qui l'avait mis en colère ; je voyais seulement qu'il était vraiment fâché. Le garçon est tombé et s'est éraflé un genou. Puis, il s'est mis à pleurer.

Le père est demeuré debout, les poings serrés. Dylan s'est précipité vers le garçon avec la trousse de premiers soins et a lavé son genou.

— Laisse-le tranquille, a grogné le père. Ça lui apprendra. C'est une vraie femmelette.

Dylan a posé un pansement adhésif sur le genou du garçon, puis il s'est levé et il a dit :

— Monsieur, ce n'est pas une femmelette.

— On dirait bien que tu en sais quelque chose, a maugréé l'homme en soufflant très fort.

Dylan s'est redressé. J'ai retenu mon souffle.

— Vous voulez que je vous le prouve ? lui a demandé Dylan en le fixant dans les yeux.

J'ai aidé la petite fille à descendre des échasses et l'ai prise par la main. Elle m'a murmuré :

— Mon papa ne voulait pas venir. Nous habitons à Bangor. Il a été grincheux toute la journée.

Elle a laissé tomber ma main et a couru rejoindre son frère, son père et Dylan qui étaient restés sur le gazon fraîchement tondu.

— Papa ! Nous devrions partir. Nous devons rentrer manger à la maison.

Elle l'a saisi par le bras et a tiré dessus, une fois, deux fois et une autre fois.

Nous avons entendu un plouf ! et des cris provenir de derrière la maison, sans doute de quelqu'un qui venait de tomber dans le bassin-trempette après qu'une personne eût atteint la cible avec une balle.

Le père s'est détendu. Il a acquiescé et a dit :

— Partons.

Mais Dylan n'était pas prêt à lâcher le morceau. Il a crié :

— Les enfants sont des présents, monsieur. Traitez-les gentiment.

L'homme s'est retourné un moment, lui a fait un doigt d'honneur, puis s'est éloigné.

Dylan a secoué la tête et je suis allée me placer derrière lui, en glissant mes bras autour de sa taille.

— Je suis fière de toi.

Il a hoché la tête. Je pouvais entendre son cœur battre sous sa chemise, sous sa peau.

— Ça n'existe pas, les femmelettes.

Comment ai-je été aussi aveugle ?

----o----

Pendant que ma mère dort, j'erre dans la maison et je m'arrête dans la cuisine ; j'ouvre le réfrigérateur et prends le récipient d'humus. À la lueur de la lumière du réfrigérateur, je prends le couteau et j'étale de l'humus sur un craquelin. Muffin bondit sur le comptoir ; je crie et laisse échapper le couteau. Il tombe par terre en faisant du bruit.

Ma mère crie d'une voix endormie.

— Que se passe-t-il? Que se passe-t-il?

— Rien! dis-je en ramassant le couteau. Je grignote quelque chose. Rendors-toi.

À moitié endormie, elle émet une sorte de grognement pendant que je suis debout dans la lueur du réfrigérateur, prise en flagrant délit, le couteau par terre, le cœur brisé.

Mardi

Comme j'ai été incapable de dormir, je m'enfuis de la maison dès l'aube. Je dépose une note près de la cafetière, sur le comptoir : *Partie faire du vélo*. J'ai versé huit tasses d'eau et demie et trois cuillerées de café à la noisette Folgers dans le réservoir. C'est la quantité de café dont ma mère a besoin avant d'aller travailler. Tout est prêt.

Je gravis avec effort une colline ; les roues de mon vélo dérapent légèrement. Mon bonnet de laine plaque mes cheveux contre mon crâne, mais il n'empêche pas le froid de me geler les dents. Cela ne fait rien, j'aime la douleur aiguë que je ressens.

Le père de Tom, le chef de police, passe près de moi dans sa voiture de police. Il klaxonne et me salue de la main, puis il s'arrête devant moi et baisse sa fenêtre. Je m'arrête à sa hauteur, en me demandant si j'ai enfreint une règle de conduite à vélo.

Il sort sa tête par la fenêtre, mais il a gardé sa ceinture de sécurité, comme tout bon policier. Il a des rides autour des yeux qui le vieillissent, mais à part cela, il a la même apparence que Tom : les cheveux foncés, le corps puissant et en santé.

— Ce n'est pas un peu tôt pour faire du vélo, Belle ?

Je fais signe que oui.

— C'est le seul moment où je suis libre.

— Tu as froid ?

— Ouais.

Il hoche la tête et dit :

— Viens dans la voiture une seconde.

Je vais appuyer mon vélo contre un arbre et je saute dans la voiture de police. Je sens l'air chaud et étouffant sur mes joues. Une odeur de sucre flotte dans l'habitacle. J'essaie de trouver des preuves de son passage au Dunkin Donuts. Oui! Il y a une tasse de café. Mais pas de beignets, cependant.

Le père de Tom remarque mon geste, attend une seconde, puis dit :

— J'ai laissé tomber les beignets.

Je mords ma lèvre, embarrassée, mais il éclate de rire d'une manière si amicale que je me calme un peu.

— J'en avais assez du stéréotype du policier bedonnant travaillant dans une petite bourgade.

Il tapote son ventre, qui est mince et plat comme celui de Tom. Il prend une profonde inspiration et me dit :

— Belle, je ne t'ai pas demandé de monter à bord pour parler de beignets.

— C'est bien ce que je pensais.

J'essaie de rester calme, mais je me demande pourquoi je suis ici. Va-t-il m'arrêter? M'engueuler pour ne pas avoir été la petite amie de Tom en deuxième année du secondaire? Je porte mon casque de vélo le plus ridicule. Il est rose avec des images de Minnie Mouse roulant à vélo avec Mickey; je n'enfreins certainement pas ce règlement-là. Je glisse mes mains sous mes cuisses pour les réchauffer et les empêcher de trembler.

Il joue avec le cadran de sa radio. Je remarque l'arme qu'il porte contre sa hanche. Il a une radio de police sur le tableau de bord, un détecteur de radar, des menottes. Il y a toutes sortes de choses étranges, ici, et cela me rend nerveuse, même si j'aime bien le père de Tom.

Il prend une autre profonde inspiration et dit :

— Je sais à propos de Dylan.

Ah! super! C'est à mon tour de prendre une profonde inspiration. Dick McKenny passe près de nous et klaxonne. Il dirige le service ambulancier du comté. Nous nous saluons tous de la main.

— Que savez-vous à propos de Dylan? dis-je pour gagner du temps.

Le père de Tom lève un sourcil et me regarde comme pour me dire qu'il est habitué aux personnes qui se défilent et qu'il n'a aucune patience envers elles.

— Qu'il est homosexuel.

Il le dit simplement, sans mettre de gants blancs. Puis, il demande.

— Ses parents le savent-ils?

— Je ne crois pas, dis-je en avalant ma salive.

Mais si le père de Tom le sait, cela signifie peut-être que tout le monde est au courant. Je détourne mon regard vers la forêt. Les gros arbres s'inclinent dans tous les sens, pliant sous la glace et le vent. Ils rendent l'atmosphère oppressante, comme si toute la ville se penchait et écoutait. Ils cachent le ciel. Il m'arrive de souhaiter voir au-dessus de moi un ciel immense et de ne plus être entourée d'arbres qui écoutent, de jouir d'un immense horizon où il n'y a plus de voisins qui savent tout de votre vie.

Le père de Tom ajoute :

— Belle, je sais que c'est difficile pour toi, alors je vais aller droit au but. D'accord ?

J'acquiesce en mordant un côté de ma lèvre. J'enlève mon casque et je refais ma queue de cheval.

— D'accord ?

Il me fixe avec ses yeux brun foncé comme ceux de Tom. Quelqu'un klaxonne, mais nous ne nous retournons même pas pour voir qui c'est ; nous saluons simplement la main dans un geste automatique. Il pousse un soupir et s'élance.

— J'aurais préféré que tu ne fréquentes jamais ce garçon, Belle. C'est un type super, un garçon intelligent, mais il n'est pas pour toi. Nous le savons tous les deux maintenant, n'est-ce pas ? Quand Tom m'a parlé de leur entente, en deuxième année du secondaire.

— Vous voulez parler du pacte ? dis-je avec un petit sourire.

Il hoche la tête.

— C'était stupide ! Mais ce que je veux te dire, Belle, c'est que même si on dit qu'Eastbrook est une ville, elle est vraiment petite avec ses quelque 6000 habitants. Vraiment petite. Et ça, nous le savons tous les deux.

Il regarde droit devant lui, saisit le volant et mord l'intérieur de sa joue avant de poursuivre

— Nous savons tous les deux que certaines personnes à Eastbrook n'ont pas l'esprit très ouvert. Elles pourraient causer des ennuis à Dylan. Je l'ai dit à Tom. Il va être aux aguets au cas où quelque chose se produirait, mais quand je t'ai vu rouler à vélo, j'ai pensé que je devais t'en parler à toi aussi.

— Quels genres d'ennuis ?

— Il ne s'est écoulé que 20 ans depuis que ces garçons ont jeté cet homosexuel du pont, à Bangor. Tu en as entendu parler ?

Je fais signe que oui. C'était horrible. Ils l'ont chassé d'un bar et l'ont poursuivi dans la rue, puis ils l'ont lancé dans la rivière. Bien entendu, il est mort. Juste parce qu'il était gai. Ça me hérisse parce que je ne connais même pas son nom. Et si cela arrivait à Dylan ? Même s'il est difficile d'imaginer que quelqu'un puisse le poursuivre et l'intimider, il est si fort, mais tout de même… Et s'ils s'en prenaient à lui et que, dans 20 ans, personne ne se souvienne même de son nom et que les gens disent que ce n'était qu'un homosexuel qui avait été assassiné. Je souffle sur mes mains. Je serre les lèvres. Cela ne peut pas arriver.

— Je ne veux pas dire que quelqu'un va jeter Dylan d'un pont ou quelque chose comme ça, mais il y a des gens dans cette ville qui pensent ainsi, qui croient qu'être gai, c'est être le diable.

— Ils sont stupides, dis-je en marmonnant comme si j'avais cinq ans.

— Eh oui ! Ils sont stupides. Mais ils existent et Dylan…, il doit faire attention.

Le père de Tom me tapote la tête.

— Tu es une fille intelligente, Belle. Tu as la tête sur les épaules. Je veux que tu protèges Dylan ; dis-lui d'être prudent, d'accord ?

Je fais signe que oui et je sens la peur me serrer la gorge. Je fais tout pour ne pas pleurer, pour ne pas me mettre à sangloter dans la voiture de police du père de Tom, à sangloter en espérant que tout ceci n'est qu'un rêve. Je ne pleure pas. Je réussis à prononcer :

— Je vais lui dire.

— Bien, dit-il en hochant la tête. Bien. Tu sais, tu pourrais aussi essayer de détecter chez lui des signes de dépression. Beaucoup de garçons qui sortent du placard au secondaire deviennent déprimés, suicidaires.

Je me tourne vers lui, les yeux écarquillés, et je bafouille :

— Suicidaire ? Dylan ? C'est complètement insensé.

Dylan a toujours été la personne la plus équilibrée, la plus heureuse que je connaisse. Il rayonne. Il danse. Il est une étoile. Mon Dylan ne pourrait jamais être suicidaire. J'avale ma salive à plusieurs reprises, puis j'appuie ma tête contre le siège. Le père de Tom me tapote maladroitement le bras et dit :

— Pas tous les garçons, Belle. Certains. J'ai demandé à Tom de veiller sur toi également. Je sais que c'est difficile pour toi.

— Vous avez demandé à Tom de veiller sur moi ?

Mes mots sortent lentement de ma bouche, comme s'ils sont engourdis. Mon cœur se serre pour une raison stupide. Bien entendu, Tom s'était montré gentil avec moi seulement parce que son père le lui avait demandé. On ne peut pas être méchant envers la pauvre Belle Philbrick qui fait pitié, la fille qui était tellement aveugle qu'elle ignorait que son petit ami était gai.

Le père de Tom baisse un peu le chauffage.

— C'est une dure épreuve pour toi également, Belle. Tu as besoin de soutien.

Mon cœur flanche, mais je fais signe que oui et j'essuie les larmes au coin de mes yeux, puis Brian Barnard, le comptable dont la fille était arrière dans l'équipe d'étoiles de basketball, il y a deux ans, nous dépasse dans son gros VUS Dodge noir et klaxonne. Nous le regardons et le saluons de la main en souriant, mais je m'interroge. Fait-il partie de ces gens ? Des gens dont nous devons nous méfier ?

----o----

Quand le père de Tom me laisse partir, je roule et roule sur les collines, plus loin que le cimetière où Dylan et moi nous sommes embrassés pour la première fois, plus loin que l'endroit où Dylan, Emily, Bob et moi avions cru voir un ovni. Nous revenions d'un récital de Dylan. La mère de Bob n'était pas venue le chercher alors Em l'avait reconduit chez lui.

Je passe devant les maisons où les habitants s'éveillent à peine à l'odeur du café, l'haleine chargée, avant de boire du jus d'orange et de manger des brioches à la cannelle.

Le froid et la brume s'accrochent aux arbres, enveloppant tout d'un manteau gris. Cette ville est grise et insipide, mais si le père de Tom a raison, elle dissimule des étincelles rouges, de la haine rouge qui n'attend que de brûler à travers la brume.

Je roule et roule, et mes quadriceps commencent à brûler, tandis que le soleil se lève et que mon cœur ne me fait plus mal parce qu'il est trop occupé à battre et à essayer de pomper de l'énergie dans mon corps épuisé comme un cheval de labour, à essayer de répondre à la demande de sang, de sang, de sang.

Puis, je comprends où je suis. Mes mains serrent les freins. Le pneu arrière glisse sur le gravier glacé, mais je ne tombe pas. Je pose les pieds au sol pour garder mon équilibre.

Je suis devant une jolie maison blanche munie d'un toit à deux pentes. Il y a un grand jardin à l'arrière, ainsi qu'un solarium à l'avant et une piscine. Un véhicule récréatif est garé dans l'entrée et des citrouilles décorent les marches de l'escalier avant ; personne ne les a écrasées, du moins pas encore, mais l'Halloween sera bientôt célébrée. Sur le gazon, à côté de la maison, il y a un saint-bernard qui me regarde ; il n'aboie pas, mais agite plutôt la queue.

Une odeur de peinture bleue, de ragoût de bœuf et de thé à la cannelle flotte dans cette maison. Une odeur de grosse famille suédoise et irlandaise dans laquelle la plupart des enfants ont grandi et sont partis flotte dans cette maison. Une odeur d'amour, d'encens et de terre de rempotage flotte dans cette maison.

Cette maison est la maison de Dylan. Je la regarde fixement ; je regarde la fenêtre de la chambre aux rideaux encore fermés. Ce n'est pas normal. Dylan est habituellement le premier à se lever, à chanter comme un oiseau dans un arbre pour saluer la journée ; c'est ce que sa mère avait l'habitude de dire.

Sa mère… elle croyait que nous allions nous marier. Quand je venais, elle riait et ébouriffait mes cheveux en disant :

— Comment va ma future belle-fille ?

Je me demande comment il va l'annoncer à sa mère. Je me demande comment il va l'annoncer à son père. Je me demande comment il va l'annoncer à ses frères aînés. Je me demande s'il va en avoir l'occasion ou si quelqu'un d'autre va d'abord le leur dire. Ils vont peut-être l'apprendre dans un murmure étouffé ou dans un cri de haine.

— Oh ! Dylan, dis-je à voix haute.

Seul le vent me répond, en sifflant entre les feuilles et en me disant de laisser tomber, de faire demi-tour et de rentrer à la maison. C'est ce que je fais.

À MON ARRIVÉE, MA MÈRE EST LEVÉE ET FREDONNE tout en s'agitant dans la cuisine.

— Belle promenade ? demande-t-elle en me serrant dans ses bras pour me dire bonjour.

Elle sent le café. J'adorais le café avant d'être obligée d'y renoncer. J'étais accro au café et à la gomme à mâcher. Maintenant, je suis au Postum et aux Tic Tacs.

Ma mère dépose dans le four à micro-ondes ma tasse préférée, une tasse en forme de fantôme de l'Halloween, et appuie sur la touche d'une minute en disant :

— Je t'ai préparé du Postum.

Je me glisse sur une chaise, j'étire mes jambes en faisant tourner mes pieds pour assouplir mes muscles endoloris.

— C'est gentil.

— Tu veux une tranche de pain grillée ?

— Oui.

Je m'apprête à me lever, mais ma mère m'arrête d'un geste de la main.

— Je m'en occupe. Laisse-toi dorloter, ce matin.

Je lui souris et je masse mes mollets.

— D'accord.

Elle fait griller une tranche de pain et sort ma tasse de Postum du four à micro-ondes.

Elle commence à chanter en fredonnant les mauvaises paroles, comme d'habitude. C'est cette vieille chanson de Led Zeppelin, *Stairway to Heaven*.

— *There's a feeling I get when I look at my waist*, chante-t-elle tout en mélangeant mon Postum.

— Maman, dis-je en levant les yeux au plafond. Les paroles sont : *There's a feeling I get when I look to the west.*

— Oh!

Elle éclate de rire, sourit et passe sa main libre dans ses cheveux.

Elle n'a pas beaucoup de cheveux. Ils sont minces, teints en roux et vaporeux. Ce sont vraiment des cheveux de petite vieille. Ma mère m'a eue quand elle avait 22 ans, ce qui veut dire qu'elle a… combien? 39? Elle est rondelette, mais elle a des fossettes quand elle sourit ou qu'elle rit, et elle adore rire. Elle a travaillé dur pendant de nombreuses années à effectuer un travail qui détruirait l'âme de n'importe qui, mais il y a quelques années, elle a trouvé un nouvel emploi à l'hôpital. Avant, elle était réceptionniste dans une entreprise de produits dentaires. Elle travaillait dans un cabinet où il y avait des rangées et des rangées de fausses dents, de toutes les grosseurs, de toutes les teintes, allant du super blanc des vedettes au jaune tabac. Ils les utilisent pour les couronnes, les facettes et les dentiers. Quand j'étais petite, je faisais des cauchemars; je voyais ces dents courir après moi, dans le noir, fixées à des mâchoires qui n'arrêtaient pas de claquer.

Je frissonne; au même moment, ma mère me tend ma tranche de pain grillée sur laquelle elle a tartiné du beurre d'arachide et du miel, ainsi que mon Postum.

— Merci, dis-je tandis qu'elle dépose un baiser sur ma tête.

— Y'a pas de quoi.

Elle se dirige vers le comptoir, prend une gorgée de café et me regarde. Je me prépare pour LE moment, le moment où ma mère essaie d'être le genre de mère qu'on voit dans les comédies de situation ou dans les vieilles émissions de télévision, la Über-Mater, comme l'appellerait Herr Reitz, la super maman.

— Tout va bien, ma chérie?

— Ouaip! dis-je en mordant dans ma tranche de pain.

C'est un mensonge, bien entendu.

— Tu n'as pas fait de crise dernièrement?

— Non, non.

— Bien. Ça me ferait de la peine que tu sois obligée de recommencer à prendre des médicaments.

Avant de savoir ce qui provoquait mes crises d'épilepsie, le Dr Dulli m'avait prescrit des médicaments. Il en a essayé un million de sortes, mais ça tournait toujours mal. Mon sang s'intoxiquait. J'avais des hallucinations. J'étais allergique. Ces médicaments agissent chez certaines personnes, mais pas dans mon cas. Voilà pourquoi nous avons mis beaucoup d'efforts à en identifier la cause. À mes crises d'épilepsie.

Le simple fait d'y penser me fait frissonner. Le doux miel sur ma tranche de pain recouvre ma langue. Toutes ces éruptions cutanées, toute cette maladie. Dylan était toujours à mes côtés.

Ma mère boit lentement son café, créant ainsi un silence calculé pendant que je me dépêche d'avaler mon petit déjeuner afin de pouvoir m'enfuir sous la douche.

— Dylan n'a pas appelé depuis quelques jours, dit-elle.

Je hausse les épaules.

— Tout va bien entre vous deux?

Le Postum se solidifie dans mon estomac, formant une belle boule visqueuse. Je me lève et je lance à toute vitesse:

— Nous avons rompu. Ce n'est pas grave. Je vais bien.

— Oh! chérie…

Ma mère me tend les bras, mais j'ai déjà quitté la pièce et je me précipite vers la douche où personne ne me pose de questions, où personne ne me regarde avec de la pitié dans les yeux.

M. Raines, notre cher directeur, annonce dans l'interphone que l'équipe masculine de soccer «a écrasé l'équipe Trinity», hier après-midi.

— On dirait qu'ils ont éliminé le père, le fils et le Saint-Esprit, lance Emily en pouffant de rire.

Je ris avec elle, tout en déambulant dans le couloir, à l'heure du premier cours. Et c'est alors que je le vois. Je vois Dylan. Tout s'arrête. Mon cœur s'arrête. Mes pieds s'arrêtent. Mon âme s'arrête. Même Emily s'arrête et murmure tout bas, d'un ton vraiment calme :

— Ouille!

Dylan lève timidement la main. Il agite doucement ses doigts pour nous saluer.

— Salut, les filles.

— Salut, dis-je.

Je l'examine de haut en bas. Il n'a pas trop l'air déprimé, mais à quoi ressemble une personne déprimée? Je n'en ai aucune idée. Je me sens embarrassée et stupide. Je le salue de nouveau comme si je ne l'avais jamais vu nu ou comme si je n'avais jamais tenu sa main dans la mienne ou comme si je ne l'avais jamais vu pleurer.

— Salut.

— Hum, se contente de murmurer Emily.

À voir son dos tendu et la façon dont elle serre ses livres, je sais que son regard de chatte lui lance des flèches.

— Belle, j'avais l'intention de t'en parler... à propos de Bob...

Ses mains battent l'air comme si elles essayaient de faire sortir les bons mots.

Emily saisit mon coude et m'entraîne en passant devant ce jeune prodige, ce garçon aux yeux tristes qui me prenait autrefois dans ses bras.

— Nous allons être en retard à notre cours, dit-elle.

— Ouais, c'est vrai, acquiesce Dylan en me regardant. J'aimerais te parler plus tard.

Je ne dis rien. Je suis incapable de dire quoi que ce soit. Mon cœur est tellement gonflé, il est tellement détraqué qu'il bat partout dans mon corps. Il domine tout mon être, en battant simplement à tout rompre. Je n'entends que lui.

Boum-boum. Boum-boum.

Boum-boum.

Boum-boum.

Enfin, la voix d'Emily réussit à percer ces battements, tandis qu'elle avance à toute vitesse dans le couloir.

— Non mais, quel culot! Pour qui se prend-il? Quel salaud. Il n'a même pas mentionné que tu avais perdu connaissance dans la cafétéria, hier. Je veux dire, tout le monde à l'école le sait, et il ne s'est même pas inquiété à ton sujet. Putain, je ne peux pas croire que tu as déjà été sa petite amie.

Boum-boum.

Boum-boum. Boum-boum.

Blablabla.

Les paroles d'Emily n'ont aucun effet. Je ne peux penser à rien d'autre qu'à Dylan et à son âme prodigieuse et à la sensation de ses doigts sur ma peau quand il me caressait.

Je me retourne et je le cherche des yeux, mais mon Dylan a disparu. Un autre garçon, toujours aussi prodigieux, est planté au milieu du couloir pendant que les autres le dépassent. Il lève la main et me dit au revoir.

Em est à côté de moi, son appareil photo pointé devant elle comme s'il s'agissait d'une arme. Elle prend une photo du couloir où se tient le nouveau Dylan.

Elle vérifie la photo sur l'écran et elle me la montre.

— C'est réussi. Le couloir de l'école secondaire. Dépourvu de sens.

— Ouais, tout à fait.

Puis je me rappelle ce que le père de Tom m'a dit et je me précipite dans le couloir, en direction de Dylan, abandonnant Em avec son appareil photo ; elle doit d'ailleurs être en train de me photographier. Je dépasse en courant Shawn, Mimi Cote qui est vêtue de sa stupide jupe métallique, et Eddie Caron. Je rejoins Dylan, je regarde ses yeux tristes et étonnés, et les mots jaillissent de ma bouche.

— Tu dois être prudent, Dylan. C'est une petite ville. Le père de Tom a dit que des gens pourraient s'en prendre à toi. Il m'a dit de te prévenir.

Dylan me fixe du regard.

— Le père de Tom ?

Sa bouche n'exprime rien.

Il secoue la tête et dit :

— Ça va aller, Belle.

Puis, il s'éloigne, me laissant seule dans le silence, seulement interrompu par les stupides battements de mon cœur qui fait boum-boum, boum-boum.

----o----

Eddie Caron, dans toute sa stature et sa grandeur, vient derrière moi et pose sa main sur mon épaule.

Je sursaute.

Nous marmonnons tous les deux :

— Pardon.

Nous nous dirigeons ensemble vers notre classe.

Il se racle la gorge et me lance :

— Dylan et toi avez vraiment rompu ?

— Ouais.

— Samedi soir ? Quand je suis passé près de vous ?

— Ouais.

— Pour toujours ?

— Ouais.

Il secoue la tête.

— Je ne l'aurais jamais cru.

— Moi non plus, dis-je haussant les épaules.

Il se cogne contre moi.

— Désolé. Tu étais trop bonne pour lui, cependant.

Je me tourne face à lui.

— Non, je ne l'étais pas.

— Pour sûr, tu l'étais.

— Non, je ne l'étais pas, dis-je en murmurant.

Il laisse le silence s'installer entre nous, puis il dit :

— Si jamais tu as besoin de quelque chose, tu n'as qu'à me le dire, d'ac ?

— Oui, Eddie. D'accord.

Je regarde ce colosse, presque un homme. Quand nous allions à la maternelle et que nous nous tenions par la main en attendant l'autobus, il construisait pour moi des châteaux dans la boue et disait des choses comme :

— Je vais être le chevalier et toi, la princesse, et je vais te protéger.

Et moi, je lui répondais :

— Non Eddie. Je veux être la reine.

Il hochait lentement la tête, à sa façon, et disait :

— D'accord. Tu peux faire la reine et je serai le chevalier, et voici ton château et je vais te protéger.

Il était tellement gentil qu'il n'écrasait même pas les fourmis. Il les prenait et allait les déposer ailleurs. Il est tellement costaud maintenant, et nous nous sommes tellement éloignés l'un de l'autre. Je ne peux même pas m'imaginer en train de lui tenir la main. Je cligne des yeux et, pendant une seconde, je souhaite que nous soyons de nouveau des enfants et que tout soit facile et que notre plus gros problème soit d'avoir peur de nous faire tabasser dans l'autobus.

Il reste là devant moi, attendant que je dise quelque chose d'intelligent, j'imagine ; son corps musclé me bloque l'accès à la classe. Il sent bon, cependant. Ses yeux sont plus durs que ceux qu'il avait à la maternelle.

Je lui souris et je lui dis la seule chose qui me vient à l'esprit.

— Merci.

Dylan, j'ai trouvé extrêmement douloureux *de te voir, aujourd'hui, dans le couloir. J'ai cessé de respirer. Je suis très en colère contre toi et en même temps, je suis si inquiète pour toi. Tes yeux étaient si tristes. Je ne peux pas imaginer être dans ta peau, être homosexuel dans un monde où c'est dangereux d'être gai, où cela signifie être traîné derrière une camionnette sur l'asphalte ou être jeté d'un pont ou ne pas pouvoir être chef scout. C'est un monde où être gai signifie que vous pouvez mourir parce que vous avez aimé.*

Tu vis maintenant dans ce monde, Dylan. Tu vis dans ce monde, mais pas moi. Je reste ici et j'observe, j'espère, j'attends. Je reste ici et je me demande combien cela a dû être difficile d'être toi quand tu me l'as annoncé, quand tu m'as aimée, quand tu as prétendu que j'étais ton âme sœur, la lumière de ta vie et tout ce gnangnan sentimental nouvel âge.

Comme cela doit être difficile, Dylan.

Mais je souffre encore et je suis encore en colère parce que tu étais mon meilleur ami, tu sais. Tu t'occupais de moi quand je faisais une crise d'épilepsie ou que j'avais un B lors d'une épreuve ou que je criais après ma mère ou que je me querellais avec Emily.

Nous nous étions promis d'être toujours là l'un pour l'autre, mais comment serait-ce possible maintenant ? Comment pourrions-nous l'être quand nous vivons dans deux mondes différents ?

Pourquoi est-ce que je continue de t'écrire des mots en classe ? Est-ce parce que j'en avais l'habitude ? Que pourrais-je faire d'autre ?

Je les plie en petits carrés, je les glisse dans ma poche gauche et je les transporte avec moi toute la journée. Ils m'alourdissent. Ils m'empêchent de flotter jusqu'au faux plafond maculé de taches d'eau. Ils m'aident à évacuer mon chagrin. Que pourrais-je faire d'autre ? Dis-le-moi. Que pourrais-je faire d'autre ?

Dans ma poche droite, il y a le mot que tu m'as donné vendredi dernier. Je le glisse dans ma poche tous les matins.

Tu as écrit : Tu ne sembles plus être enrhumée. C'est super. Je t'aime.

J'ai peur de te voir. J'ai peur de ce que je pourrais dire. J'ai peur de ce que tu pourrais dire. J'ai peur que tu me dises que c'est vrai, que tu ne m'as jamais aimée, que tout cela n'était qu'un horrible et gros mensonge ; un mensonge qui brise le cœur et détruit l'âme.

Tom m'appelle coco. Il devrait plutôt m'appeler poule mouillée.

UN VIEUX MOT TOMBE de mon livre *L'attrape-cœurs*. Que fait-il là?

Il est tout froissé, et je sais aussitôt de quoi il s'agit. C'est le mot qu'Emily m'a écrit la veille du jour où Dylan m'a finalement demandé de sortir avec lui. Dylan et moi étions amis depuis toujours et il m'avait une fois tenu la main au cinéma, mais c'est tout. Moi, bien entendu, j'en pinçais pour lui. Eh bien, j'en pinçais pour lui et pour Tom Tanner, mais Tom ne m'appelait pas tous les après-midi. Tom n'avait pas les yeux verts et il ne parlait pas de choses comme des âmes, de Dieu, de la réincarnation, de l'amour et des auras. Tom jouait avec du ruban adhésif en toile, parlait de soccer et il ne m'appelait jamais, même après sa rupture avec Mimi.

— Mimi m'a demandé de l'accompagner à la danse, m'a dit Dylan quand il m'a appelé à ce sujet.

La haine s'est emparée de moi au point de me faire grincer des dents. J'ai essayé d'ouvrir la bouche pour parler, mais je ne pouvais plus respirer.

— Mimi?

— Ouais, a-t-il dit en mâchant quelque chose.

On aurait dit un baguel.

Le silence s'est alors installé. J'ai fermé les yeux et j'ai enfoui mon visage dans la fourrure de ma chatte. J'ai compté jusqu'à 10. J'ai imaginé à quoi pouvait ressembler la vie avec le prénom de Mimi. Dylan et Mimi. «Dylan et Belle» sonnait beaucoup mieux.

— Que vas-tu faire? lui ai-je demandé.

— Je ne sais pas.

J'ai cru l'entendre hausser les épaules, je le jure.

— Eh bien. Est-ce que tu l'aimes ?

Il a fait une pause.

— Pas de cette façon.

— Mmhhmm

Je pouvais de nouveau respirer.

Mimi et moi avons été meilleures amies jusqu'en deuxième année du secondaire. Nous nous maquillions ensemble, nous allions dormir l'une chez l'autre. Mimi plaçait toujours des animaux en peluche entre nous pour être certaine que nous ne nous toucherions pas durant la nuit, comme si c'était une chose affreuse. J'étais meilleure qu'elle à l'école et dans les sports, mais elle était meilleure que moi avec les garçons.

— Aimes-tu Tom Tanner ? m'a-t-elle demandé une fois que nous faisions les meneuses de claques, lors d'une partie de soccer.

— Tu parles !

Le lendemain, elle lui avait demandé de sortir avec elle. Puis, elle l'a fait de nouveau, avec Dylan.

J'en avais discuté avec Emily en échangeant avec elle un mot dans le cours d'algèbre II. L'écriture d'Emily attirait l'attention des deux côtés de la feuille, avec ses boucles extravagantes. La mienne avait l'air minuscule et timide, de véritables pattes de mouche. Emily était stressée à l'idée de boire ou non à une fête. J'étais stressée à propos du cas Mimi.

Eh bien, Belle, tu as peur de quoi ?

D'être « amoureuse ». Si nous sortions ensemble, je me demande même si nous romprions un jour. Je veux dire, je l'aime et je le comprends parce qu'il est une partie de moi d'une certaine façon et moi de lui. Nous sommes comme deux âmes qui ne font qu'un, mais qui ne sont pas identiques.

Ça semble tellement cucul.

Bon, d'accord. Quant à l'alcool, c'est à toi de décider. N'en bois pas si tu ne le désires pas. Bois-en si tu le veux. Si tu ne sais pas quoi faire maintenant, prends ta décision le moment venu. Tu sauras alors quoi faire. Suis ton intuition.

Bon conseil ! Crois-tu que les contraires s'attirent ? Parce que si vous êtes tellement pareils, ça va être difficile de maintenir la relation. C'est que, vois-tu, je ne comprends pas ce que tu veux qu'il arrive entre vous deux ? Tu comprends ?!

Je ne sais pas !
C'est juste que… je sais que nous sommes destinés à nous aimer, mais je dois attendre parce que pour vraiment aimer quelqu'un, il faut d'abord résoudre certaines choses, et il faut être prêt à aimer l'autre et vice versa. Tu comprends ?

C'est très philosophique, Belle. Mais n'as-tu pas la moindre envie de danser dans les bras de Dylan, vendredi soir ? Ou veux-tu que ce soit Mimi... Dis la vérité...

Ouais, mais je ne peux pas le forcer à m'aimer et je sais qu'il m'aime, mais je ne sais pas s'il est prêt à le faire.

Eh bien, imagine que Dylan et toi alliez bientôt vous marier. Accepterais-tu qu'il ait une aventure ?

Si nous allions nous marier, nous aurions pris un engagement l'un envers l'autre, et il serait prêt à m'aimer. Nous n'avons que 15 ans. Ça fait peur à 15 ans. De toute manière, on aime les gens à divers degrés.

Oui. Je comprends, mais vous devez d'abord vous engager à être le petit ami et la petite amie l'un de l'autre, puis vous pourrez progresser dans votre relation, dès maintenant.

QUI A ÉCRIT ces mots ? Une fille confiante. Une fille qui savait de quoi elle parlait. Une fille qui n'avait pas de petit ami, qui en voulait un, mais qui n'en avait pas vraiment besoin. Cette fille, c'était moi.

JE DÉCHIRE LE MOT en mille morceaux et je me fiche d'être au milieu de la classe d'anglais et que Rachel et Mimi me regardent en faisant de grands yeux en murmurant derrière leur main bien manucurée. Tout le monde murmure, sauf les garçons. Les garçons comme Andrew et Travis lèvent un sourcil en décroisant leurs jambes musclées, mal à l'aise ; les garçons comme Rasheesh croisent leurs genoux de petits génies ou, s'ils sont invisibles, ils hochent la tête avec sympathie.

Je m'en fiche. Je fais des confettis, je marche devant M. Patrick, au beau milieu de sa leçon, et je lance les morceaux de papier dans la corbeille.

Puis, je lève la main et je réponds à la question suivante juste pour prouver combien j'ai du flegme.

— Je ne crois pas que l'impact thématique du poème d'Adrienne Rich, *The Afterwake*, soit centré sur la fatigue mentionnée dans la deuxième strophe, mais sur le mot « nerfs », à la fin du premier vers.

Blablabla.

Andrew se met à rire et à applaudir. Kara Raymond siffle entre ses dents. Je m'assois et je souris. M. Patrick secoue la tête et dit :

— Je ne sais pas quoi faire avec toi, Philbrick.

Andrew marmonne :

— Je parie que Tom le saurait.

M. Patrick réagit parce qu'il a entendu.

— Andrew. Tu viendras me voir après le cours.

Mes joues deviennent rouges. Si seulement Em était ici. Seigneur, je suis trop stupide.

Je le comprends, avais-je écrit. *Il m'aime,* avais-je écrit.

Je ne peux pas croire à quel point j'ai été stupide.

Je ne peux pas croire que j'ai passé deux ans de ma vie à aimer un type qui est gai.

J'ANNONCE À EMILY, tout en mélangeant mon Postum :

— J'ai fini de pleurnicher.

Le stupide bâtonnet rouge n'arrête pas de se plier. Il n'est pas assez rigide pour mélanger la potion épaisse, le Postum, la potion nourrissante.

Emily me jette un regard étonné. Elle avale une gorgée de Coca-Cola.

— Sérieux. J'ai officiellement cessé de pleurnicher, je répète en léchant le bout du bâtonnet.

— Mmhhmm.

— Tu ne me crois pas ?

— Tu as encore le droit de pleurnicher un peu.

Elle tord la languette de métal de son Coca-Cola. Elle la tord et la tord encore. Puis, elle l'arrache. Elle prend une photo de son Coca-Cola, sans la languette.

— J'ai fini de pleurnicher.

J'ai la tête qui tourne. Elle lance la languette de métal dans ma direction. Celle-ci glisse sur la table et je l'arrête avec ma main avant qu'elle ne tombe par terre, dans l'abîme du plancher de la cafétéria.

— Sérieux, je répète. Fini le pleurnichage.

---- o ----

Durant toute l'heure du midi, les élèves viennent vers moi pour me demander si je vais bien. Callie Clark me donne une étreinte en guise de soutien. Aimee Ciciotte me dit que je suis mieux sans Dylan. Shawn vient au moins 800 fois et demande à Emily si nous avons besoin de quelque chose. Elle lui fait des gros yeux.

Mes yeux ne cessent de se tourner du côté de la table de Tom. Ses yeux font de même vers moi, et quand nos regards se croisent et s'emprisonnent, c'est comme si ma peau était parcourue de décharges électriques. Je sens courir en moi un courant électrique débridé, et cela me fait un peu peur; j'ai de la difficulté à respirer et je détourne mon regard. Et puis, il y a cette autre chose qui me ronge. Son père lui a dit de veiller sur moi. C'est ça. C'est tout. Pourquoi est-ce que ça me dérange? Je n'en ai aucune idée.

Après qu'Emily a fini d'avaler son Coca-Cola et que mon Postum repose au fond de mon estomac, elle dit :

— Tu sais, je ne suis pas certaine que ce soit une bonne idée de t'amouracher d'autres garçons pour le moment.

Je la regarde, étonnée.

Elle joue avec les boutons de son appareil photo. Sa main libre balaie l'air, tandis qu'elle ajoute précipitamment :

— Je veux dire, c'est bien si ça signifie que tu passes à autre chose, non? Tu tournes la page, ce qui est sain, mais ça ne l'est peut-être pas, parce que c'est comme si tu aimais quelqu'un d'autre uniquement pour oublier.

Tu comprends ? C'est comme si tu ne t'accordais pas suffisamment de temps pour guérir du traumatisme de ta relation.

— Le traumatisme de ma relation ?

— Oui, dit-elle en hochant la tête, en soupirant et en remettant en place le protège-objectif de son appareil. Tu sais. C'est grave ce qui vous arrive à toi et à Dylan. C'est difficile de t'adapter à la situation. Tu l'aimes, genre, depuis toujours et puis, boum ! cet amour n'existe plus.

Je fixe les yeux bleus d'Emily. Elle me regarde avec sympathie. Je dis le plus calmement possible :

— C'était un mensonge, Em. Ce n'était qu'un conte de fées. On n'a pas besoin de guérir d'un conte de fées.

Elle expire, enlève le protège-objectif de son appareil et le fait tourner entre ses doigts.

— Oui, c'est nécessaire.

----o----

Je me rends au cours de science avec Emily. Debout près de la porte, à l'extérieur de la cafétéria, Shawn me bloque le passage. Ses yeux trop grands sont tristes, tristes, tristes, et il me regarde de manière si intense que je crains d'avoir des pellicules sur le dessus de la tête ou quelque chose du même genre.

— Belle, dit-il.

J'attends.

Il ne dit rien. Emily fait bouffer ses cheveux et bat des cils, tout à fait inconsciemment. Elle a le béguin pour Shawn depuis toujours.

Il me fixe du regard.

J'attends.

Il se racle la gorge.

— Je suis désolé à propos de Dylan.

— Oh! dis-je en trouvant soudainement mes chaussures incroyablement intéressantes.

Ce sont des chaussures de sport Snoopy sur lesquelles sont dessinés des nuages, au look un peu bohème, mais cool. Snoopy tient les ballons qui flottent au-dessus de sa niche rouge, prêts à s'envoler vers le ciel bleu.

Shawn se racle de nouveau la gorge.

— C'est vraiment con qu'il soit gai.

Je hoche la tête. Que pourrais-je faire d'autre?

Emily tousse et se balance sur ses sabots jaune clair. Shawn tape du pied avec sa chaussure de sport. C'est fou comme les chaussures suscitent l'intérêt ces jours-ci.

— Je l'ignorais, dit-il

— Ouais, dis-je en haussant les épaules. Moi aussi.

— Vraiment? Tu n'avais rien vu?

Les élèves passent près de nous en nous bousculant. Rachel, Mimi, Anna. Mimi me jette un regard furieux. Nous allons être en retard.

— C'était impossible à deviner, dit Emily. Je veux dire, comment peut-on dire si une personne est gaie ou pas ?

Shawn hausse les épaules.

— J'ai entendu dire qu'ils sentent différemment.

Emily lève les yeux au plafond. Elle saisit son bras et l'entraîne dans le couloir. Je les suis en regardant leurs pieds et la façon dont ils avancent un pas après l'autre. Em prend une photo de Shawn. Il se met à marcher de manière si joyeuse qu'il en sautille presque. Ils sont trop mignons.

Derrière moi, quelqu'un me crache :

— Fille à pédés.

Je me retourne, mais je ne vois que des visages indifférents. Aucun n'accroche mon regard. Ils sont tous impassibles, à part leurs yeux. Ils me fixent du regard.

Mais la vérité est que je connais tous ces yeux. Ce sont ceux d'Andrew. Ceux de Mimi encore une fois. Ceux d'Aimee Ciciotte et d'Anna.

Je demande à Mimi si elle a dit quelque chose.

Elle secoue la tête, mais sa bouche esquisse un sourire.

Je ne lui fais pas un doigt d'honneur comme j'en aurais envie parce que je dois aller à mon cours, putain de merde. Je me retourne plutôt et me dirige vers mon cours de science.

— Nous allons danser vendredi, annonce Emily pendant que nous examinons le système urinaire de notre fœtus de porc.

La vessie du porc semble soudainement incroyablement pleine. Oh! À moins que ce soit la mienne.

— Quoi?

Je me rassois sur ma chaise et j'enlève mon gant en latex. Ma main a une odeur de condom. Je suis sur le point de dire à Emily la façon dont quelqu'un, sans doute Mimi, m'a appelée dans le couloir, mais elle a l'air tellement concentrée que cela n'en vaut pas la peine.

— Danser. Nous y allons, dit-elle sans même me regarder, en pressant du bout du doigt sur les entrailles du porc.

Je secoue la tête.

— Il n'en est pas question.

— Oh! oui!

Emily plonge ses mains dans le porc et, maintenant que nous avons trouvé la rate, elle identifie les organes comme une experte.

— Ce bébé n'a plus de secret pour nous, dit-elle au moment où nous nous rassoyons.

Elle a pris une photo de l'animal.

— Finis les haut-le-cœur de fillettes. Ce bébé n'a plus de secret pour nous.

Elle tâte et enfonce ses mains. Elle explore ses organes et prend des notes. Je suis son exemple, mais j'éprouve un malaise. Nous sommes des envahisseurs.

Nous commettons un viol. Nous découpons les muscles et écartons les membranes protectrices pour voir ce que nous allons découvrir à l'intérieur.

— Tu dois recommencer à fréquenter des garçons, dit-elle.

— Non.

— Oui, dit-elle en coupant quelque chose. Merde. Veux-tu maintenir ceci dans les airs?

Avec une mince tige en métal, je tiens un bout de muscle abdominal. Elle prend une photo de moi, puis retourne à son examen.

— Ne viens-tu pas de dire qu'il était trop tôt pour moi d'aimer quelqu'un d'autre?

Elle coupe un muscle encore plus profondément.

— J'ai changé d'idée.

— Je ne veux pas y aller.

— On dirait un bébé : « Je ne veux pas y aller ».

Elle examine la région pelvienne du porc.

— Tu n'as pas le choix. Shawn et moi allons te kidnapper.

— Tu y vas avec Shawn?

Elle me sourit de toutes ses dents.

— Mmhhmm.

— C'est super! dis-je en pensant *la cinquième roue, la cinquième roue, la cinquième roue.*

Emily, en bonne télépathe, lit dans mes pensées.

— Comme si je n'ai jamais été la cinquième roue.

— Je n'ai pas dit ça.

— Mais tu l'as pensé, soupire-t-elle. Crois-tu que c'est l'urètre ou le vagin?

Elle ricane.

Je hausse les épaules.

— Nous ne connaissons pas la différence entre un urètre et un vagin.

Elle est morte de rire. Elle lève la main et appelle l'enseignant.

— Oh! M. Zeki! Nous n'arrivons pas à distinguer l'urètre du vagin!

M. Zeki arrive en se pavanant dans son pantalon de toile trop serré, les mains sur les hanches.

— Non mais, êtes-vous vraiment des finissantes du secondaire ou des garçons de 14 ans?

Tout le monde éclate de rire. Je laisse tomber le muscle. Emily rit en reniflant comme un porc.

M. Zeki soulève le muscle et vise avec son pointeur un minuscule tube.

— Ça, les filles, c'est l'urètre.

Il nous fait un clin d'œil.

— Vous allez devoir trouver vous-même votre vagin.

Le rouge nous monte aux joues, mais c'est tellement drôle. Je me cache le visage derrière mes mains et je ris jusqu'à ce que je sois épuisée, jusqu'à ce que les larmes coulent de mes yeux, jusqu'à ce que je sois vidée, comme un fœtus de porc déshydraté, sans âme.

EMILY ET MOI N'AVONS JAMAIS eu de difficulté à attirer les garçons, pas depuis que nous avons franchi cette étape bizarre de la septième année, où j'étais grassouillette et où Emily ressemblait à une mutation de barre aux céréales avec son appareil d'orthodontie et ses cheveux raides.

Elle est maintenant une tarte au chocolat. Elle est appétissante avec ses cheveux châtains de top-modèle et ses yeux langoureux.

Dans la littérature pour filles, il y a toujours une amie sexy et une amie pas sexy du tout. Il y a toujours une amie qui est la fille populaire autour de laquelle tout le monde gravite. L'autre est invisible et tout le monde l'ignore, tandis que la fille populaire se balade parmi des hordes de garçons qui l'embrassent et la caressent avec leurs mains musclées.

Ça n'a jamais été ainsi pour nous.

Nous avons toujours su quels garçons allaient être attirés par l'une de nous deux. Nous nous les répartissions. Emily avait les artistes, les coureurs, les gars au look heavy metal, les roux, les joueurs de football, les Grecs. Moi, j'avais les musiciens, les écrivains, les Arabes, les Afro-Américains, les joueurs de soccer. Et les gais. Ai-je oublié les gais ? J'ai oublié, n'est-ce pas ?

Bien entendu, les possibilités ne se limitent pas à ces listes. Shawn est un joueur de soccer. Un de mes petits amis en troisième année du secondaire était un coureur. Nous mélangions donc un peu nos choix.

— Tout le monde attire un genre d'individu, avait dit Emily après qu'un Arabe m'ait poursuivie au centre commercial de Bangor et m'avait demandé de devenir sa petite amie.

J'avais refusé en rougissant.

— Il est attiré par toi parce que tu rougis, avait-elle dit. C'est tellement mignon.

Puis, elle avait fait des bruits de baisers. Je lui avais flanqué une tape sur le bras et nous étions allées acheter des chaussures. Elle avait pris des photos de nos pieds dans chaque paire.

Maintenant, je me demande : et si je n'attirais plus un genre de garçon en particulier ? Si je vais à cette stupide soirée, vais-je passer mon temps seule dans mon coin, le dos appuyé au mur, pendant que Shawn et Emily s'amusent comme des fous et que je regarde les autres former des couples et se caresser sur la piste de danse ?

Ou pire, et si les garçons que j'attirais étaient des gais qui essaient de ne pas être gais ? Et si les seuls garçons qui m'aimaient, m'aimaient comme un dernier recours, une dernière tentative d'être hétérosexuels ? Et si je servais vraiment de couverture aux gais ? De toute évidence, je ne suis pas une fille à pédés, mais je suis peut-être simplement une fille dont les garçons se servent pour dissimuler leur orientation ?

----o----

C'est ce que je me dis au moment où nous croisons Dylan dans le couloir. Il y a un immense triangle rose sur son tee-shirt noir. C'est le symbole universel de l'homosexualité.

J'ai de la difficulté à respirer. Je saisis Emily par le bras.

Dylan nous salue et je m'approche de lui en pensant *respire, respire.*

— Dylan?

Il me sourit en haussant les épaules.

— Je me suis dit que l'heure était venue de sortir du placard.

— Tu crois que c'est une bonne idée? dit Emily. Quelqu'un va sûrement te tabasser.

— Dylan?

Je prononce son nom, et toute mon inquiétude et ma peur jaillissent de ma bouche comme un accord de guitare écorché, comme une chanson triste. Si triste.

— Je sais me défendre.

Il hausse de nouveau les épaules. Ses yeux verts fixent mon regard.

— Les gens le savent déjà de toute manière. Et toi, Belle? Ça va?

— Oui, je murmure.

Il tend la main et caresse ma joue, puis il la retire.

— Je sais que c'est difficile pour toi.

— Non, c'est…

J'en perds mes mots. Les élèves passent près de nous. Ils tournent la tête pour nous observer.

— Nous sommes toujours amis, Belle, dit-il. Je t'aime toujours.

Emily fait un geste d'impatience.

— Oh! Putain! Arrête tes conneries.

Elle m'entraîne avec elle d'un coup sec dans le couloir.

— Dans quoi se croit-il, un roman de Danielle Steel?

Derrière nous, quelqu'un traite Dylan de pédé.

Je ne sais pas qui l'a dit. Peut-être tout le monde.

Non, non, à voir son regard furieux et son menton levé dans les airs, je crois que c'est mon voisin, Eddie Caron. Ou c'était peut-être Colin Troust, ce garçon de quatrième année du secondaire qui habite sur l'avenue Alton. Je n'en suis pas certaine. Je ne sais pas.

Je les fusille tous les deux du regard. Ils font de même. Vraiment. Eddie me regarde d'un air furieux. Je secoue la tête. Je ne sais plus qui est qui. Voilà le problème. Tu passes toute ta vie à grandir dans ce trou en pensant que tu connais tout le monde. Anna est une athlète et elle sera un jour agente immobilière. Eddie est un voisin; il est idiot, mais inoffensif et il essaie encore de se remettre de ce qui est arrivé avec Hannah. Dylan est mon grand amour; il est sexy et il a les cheveux blonds et un sourire lumineux.

Ouaip.

Et moi? Que pense de moi M. Allen qui exploite la bleuetière? Ou M. Jones, le patron de ma mère à l'hôpital? Ou même ma mère? Pensent-ils «c'est Belle. Elle fait des crises d'épilepsie, mais c'est une très bonne chanteuse et elle joue bien la guitare. Elle est intelligente. Elle a la tête sur les épaules»?

Est-ce que tout le monde se trompe à mon sujet comme je me trompe par rapport à eux?

DYLAN ? JE CROIS QU'EDDIE t'a traité de pédé, qui est un diminutif de pédéraste. Savais-tu qu'à l'époque médiévale, on brûlait les homosexuels ? On brûlait des individus comme toi, Dylan. On disait que les individus comme toi étaient le diable. Certaines personnes continuent de le dire. Elles ont évidemment tort. Tu n'es pas le diable.

On brûlait également les personnes qui faisaient des crises d'épilepsie et on disait qu'elles étaient possédées par le diable. On disait que les personnes qui faisaient des crises d'épilepsie étaient des sorcières. Certains nous traitent simplement de bêtes curieuses.

Va comprendre.

Finalement, nous formions peut-être un couple saugrenu. Il y a 500 ans, nous aurions tous les deux été tués, non pas par les regards des gens dans les couloirs, mais par les mains des personnes dans nos vies.

Brûlés.

Avant qu'Emily et moi nous nous séparions, moi pour aller au cours d'allemand, elle pour aller à celui d'éducation physique, je saisis son bras.

— Je ne veux pas qu'on lui fasse du mal, je lui dis, les yeux emplis de larmes.

Elle me serre dans ses bras. Ma sœur jumelle. Mon autre moi. Elle me serre dans ses bras et murmure :

— Je sais.

Je suis presque arrivée devant la porte du cours d'allemand quand j'entends quelqu'un le murmurer.

— Fille à pédés.

Je tourne la tête à droite et à gauche et j'examine les
élèves qui passent à toute vitesse devant les grands
casiers gris. Ils tiennent des livres dans leurs mains,
pas des torches. Personne ne me regarde. Ils fixent tous
droit devant. Leurs pieds avancent, leur bouche parle,
leurs yeux bougent, leurs cheveux restent bien en place.
Tous de bons petits soldats.

Fille à pédés.

— Vos gueules, je leur lance. Vos gueules.

Personne ne réagit. Ils continuent simplement de
marcher en rang, comme des canards. L'un derrière
l'autre.

Puis, Anna dit :

— Est-ce que quelqu'un vient de te traiter de fille à
pédés ?

Je scrute du regard les élèves de troisième année
autour de moi et je murmure :

— Je crois bien que oui.

Anna pose ses mains sur ses hanches de gardienne
de but au soccer et dit :

— Le salaud qui vient de dire ça ferait mieux de la
fermer.

J'en ai le souffle coupé. Je n'ai jamais entendu Anna
s'exprimer de cette façon, pas même quand nous avons
perdu les championnats du Eastern Maine par un tir de

coin, à trois secondes de la fin de la partie, lorsqu'elle était en cinquième année du secondaire.

Elle me saisit par les épaules et me dit :

— Ce ne sont que des putains d'imbéciles.

Puis, elle me donne un petit coup sur le menton en hochant la tête.

— Ne te laisse pas abattre, ma fille.

Je fais signe que non. Je ne me laisserai pas abattre.

QUELLE JOURNÉE ÉTRANGE ! Mais ça ne l'est pas vraiment. Parce que chaque journée est étrange quand on y réfléchit bien. Chaque journée, un nouvel être naît sur la terre et une personne âgée meurt. Chaque journée, quelqu'un est aimé pour la première fois et quelqu'un d'autre est assassiné pour la seule et unique fois de sa vie.

Dans le cours d'allemand, je m'assois à mon bureau en essayant de ne pas être emmerdée du fait d'avoir été traitée de fille à pédés. Une fois, c'est déjà chiant, mais deux ? Non mais. J'ai soudainement une étiquette ? Je ne suis pas blessée ; je suis plutôt triste. De plus, c'était vraiment cool qu'Anna prenne ma défense.

Dehors, le ciel brille d'un bleu de parka de ski et les arbres sont balayés par un vent glacial que je ne peux ni entendre, ni sentir. Je devrais être à l'extérieur, les bras tendus devant moi. Je devrais être en train de me rouler dans les feuilles, sauf que je n'ai personne avec qui le faire.

S'il était acceptable de soupirer, je soupirerais maintenant, mais, malheureusement, c'est un cliché.

Bob entre dans la classe sur la pointe des pieds. Il n'a pas collé de triangle rose sur sa chemise en flanelle. Il plisse les yeux et me regarde du coin de l'œil. Je le salue de la main. «Sans rancœur», j'essaie de me dire. Sans rancœur. Bon, d'accord. J'ai un peu de rancœur. Il s'assoit à son bureau, regarde autour de lui et commence à griffonner quelque chose. Je parie que c'est un mot pour Dylan.

Tom les a vus s'embrasser. Je ne veux pas m'imaginer ça.

D'un point de vue égoïste, j'aurais préféré que Dylan me trompe avec une fille. Tout aurait alors été plus facile. Je pourrais la haïr. Emily et moi pourrions déblatérer à son sujet et dire combien c'est une poufiasse, combien elle est boulimique ou anorexique, ou devrait l'être (je sais, c'est dégueu). Je pourrais être en furie, et la haine serait le carburant qui me permettrait de passer d'une journée à l'autre. De plus, personne ne murmurerait « fille à pédés » sur mon passage.

Mais non. La gaititude circule dans les gènes irlandais et suédois de Dylan et probablement dans son jean Gap. Et je ne peux pas être furieuse parce que... il est opprimé. Il est opprimé. Il n'est plus un mâle dominant aryen avec ses cheveux blonds, sa peau blanche et ses bons parents vivant dans une belle maison. Maintenant, c'est un gai. Maintenant, il peut être une victime.

Je ne peux pas être furieuse parce qu'une personne est gaie, n'est-ce pas ?

Pauvre Dylan. Pauvre Bob. Pauvre moi.

C'est la seule fois que je vais le dire. D'accord. Une autre fois. Pauvre moi.

C'est même plutôt agréable à dire. Je me comporte en vraie Mallory.

----o----

— Comment ça va, coco ? me dit Tom en s'assoyant derrière moi.

Je ne le regarde même pas.

— Tu n'es pas obligé d'être gentil avec moi.

— Quoi ?

Je sors un cahier de mon sac à dos, même si nous ne prenons jamais de notes dans ce cours.

— J'ai dit : « Tu n'es pas obligé d'être gentil avec moi juste parce que ton père te l'a demandé ».

Il expire longuement, et je sens la chaleur de son souffle dans mon cou. Je tire sur ma queue de cheval afin de replacer mes cheveux, mais je ne me retourne pas.

— C'est ce que tu crois ?

Sa voix est aussi brûlante que son souffle.

Je hausse les épaules.

— C'est stupide.

Je hausse de nouveau les épaules, ce qui n'est pas la meilleure façon de réagir. J'ai des picotements dans les mains. Je retire ma pince à queue de cheval et je refais cette dernière.

— Ce n'est pas ça du tout.

— C'est quoi, alors ? dis-je

Il demeure silencieux. Puis, il dit :

— Putain, tu n'as vraiment rien deviné ?

----o----

Herr Reitz nous remet nos épreuves de la veille. J'ai peur de tourner ma feuille.

Tom me tape dans le dos. C'est ce qu'il fait quand il veut me dire quelque chose. Je respire profondément ; j'ai peur de le regarder, peur de ce que je vais voir dans ses yeux. Je me retourne et je les vois, ses yeux brun foncé et puissants. Je ne vois aucune pitié en eux. Aucun mensonge.

Je lui montre mon épreuve. J'ai obtenu 98. J'ai perdu deux points pour avoir oublié un umlaut. *Love, love me do...*

Tom me montre la sienne. Cent pour cent.

Bob est seul dans son coin. Même Rasheesh ne lui demande pas la note qu'il a reçue. Désolée, je devrais l'appeler Crash. C'est le nom que Rasheesh s'est donné.

— Bob, dis-je pendant que Herr Reitz ouvre les fenêtres pour laisser pénétrer l'air automnal qui embaume les feuilles mortes. Quelle note as-tu eue ?

Il me fixe sans rien dire comme un cerf hypnotisé par la lumière des phares d'un véhicule.

— Quoi ? réussit-il à dire d'une voix rauque.

— Tu as eu une bonne note ? je lui demande.

Je me retourne pour être face à lui, tout en jetant un coup d'œil à Tom. Il affiche un sourire de chien qui mange du beurre d'arachide, mais Bob, lui, me sourit vraiment et me montre son épreuve.

— J'ai eu 97.

— Excellent, dis-je.

Il continue de sourire. Tom secoue la tête et au moment où Herr Reitz se met à parler, un petit mot plié vole au-dessus de mon épaule et atterrit sur mon cahier. Je le déplie en mordant ma lèvre.

Je devrais commencer à t'appeler Cœur sensible.

Je renifle de dépit.

J'écris sur le mot : *À ta place, je m'abstiendrais.*

Je le lance par-dessus mon épaule au moment où Herr Reitz allume la chaîne stéréo. Nous allons encore chanter. *All You Need is Love,* cette fois-ci.

— Tous à l'unisson ! crie Herr Reitz.

Aujourd'hui, il porte une blouse verte de chirurgien. Il lève son masque pour chanter.

Le bout de papier atterrit de nouveau sur mon cahier.

Tu préfères coco.

Je griffonne et je chante ; je griffonne et je chante. Herr Reitz crie :

— Plus fort !

J'écris : *Je préfère Belle.*

Tom reçoit le mot, griffonne de nouveau quelque chose avec son écriture de garçon, à la fois droite et gribouillée, quoique serrée.

Je déplie le mot : *Cœur sensible te va beaucoup mieux.*

Au moment où Herr Reitz se retourne et se met à danser, je salue discrètement Tom avec mon majeur. Il pouffe de rire, incapable de s'arrêter. Même Herr Reitz s'en aperçoit.

— Tu as quelque chose à nous dire, Tom ?

Tom lève ses mains comme si une voiture était sur le point de foncer sur lui à toute vitesse.

— Non… non. Ça va.

Aussitôt que Herr Reitz a le dos tourné, je reçois de nouveau le mot.

J'ignorais que tu avais ça en toi… Cœur sensible, coco, Belle, gauchiste.

Je lui réponds : *Merci. Comment tu t'appelles déjà ? Tom ou Pierre, Jean, Jacques ?*

Tom s'étouffe de rire de nouveau et je souris moi aussi. Puis, je constate que pour la première fois depuis des lustres, je ne pense pas à Dylan. Je ne pense pas du tout à Dylan, et le plus beau est que cela ne me rend pas triste. Cela ne me rend pas triste du tout.

Il m'envoie un autre mot. Cette fois-ci, c'est sur un bout de ruban adhésif en toile plié et collé. Il a la forme d'un petit ballon de soccer, mais c'est tout de même un mot parce qu'il y a quelque chose d'écrit dessus.

C'est une citation.

J'aurais dû m'en douter.

Je dois faire tourner le ballon pour pouvoir la lire. Les lettres sont minuscules, vraiment minuscules.

Suis tes désirs. Ils nous aident à aimer, à créer, à espérer et à vivre.

Hum… Je ne sais pas quoi lui répliquer, ni même si je le désire.

RAISONS POUR LESQUELLES CE N'EST PAS COOL DE ME TRAITER DE FILLE À PÉDÉS

1. Parce que c'est un signe d'intolérance. Et v'lan!

2. Parce que c'est un cliché.

3. Parce que ce n'est pas approprié. Je sers plutôt de couverture.

4. Parce que tout ce que «fille à pédés» signifie est que je me fiche qu'un gars soit gai et que je suis toujours son amie.

5. Mais je ne sais pas si c'est réellement vrai : si je suis toujours son amie. Je le voudrais bien, mais il m'a menti.

6. Parce que cela sous-entend que j'ai de longs cheveux plats, secs et emmêlés et une verrue sur le nez, ce qui est complètement faux, et si c'était le cas, je la ferais enlever. Et je ne ris pas comme une sorcière.

7. Parce que si vous me traitez encore de cette façon, peu importe qui vous êtes, je vais cogner votre visage contre votre casier jusqu'à ce qu'il ne soit plus reconnaissable, et les gens qui vont regarder votre photo dans l'album de promotion vont fuir en courant ; ils vont avoir peur, très, très

peur. C'est ce que je ferais si je n'étais pas pacifiste. Mais je vais certainement y songer.

Après nous avoir fait chanter en allemand beaucoup trop de chansons des Beatles, Herr Reitz éteint la chaîne stéréo et nous sourit. Il renoue sa blouse de chirurgien dans son dos pour qu'elle soit plus serrée

— Alors, sommes-nous tous prêts psychologiquement à aller au restaurant allemand, demain?

Crash pousse un grognement. Je me tape le front.

— Belle, *liebchen*, as-tu oublié? demande Herr Reitz.

Je hoche la tête et rougis.

Demain, nous sommes censés aller manger dans un restaurant allemand, à Bangor. Nous devons nous rejoindre après l'école. Les élèves s'y rendent avec leur propre véhicule ou en compagnie de Herr Reitz. Je ne peux pas y aller avec Herr Reitz et je ne peux pas conduire. À cause de ces stupides crises d'épilepsie. Pourquoi Emily ne suit-elle pas le cours d'allemand?

Tom se penche vers moi et marmonne :

— Viens avec moi, d'accord? Je ne veux pas me retrouver seul avec Crash ou Bob.

Je me retourne. Il n'y a aucune moquerie dans ses yeux. Ses cheveux sont légèrement en broussaille à l'arrière de sa tête. Il est en train de confectionner quelque chose avec du ruban adhésif.

— D'ac?

— D'ac.

Je plisse les yeux et je le pointe du doigt en essayant d'avoir l'air sévère.

— Tu ne me traites d'aucun nom.

Il feint l'étonnement.

— Pas même Cœur sensible?

Je lui montre mon poing. Il le saisit dans sa main beaucoup plus grosse que la mienne. Ses doigts entourent ma main. Je frissonne. Il la tient une seconde puis la relâche.

Crash ricane comme un bébé de deux ans.

— Oh là là! Y'a quelqu'un qui aime Belle.

Tom lui fait un geste d'indifférence et s'exclame :

— Tu as quoi, six ans?

Crash pouffe de rire et sort de la classe en sautillant comme s'il avait quatre ans. Tom secoue la tête en le regardant partir; puis, il me tend le ruban adhésif avec lequel il s'amusait. Ses doigts effleurent la paume de ma main.

— C'est une guitare, dit-il.

En effet. C'est une petite guitare parfaite, avec des bouts de ruban adhésif enroulés pour former les cordes et un trou au centre.

— Wow! Je peux la garder?

Il hoche la tête, se lève et se balance d'avant en arrière sur ses pieds. Herr Reitz rapplique et crie :

— Pas de libertinage ici, les jeunes.

Je jette un regard furieux à mon prof. Celui-ci éclate de rire.

— C'est vraiment bien. On dirait une sculpture, dis-je à Tom après que Herr Reitz ait eu franchi la porte. Tu aimes vraiment le ruban adhésif en toile.

— J'aime beaucoup de choses, répond Tom en saisissant ses livres.

Je deviens rouge comme une tomate et je chasse ce commentaire de mon esprit. Puis, il ajoute :

— Tu es sûre que tu ne veux pas que je te raccompagne chez toi ?

— Oui.

Après son départ, je reste assise un bon moment et je fixe la guitare en ruban adhésif en me demandant pourquoi j'ai des picotements dans la main, comme si j'avais reçu une décharge électrique, une décharge d'amour et de passion et de toutes sortes de bonnes choses.

Je ne suis pas superficielle au point d'avoir déjà tourné la page et d'avoir oublié mon véritable amour. Je ne le suis pas. Je refuse de l'être.

Je saisis mes affaires et je sors de la classe avec les autres élèves. Ma main, qui picote toujours, serre fermement la guitare en ruban adhésif en toile.

----o----

Emily et moi parcourons les vieux couloirs pâles. Une odeur de Sloppy Joes[3] et de chaussures de sport flotte dans l'air. Seuls quelques traînards, des élèves brillants comme nous, se précipitent à leur entraînement de soccer ou de cross ou à leur club. C'est comme si la pâleur des couloirs avait avalé tout le monde et les avait

---

3. N.d.T.: Un Sloppy Joe est un hamburger composé de bœuf haché cuit dans une sauce épicée aux tomates.

épinglés aux casiers ou avait chassé toute vie en eux. La monotonie des lieux les a peut-être fait fuir de l'école et monter à bord de leurs véhicules ou des autobus jaunes en mauvais état, ou emprunter les trottoirs pour aller à la maison, puis de la maison au travail et du travail à la maison.

Je demande à Emily :

— Il n'y a pas grand-chose à attendre de la vie, n'est-ce pas ?

— La danse, répond-elle.

Je pousse un grognement.

Elle s'essaie encore parce qu'Emily est comme ça, une amie semblable au lapin Energizer, sauf qu'au lieu de continuer d'avancer, elle continue d'essayer.

— Libérer les opprimés ? Faire cesser la torture ? Mettre fin aux violations des droits de la personne ?

Aujourd'hui, nous avons une réunion d'Amnistie internationale après l'école. Je suis la présidente. Ma mère soutient beaucoup Amnistie depuis qu'elle a fondé le groupe de militants quand elle était à l'école secondaire. À ce moment-là, c'était l'apartheid en Afrique du Sud (que ma mère appelle l'apart-haine) et le Salvador qui faisaient l'objet de campagnes de sensibilisation. Maintenant, ce sont les génocides, la torture des individus soupçonnés d'être des terroristes et les droits des femmes. C'est fou d'imaginer qu'après 25 ans, nous luttons encore pour les mêmes choses : le respect des individus, la reconnaissance des individus en tant qu'êtres humains et la bonté humaine.

Mes mains tremblent, et le Postum que j'ai avalé ce midi gargouille dans mon estomac vide.

Emily me saisit par le coude.

— Ça va ?

Je hoche la tête. Je pense à la petite guitare en ruban adhésif en toile dans mon sac à main.

— Ouaip. Je vais bien. Non. J'ai peur.

— Il n'y a rien de mal à avoir peur, réplique-t-elle.

— Je suis tellement une chiffe molle.

— Tu n'es pas une chiffe molle.

— Tu ne crois pas ?

Elle éclate de rire.

— Non, tu es juste falote.

Dylan fait lui aussi partie du groupe d'Amnistie Internationale... J'ai peur de le voir... Je dois le voir.

Em sort son appareil photo.

Je lève mes mains devant moi en la suppliant.

— Pas une autre photo.

— Non.

Elle retourne l'appareil pour que je puisse voir les photos qu'elle a prises.

— Jette un coup d'œil.

C'est une photo de moi, prise de beaucoup trop près.

— Beurk. On peut voir les pores de ma peau.

Elle me tapote le bras.

— Mais non. Regarde la photo dans son ensemble.

Mon visage est blanc, mes yeux sont baissés et semblent sur le point de laisser couler des larmes. Tout chez cette fille semble être affaissé.

— Est-ce la photo que tu as prise chez moi après que Dylan m'ait eu larguée ? je lui demande en repoussant son appareil photo.

Em conserve dans son appareil les photos « importantes ». Elle peut en sauvegarder environ 150. Elle télécharge la plupart d'entre elles, mais conserve celles dont elle veut se souvenir afin de pouvoir les regarder quand elle le désire. Je n'aime pas le fait qu'elle considère cette photo comme étant « importante ». Mon corps s'alourdit juste à penser à combien j'ai l'air triste.

— Non, dit-elle en fermant l'appareil. C'est la mine que tu affichais après avoir été nommée reine de la récolte. Dylan t'a embrassée pour ensuite aller rejoindre Bob et lui taper dans la main.

J'avale ma salive. Elle attend. J'avale de nouveau ma salive.

— Tu crois que j'ai toujours su en quelque sorte ?

Elle hausse les épaules. Elle me serre dans ses bras, puis elle dit :

— Je crois que vous n'étiez pas faits l'un pour l'autre.

IL Y A UNE PARTIE DE MOI qui ne veut pas penser que j'ai toujours su que quelque chose clochait. Il y a une partie de moi qui voudrait que je secoue la tête et que je tape du pied afin de chasser toute cette histoire de mon esprit. C'est sans doute la même partie qui n'a pas vu ce qui tombait sous le sens et même si je le sais, cela ne m'empêche pas de continuer de défendre le conte de fées.

Les mots se bousculent dans ma bouche.

— Mais il était tellement parfait. Il était tellement affectueux et tellement philosophe.

— Moralisateur.

Je lui jette un regard furieux.

— Philosophe.

Em reprend son appareil photo et le retourne dans ses mains. J'attends. J'essaie de respirer lentement et profondément. Finalement, elle s'élance.

— Ne crois-tu pas que tu idéalises un peu Dylan? Tu sais, tu ne penses qu'à ses bons côtés et tu oublies qu'il rotait toujours après avoir mangé des spaghettis ou combien ses pieds puaient, entre autres choses.

— Non, je ne fais pas ça, que je lui réponds.

Mais même en l'affirmant, la vérité descend jusque dans mon estomac et s'y incruste. Je l'ignore et je saisis la main d'Em pour l'entraîner avec moi, à notre réunion.

— Nous sommes vraiment en retard.

Nous nous engouffrons dans la classe. Moi, la présidente, elle, la vice-présidente.

— En retard, comme d'habitude, annonce Julie Speyer, en souriant tout de même.

Les autres sont habitués qu'Emily et moi soyons en retard.

— Désolée, dis-je en rougissant et en parcourant la classe des yeux.

Il n'y a pas de petits prodiges blonds. Il n'y a pas de garçons qui viennent de sortir du placard et qui ont un triangle rose épinglé sur leur tee-shirt et des étoiles dans leurs yeux tellement verts. J'expire longuement. Mon souffle s'échappe de ma bouche, poussé par ma langue et la tension. Je l'imagine traverser la classe et se cogner aux murs, à la recherche de Dylan. Il me dit qu'il n'est pas là. Pas là.

J'inspire. Suis-je soulagée? Déçue? Les deux, peut-être. Je dis à mes mains de cesser de trembler et je commence la réunion.

Je peux le faire. Je peux vivre ma vie. Je le peux.

Je leur lis un extrait que j'ai pris directement sur le site d'Amnistie Internationale. La tension dans ma voix augmente au fur et à mesure de ma lecture.

Aujourd'hui, Amnistie internationale a salué l'arrestation de l'ancien président péruvien Alberto Fujimori et appelé le Chili à veiller à ce qu'il reste

DANS LE PAYS JUSQU'À CE QU'UNE DÉCISION JUDICIAIRE SOIT PRISE CONCERNANT SON ÉVENTUELLE EXTRADITION VERS LE PÉROU OU SON PROCÈS DEVANT LA JUSTICE CHILIENNE.

AMNISTIE INTERNATIONALE CONSIDÈRE QU'EN RAISON DE LEUR CARACTÈRE SYSTÉMATIQUE ET GÉNÉRALISÉ, LES VIOLATIONS DES DROITS DE LA PERSONNE PERPÉTRÉES SOUS LE GOUVERNEMENT D'ALBERTO FUJIMORI ENTRE 1990 ET 2000 CONSTITUENT DES CRIMES CONTRE L'HUMANITÉ AU REGARD DU DROIT INTERNATIONAL. DURANT SON MANDAT, AMNISTIE INTERNATIONALE A RÉPERTORIÉ DES CENTAINES DE « DISPARITIONS » ET D'EXÉCUTIONS EXTRAJUDICIAIRES. EN OUTRE, DES ACTES DE TORTURE ET DES MAUVAIS TRAITEMENTS PAR LES FORCES DE SÉCURITÉ PÉRUVIENNES ÉTAIENT GÉNÉRALISÉS AU COURS DES 10 ANNÉES QU'ALBERTO FUJIMORI A PASSÉES AU POUVOIR.

Comment de telles choses peuvent-elles se produire dans le monde ?

— C'est dégueulasse ! crie Kara Raymond, la fille en noir et aux nombreux piercings.

À l'école primaire, elle portait toujours des vêtements violets et ressemblait à Barney, cet agaçant dinosaure de PBS. C'est parce qu'elle est bâtie comme Barney ; elle est trop grosse de devant. Elle n'a cependant pas de ventre vert, ni de queue.

— Nous pourrions écrire des lettres, propose Emily.

Kara lève son poing dans les airs, faisant cliqueter ses bracelets.

— Des lettres !

Je me racle la gorge.

— Puis-je lire l'autre communiqué ?

Tout le monde acquiesce. Je me racle de nouveau la gorge. Cette fois-ci, j'y mets du cœur parce que cela nous concerne.

Au moment où je commence ma lecture, la porte s'ouvre. Dylan, le jeune prodige, pénètre dans la classe, l'air sérieux. Il enfonce ses mains dans ses poches. Les bordures de son triangle rose sont froissées et pliées comme si elles se rebellaient et essayaient de former un parallélogramme ou un trapèze, bref, n'importe quoi d'autre qu'un triangle.

Muhammad Faraj Ahmed Bashmilah et Salah Nasser Salim 'Ali,

Ces deux amis yéménites ont raconté à Amnistie internationale qu'ils ont été arrêtés, incarcérés et torturés pendant plusieurs jours en Jordanie. Ils ont été maintenus à l'isolement et au secret, sans inculpation ni procès, dans des centres de détention secrets pendant plus de 18 mois. Ils ont raconté qu'ils avaient été transférés par avion dans différentes prisons et qu'ils avaient été maintenus en détention et interrogés par des gardes

QU'ILS DISENT VENIR DES ÉTATS-UNIS. ILS N'ONT JAMAIS
CONNU LES RAISONS DE LEUR INCARCÉRATION.

Emily porte sa main à sa bouche. Elle me fixe du regard. Je la fixe également.

Scandalisée, Julie Speyer s'agite sur sa chaise. Kara, par contre, a perdu toute son énergie dynamique; elle est déprimée, complètement dépassée.

— C'est comme au Salvador, dis-je. Sauf que c'est nous maintenant qui faisons disparaître des individus.

Mes mots me semblent vides, tellement vides. Je ne sais pas pourquoi je crois que nous pouvons faire quelque chose. Nous ne pouvons même pas régler nos propres problèmes. Une des millions de lampes fluorescentes au plafond clignote au-dessus de moi.

— Nous devons faire quelque chose, s'exclame Emily en grattant la peau sèche de sa main. D'autres lettres?

Tout le monde se tait. La lampe fluorescente s'éteint, mais les autres restent allumées; personne ne s'en aperçoit.

— J'en ai marre d'écrire des lettres, dis-je en me redressant sur ma chaise et en déposant mes feuilles. Si nous organisions un concert?

— Un concert?

— Oui, un genre de concert-bénéfice, je réponds. Pour les personnes disparues. Nous pourrions inviter des groupes locaux.

— C'est cool, dit Julie. Et le lendemain, nous pourrions organiser une soirée de poésie ou quelque chose du même genre. Et autre chose le surlendemain.

— Ouais, toute une semaine d'activités, ajoute Brian, le garçon tranquille assis à l'arrière.

Nous ramenons nos cheveux derrière nos oreilles, sauf Kara. Elle s'est rasé la tête. Nous nous mettons à la tâche. Nous savons que cela pourrait être inutile, que cela pourrait n'intéresser personne.

— Mais nous devons essayer, je murmure. Nous devons essayer.

— Ne croyez-vous pas, dit Dylan, que nous devrions commencer à lutter contre la discrimination chez nous, plutôt qu'à l'autre bout de l'océan?

Tout le monde demeure silencieux.

Il claque la porte derrière lui et traverse la classe d'un pas lourd. Le souffle d'Emily siffle entre ses dents. Mes mains tremblent. J'avale ma salive. Je m'efforce d'inspirer, d'expirer, d'inspirer, d'expirer.

Le beau Dylan promène son regard sur chacun d'entre nous. Il est fou de rage. Son aura dorée est en flammes et projette sa rage sur nous. Impossible de l'en empêcher.

— Savez-vous combien de gens m'ont traité de pédé aujourd'hui?

Personne ne répond.

Il donne un coup de poing dans le mur, et nous sursautons tous. Nous sommes un groupe plutôt pacifique, à Amnistie internationale. Nous ne sommes pas habitués à assister à de la violence, et Dylan est un garçon très fort.

— Trente-sept! crie-t-il. Trente-sept personnes m'ont traité de pédé. Je croyais qu'elles étaient mes amies. Je peux les nommer! Belle, veux-tu que je te les nomme? Dakota Murphy, Jake Star, Mimi Cote, Eddie Caron, Colin Troost…

Toute sa colère dorée s'estompe à mesure que nous le voyons s'effondrer. Julie se lève et lui ouvre les bras. Dylan s'avance et elle le serre contre elle. Il se laisse tomber entre ses bras. Ce devrait être mes bras qui le soutiennent. Puis, l'un après l'autre, les membres d'Amnistie internationale s'approchent de Dylan et de Julie et les entourent de leurs bras. Les bras entourent les dos. Les épaules et les ventres se pressent les uns contre les autres. Les têtes se penchent.

Je m'assois sur le bureau et je les observe. Emily vient vers moi et saisit ma main. Sans rien dire, elle m'entraîne vers le groupe et nous essayons de les envelopper avec nos bras. Mais nous n'y parvenons pas. Il y a trop de corps. Le besoin est trop grand.

— Le Postum a été inventé par Charles Post. Il était allé faire une cure de santé dans une ville du Michigan et s'est mis à croire que le café et la caféine étaient la source de tous les maux. Il a donc créé le Postum et la Postum Cereal Company. Il a commencé par le Postum, puis il a créé les céréales Grape-Nuts.

Je raconte tout cela à Emily pendant qu'elle me raccompagne à la maison. Nous n'avons pas parlé de la réunion. Nous n'avons pas parlé de Dylan.

— C'est fascinant, s'exclame Emily en faisant une bulle avec sa gomme à mâcher et en appuyant sur l'accélérateur. Nous allons nous arrêter chez Shawn.

— Quoi?

Je dépose mes pieds sur le tableau de bord et j'admire mes chaussures Snoopy; il y a une belle image de Snoopy sur le dessus. Snoopy sourit en tenant des ballons. Je les ai eues en première année du secondaire quand mon oncle est allé en Espagne. Elles sont en toile; elles sont confortables et ont un trou vis-à-vis d'un orteil, ce qui peut les faire paraître moches aux yeux des connaisseurs de chaussures, mais je m'en fiche. Ce sont mes chaussures préférées, mais Dylan les a toujours détestées. J'ai décidé de recommencer à les porter.

— Pourquoi nous arrêtons-nous chez Shawn?

— Il me l'a demandé.

— J'ai des devoirs à faire.

Emily me jette un regard dubitatif parce qu'elle sait que je n'en ai pas beaucoup. Nous suivons presque les mêmes cours.

— Est-ce que l'entraînement de soccer est terminé?

— Ouaip.

Nous roulons en silence un moment, puis elle me demande :

— Tu ne trouves pas qu'il est beau?

— Oui.

J'effectue une petite danse avec mes pieds sur le tableau de bord; une petite danse joyeuse. Je pense à ma petite guitare en ruban adhésif en toile que j'ai cachée quelque part sur moi.

— Je trouve que Shawn est beau.

Mais ce n'est pas vraiment à Shawn que je pense.

Elle pousse de longs soupirs et sourit, et j'imagine des petits cœurs rouges tracés au crayon qui flottent au-dessus de sa tête.

— Je le trouve vraiment beau, ajoute-t-elle.

— Oui oui, je murmure. Savais-tu que Charles Post a légué son entreprise à sa fille quand elle a eu 27 ans? Elle a été l'une des premières femmes d'affaires aux États-Unis. C'est cool, non?

Elle éteint la radio, se gare dans l'entrée d'une petite maison rustique qui, je présume, appartient aux parents de Shawn. Elle se dresse au milieu de champs de bleuets. Le vent balaie des branches d'un bleuetier au milieu de l'entrée.

— Tu sais, je peux essayer de ne pas l'aimer ou de ne pas parler de lui. Ça t'embête que j'aime quelqu'un parce que je sais que tu es plutôt vulnérable en ce moment.

— Je ne suis pas vulnérable.

Je retire brusquement mes chaussures Snoopy du tableau de bord. Des branches cassées vont frapper le mur de la maison comme ces plantes virevoltantes que l'on voit dans les films westerns. Je prends une voix de Russe.

— Je suis une femme forte ; je peux rugir.

Ma portière s'ouvre brusquement, et j'aperçois Tom qui me sourit.

— Tu vois ? lance-t-il à Shawn de l'autre côté de l'entrée. Je te l'avais bien dit que c'était une gauchiste.

Snoopy se cache derrière sa niche, mais je prends la main de Tom et je sors de la voiture. Je fais un pas. Puis un autre. J'avance.

----o----

Dans la maison de Shawn, nous mordons dans des burritos que nous avons fait décongeler au four à micro-ondes, et nous nous affalons sur de vieux canapés, dans le sous-sol. Ce dernier est à moitié rénové. Il y a des murs et un plancher, mais on peut voir la tuyauterie et les fils électriques courir le long du plafond. Il y a une grosse télévision en face des canapés et, dans un coin, toutes sortes d'appareils d'exercice.

Em et Shawn sont assis l'un près de l'autre sur le canapé à carreaux d'une laideur incroyable ; ils sont si près que leurs cuisses se touchent, et je peux imaginer la sensation qu'Emily ressent dans sa jambe, toute cette chaleur et cette électricité.

De mon côté?

Tom et moi sommes assis sur l'autre canapé à une distance raisonnable, pas trop près, ni trop éloignés. Je peux lire la nouvelle citation qu'il a écrite sur le ruban adhésif en toile sur sa chaussure : *j'aime recevoir le ballon par la tête*.

Il lui arrive donc d'écrire une citation faisant référence au soccer. Je souris.

Nous avons parlé en long et en large de la vie étudiante et des collèges ou universités où nous nous sommes inscrits, et nous avons presque tous fait les mêmes choix. Tout le monde sauf Em s'est inscrit à l'Université Bates, qui est une très bonne université ; elle compte parmi les 20 meilleures universités spécialisées dans les arts libéraux et tout le reste. Em boude et nous tire la langue avant de dire :

— Que voulez-vous, je suis individualiste.

— Ça, tu peux le dire, dit Shawn pour la taquiner.

Elle le frappe sur la cuisse.

— Veux-tu un Coca-Cola? lui demande-t-il.

Elle bondit sur ses pieds.

— Ouaip.

— Et vous deux? nous demande Shawn.

— Non, merci, que je lui réponds. Il y a de la caféine dans le Coca-Cola. C'est fou ce que la caféine me manque.

Tom secoue la tête. Ils quittent la pièce, et Tom se tourne vers moi.

— Ça va, toi ?

— Ouais.

— Anna m'a dit que quelqu'un t'avait traitée de fille à pédés, aujourd'hui, dans le couloir.

Je hausse les épaules.

— C'est pas grave. Tu n'es pas obligé de me protéger, tu sais.

J'imagine ses mains et les muscles de ses mollets enfoncés dans le rembourrage du canapé. C'est trop. Je détourne mon regard. Je ne peux pas penser à lui de cette façon. C'est trop tôt.

Il se penche, défait la fermeture éclair de son sac à dos et prend du ruban adhésif en toile. Il déchire deux morceaux et m'en donne un. C'est collant, gris et brillant. Je le tiens au bout de mes bras.

— Que suis-je censée faire avec ça ?

Il est déjà en train de bricoler quelque chose avec le sien ; il forme des bras, des jambes, un petit homme, peut-être ?

— Amuse-toi. Fabrique quelque chose. Cela me calme quand j'ai les nerfs en boule.

— Je n'ai pas les nerfs en boule.

J'essaie de tordre le ruban. Il colle à mes doigts. Je suis tellement nulle. Je le regarde dans ses yeux couleur de l'écorce. Je hume son odeur, une odeur fraîche et épicée qui contraste avec l'odeur d'humidité du sous-sol.

Je lui murmure :

— Ça t'arrive d'en avoir besoin ? De te calmer ?

Il hoche la tête et me regarde droit dans les yeux.

— Oui. Quand je suis avec toi.

Je presse mes lèvres l'une contre l'autre et mon cœur s'agite dans ma poitrine, ce qu'il ne devrait pas faire étant donné que je suis en train de porter le deuil de ma dernière relation. Et si mon cœur s'agite, cela doit signifier que ma dernière relation n'était pas ce que je croyais qu'elle était. Je secoue la tête.

— Vraiment ? réussis-je à demander.

Mais je le regrette déjà.

— Vraiment.

Ses yeux sont tellement bruns.

Nos regards s'emprisonnent. Nous entendons les pas d'Em et de Shawn, au rez-de-chaussée. Nous continuons de nous regarder. Tom esquisse un sourire et il tend sa main pour prendre la mienne. C'est comme si chaque terminaison nerveuse de mon corps était sur le point d'exploser. J'ai aimé Dylan, je sais que j'ai aimé Dylan, mais je n'ai jamais eu cette sensation, comme si le feu, le froid et des paroles de chansons parcouraient ma peau. J'avale ma salive et Tom caresse ma main avec son pouce.

— As-tu déjà pensé à ce qui serait arrivé si Mimi ne m'avait pas demandé de sortir avec elle, en deuxième année du secondaire ? demande-t-il d'une voix rauque et basse.

J'avale ma salive. Je détourne mon regard vers l'escalier. Shawn et Em sont hors de vue. C'est plus fort que
moi. Il est comme un aimant. Je repose mon regard sur
Tom, et ma voix répond pour moi :

— Parfois.

— Moi aussi, ajoute-t-il.

— Mais *je* me suis retrouvée avec le garçon gai,
dis-je en essayant de prendre un ton léger, comme si
c'était une fin heureuse. Tandis que Mimi s'est retrouvée
avec le beau mec du soccer.

— Ouaip.

Tom serre ma main et plonge son regard dans le
mien, comme s'il essayait de voir au fond de moi. Je me
tortille pour m'asseoir bien droite sur le canapé, mais je
ne retire pas ma main.

Puis, je fais ce que je fais quand je suis mal à l'aise. Je
bafouille toutes sortes de choses.

— T'arrive-t-il de penser que nos vies sont comme
des chansons folks? Tu sais. Ou peut-être comme des
chansons de Bruce Springsteen? Je sais que c'est
un chanteur rock, mais il écrit tellement bien qu'on
dirait que c'est du folk, surtout ses vieilles chansons. Tu
sais, c'est comme si nous essayions tous de quitter la
vallée, comme dans cette chanson de John Gorka, ou
que nous sommes nés pour fuir, comme dans cette
chanson de Springsteen. Moi, j'ai plutôt l'impression
d'être enlisée dans la mauvaise chanson. Je veux être

dans la chanson de Dar Williams dans laquelle je vois la beauté de la pluie, c'est l'une de ses chansons, ou dans une chanson de Christine Lavin parce qu'elle est si folle et si drôle et si excentrique et heureuse. Mais je me sens enlisée dans cette chanson qui parle de désir et d'attente, tu sais, et as-tu déjà entendu une chanson de Dar Williams ou de Bruce...

C'est à ce moment-là qu'il le fait. Il se penche simplement, tout naturellement, et je suppose qu'il s'était rapproché lentement pendant que je babillais parce que, soudainement, son autre main caresse mon visage. Il presse ses lèvres contre les miennes. Elles sont douces et bonnes, mais je sens vraiment leur doux contact et heureusement que je suis assise parce que, sinon, je me serais effondrée parce que, je sais que c'est cliché, mais j'ai les jambes en coton.

Ouf!

Je suis en train d'embrasser quelqu'un d'autre que Dylan. Je vois des étincelles sous mes paupières. J'ouvre les yeux et je vois les longs cils de Tom, le teint foncé de sa peau.

Je me dégage, je me lève, je me retourne et je me rassois. Je pose mon visage dans mes mains en secouant la tête.

— Belle?

J'entends l'écho de la voix de Tom dans mes oreilles.

— Je suis désolé. Je croyais que tu...

— Non! que je lui réponds, embarrassée, le cœur battant et les neurones en feu. Non, ça va. C'est juste que… je ne m'y attendais pas.

Je lui jette un coup d'œil. Un muscle de sa joue tressaute, et son visage est vraiment plus foncé, comme s'il rougissait. Il a un regard effrayé. Je ne l'ai jamais vu aussi effrayé, pas même lors d'un tir de punition ou même lors des comptes-rendus oraux dans le cours d'allemand.

Je poursuis en saisissant sa main.

— Je veux dire, j'ai vraiment aimé ça. J'ai beaucoup aimé. J'ai même beaucoup trop aimé ça.

Je suis une idiote.

Il me sourit et ses yeux effrayés redeviennent joyeux.

— Moi aussi, j'ai aimé ça, coco.

Je retire ma main et je croise mes bras sur ma poitrine.

— Je ne suis pas communiste.

Il ouvre la bouche pour me répondre, mais Em et Shawn redescendent l'escalier. Em me saisit la main, l'air paniqué.

— Nous devons partir maintenant. J'avais complètement oublié mon rendez-vous chez le dentiste.

— Mais?

Elle m'arrache du canapé, de l'endroit où j'étais si heureuse d'être assise avec Tom, près du joyeux garçon qui est si beau sur le canapé. Non, il ne l'est pas. Si, il l'est.

— Mais? je répète.

Je sais qu'Em a eu un rendez-vous chez le dentiste jeudi dernier et je sais qu'elle n'avait pas de caries. Elle est toujours fière de souligner le fait qu'elle n'a jamais eu de carie.

Elle me regarde avec intensité et je saisis. Elle ment.

— Oh oui! C'est vrai. J'avais oublié, moi aussi.

Nous saluons les garçons de la main et montons l'escalier à toute vitesse en nous tenant toujours par la main, Em m'entraînant avec elle.

Elle bondit dans sa voiture et me dit :

— Tante Rose est en ville.

— Oh! que je m'exclame, puis je me mets à rire.

— Ce... n'est... pas... drôle, dit-elle en martelant chaque mot.

Elle déteste avoir ses règles. Elle déteste acheter des tampons. J'imagine qu'elle aimerait faire comme si elle avait encore 10 ans.

— Je n'ai pas de tampons, ajoute-t-elle.

— Oh! dis-je en essayant de redevenir sérieuse, mais son regard horrifié me fait rire davantage.

— Tu dois venir en acheter avec moi, dit-elle en passant en marche arrière et en quittant l'entrée de Shawn à toute vitesse. Les pneus crissent sur l'asphalte.

Je secoue la tête.

— Emily, tu es une grande fille. Je crois qu'il est temps que tu confrontes tes peurs.

Elle passe en marche avant et file tout droit sur la route.

— Tu dois venir avec moi.

— Dolly ne va pas penser du mal de toi parce que tu achètes des tampons. Les gens achètent des condoms là-bas, tu te souviens?

J'essaie de ne pas rire et je dépose mes chaussures Snoopy sur le tableau de bord.

— Dolly pense que j'ai huit ans.

— Tu agis comme si tu avais huit ans, dis-je en riant.

Dolly travaille à la pharmacie Rite Aid. Elle n'a que 115 ans; elle n'a pas de dents, des yeux doux et la voix d'une fumeuse. Elle connaît tout le monde et sait tout ce qui se passe en ville, et elle aime le raconter.

— Tu n'en as pas chez toi? je demande à Em au moment où elle passe à toute vitesse devant le YMCA et Harmon's Auto Tire.

Elle coupe la voie à la camionnette noire de Ray Davis et accélère pour traverser au feu orange, l'un des quatre feux de circulation de notre ville.

— J'en suis certaine! Crois-tu que j'aurais abandonné Shawn si je n'en avais pas été obligée? crie-t-elle en freinant brusquement à un autre feu de circulation.

Je lève les mains en signe d'abandon.

— Oh! ça va! Je vais y aller avec toi et je vais les acheter pour toi, mais tu dois rester à mes côtés au moment où je vais les payer.

Elle sourit et se détend, puis elle allume la radio et syntonise WERV, la radio communautaire alternative que j'adore, mais qu'elle déteste.

— Marché conclu.

J'attends que le feu passe au vert, puis je le lui dis :

— Tom m'a embrassée.

— Quoi !

Elle fait un écart, heurte le terre-plein et revient dans la voie.

— Il a fait quoi ?

Je hausse les épaules et je souris. Em secoue la tête en riant à gorge déployée. Puis, elle dit d'un ton triomphal :

— Eh bien, je suppose que nous allons aller à ce bal, finalement, et que tu n'es vraiment pas une Mallory.

— Que veux-tu dire ?

— Que, de toute évidence, tu as cessé de pleurnicher, de gémir, de pleurer, de sangloter, de gesticuler, de râler, de te plaindre, d'être morose…

J'affiche un air boudeur et elle rit encore plus fort.

— Ferme-la. Je crois que je me sers de lui juste pour me consoler.

— Et puis après ?

— Ce n'est pas bien.

Je soulève l'une de mes chaussures Snoopy et me mets à jouer avec les lacets.

— Pourquoi pas ?

— Parce que ça signifie que ce n'est pas entièrement vrai.

Anna passe près de nous et nous salue de la main. Nous faisons de même.

Em donne un petit coup de klaxon joyeux et dit :

— J'aime beaucoup Anna.

Puis, elle revient à la conversation.

— Ce n'est jamais entièrement vrai, Belle.

Elle continue de conduire d'une main tout en prenant des photos par la fenêtre, et je pense à la façon dont je me sentais avec Dylan. Je pense à la personne que j'étais quand j'étais avec lui, quand je chantais des chansons de comédies musicales au lieu de chansons folks, quand je ne mettais pas de parmesan sur mes pâtes parce qu'il en détestait l'odeur, quand je regardais de vieux films de science-fiction même si je les déteste, quand je m'obligeais à les aimer quand même parce que c'est ce que voulait Dylan.

Mon cœur bondit dans ma gorge. Je suis perdue sans Dylan, mais je me suis perdue en compagnie de Dylan. Je suis un cliché.

— Rien n'est entièrement vrai, dis-je. Personne n'est vraiment qui nous croyons qu'il est.

— Les émotions sont vraies, dit Em, en actionnant son clignotant, au feu rouge.

Je lui fais signe que je vais m'en souvenir en levant mon pouce dans les airs.

— Les émotions sont vraies. Ce sont seulement les raisons qui se cachent derrière elles qui ne le sont pas. Les sentiments sont vrais, mais on ne sait jamais si ce sur quoi ils sont basés l'est.

Le feu passe au vert. Em effectue un grand virage à gauche.

— Très bon conseil, oh! femme de sagesse, dis-je en me moquant d'elle.

Elle me donne une tape sur le bras.

— Ferme-la.

C'est ce que je fais. J'attends qu'elle tourne dans le stationnement de la pharmacie et qu'elle se gare, mais je ne dis toujours rien. Elle met la transmission en position P, se tourne vers moi et dit :

— Qu'est-ce que tu ressens quand tu es avec Tom?

Je grimace en raison de l'aspect délicat et émotionnel de la question, mais j'y réponds tout de même.

— Beaucoup de choses. Je me sens confuse. Craintive. Heureuse. En sécurité.

Em sourit.

— Tu vois? C'est trop compliqué pour que ce soit faux.

— Ouais.

— Et quand il t'a embrassée, qu'as-tu ressenti?

Je ferme les yeux, bien que ce ne soit pas nécessaire pour que je m'en souvienne. Mon cœur s'emballe au simple fait de penser à ce baiser.

— Étourdie. Ça m'a fait tourner la tête. Ferme-la.

Elle rit. Puis, la panique s'empare de moi, et je saisis le bras d'Em.

— Et s'il était gai, lui aussi ? Et si seuls les gais étaient attirés par moi parce que je ne suis pas une menace ou quelque chose du même genre ?

— C'est stupide.

Em retire la clé du contact et glisse son trousseau dans sa poche.

— Non, ça ne l'est pas.

— Belle, je ne crois pas que Tom Tanner est gai.

— Mais s'il l'était ? Si tous les hommes l'étaient ? Imagine que personne n'est jamais qui nous croyons qu'il est ?

— Eh bien, qu'est-ce que tu crois ? Que c'est une question d'opposition tranchée ? Qu'ils sont tous gais ou tous hétéros en tout temps ?

Em détache sa ceinture, s'avance sur son siège et saisit le volant comme si elle conduisait encore.

— C'est peut-être plus nuancé et tout le monde est soit un peu gai, très gai ou pas gai du tout, ou que ça change. Je ne sais pas.

Je pointe mon doigt dans sa direction.

— Toi, tu as encore trop regardé d'émissions de développement personnel.

— La ferme. Je ne sais pas. Ce n'est qu'une théorie.

— Alors, selon ta théorie, tu serais un peu lesbienne.

Je fronce les sourcils pour lui montrer combien c'est ridicule.

— Il faut dire que tu es plutôt jolie avec tes grosses lèvres, dit-elle en s'esclaffant.

Je lui tire la langue.

— Tu n'es tellement pas lesbienne.

Elle croise ses bras sur sa poitrine.

— Ça ne veut pas dire que ma théorie est mauvaise.

— Il n'est pas question de ta théorie. Il est question de moi. Il est question de savoir si je ne suis pas une sorte de fille à pédés.

— C'est un nom stupide. Il n'y a rien de mal à fréquenter des gais, dit-elle en soupirant et en bougeant sur son siège, l'air mal à l'aise. Tu crois vraiment que Tom est gai?

— Non, mais je ne croyais pas que Dylan l'était non plus.

Je tire mes cheveux en arrière comme pour me faire une queue de cheval, un geste que je fais parfois quand je deviens sérieuse à propos de certains sujets.

— J'ai l'impression de ne plus savoir qui sont les gens.

Em plonge son regard dans le mien. J'arrête de jouer avec mes cheveux.

— Tu sais qui tu es, n'est-ce pas? me demande-t-elle.

Tout en moi devient lourd. Je détache ma ceinture, comme si j'allais me libérer de la vérité, mais la vérité sort tout de même de ma bouche.

— Non, dis-je en secouant la tête. Je ne sais pas.

Em saisit son appareil photo, appuie sur un bouton et me montre une vieille photo de moi. En quatrième année du secondaire. Je chantais dans un concours de talents avec Gabriel appuyée contre ma poitrine. Mes yeux sourient. Mes doigts grattent les cordes sur un vieil air de John Gorka, une chanson ridicule à propos de la sainte caféine.

Ses yeux brillent d'ardeur et de détermination et elle éteint son appareil.

— Tu es Belle Philbrick. Tu es une merveilleuse chanteuse folk, une bonne élève, ma meilleure amie, une gentille activiste politique qui ne peut pas boire de café et tu es ma meilleure amie. Ne l'ai-je pas déjà mentionné ?

J'acquiesce, je mords ma lèvre, et elle me saisit par les épaules.

— Et tu vas également aller m'acheter de foutus tampons avant que ça devienne laid.

Je me redresse et mon envie de pleurer disparaît.

— Oh ! désolée ! J'avais complètement oublié.

Elle glisse son appareil photo dans sa poche et ouvre la portière.

— Pas moi !

----o----

Nous entrons discrètement dans la pharmacie comme des cambrioleuses. Nous marchons de biais en jetant des coups d'œil furtifs derrière nous.

— Entrée dégagée, que je lance à Em de ma meilleure voix militaire qui, je dois l'avouer, est vraiment minable.

Elle cache son visage avec ses cheveux. Avec ses doigts, elle fait comme si elle tenait un pistolet dans sa main, prête à tirer.

— C'est noté ! Je vais surveiller le périmètre.

Elle s'en va d'un air dégagé avant que j'aie le temps de lui crier après, l'hypocrite. Elle surveille simplement le périmètre pour ne pas être obligée d'aller dans l'allée des tampons. Poule mouillée. Elle n'a même pas apporté son appareil photo. Quelle lâche !

Je secoue la tête, je sors mes cheveux de dessous mon manteau et je passe devant Dolly, qui feuillette un journal, derrière la caisse. Elle porte son joli petit tablier bleu.

— Tiens, si ce n'est pas Belle Philbrick ! dit-elle avec un gros sourire. Comme c'est bon de te voir ici, ma petite. Comment va la chanson ?

— Bien, que je lui réponds en lui retournant son sourire, à elle et à ses gencives.

Elle penche son vieux corps maigre au-dessus du comptoir.

— Toujours pas de contrat avec une maison de disques ?

J'éclate de rire.

— Pas encore.

Elle frappe sa main sur le comptoir ; celle-ci doit bien être couverte de 800 000 bagues.

— Sois patiente. Tu vas devenir une grande vedette, tu verras.

Je n'ai pas le cœur à dire à Dolly que je ne veux pas devenir une vedette, alors je me contente de sourire et de hocher la tête, en toute bonne fille que je suis. C'est ma façon de réagir dans pareilles situations. Dolly se redresse.

— Comment va ta maman ? Elle confond toujours les paroles des chansons ?

Tout le monde en ville est au courant du syndrome de ma mère à propos des paroles des chansons. Selon Dolly, c'est la raison pour laquelle ma mère a été renvoyée du club de chant de son école secondaire. Je ne suis pas censée le lui demander parce que Dolly m'a dit que je ne ferais que « remuer le couteau dans la plaie ».

— Elle va bien, dis-je en jetant un coup d'œil par-dessus mon épaule, à la recherche d'Em.

De toute évidence, elle est encore en train de surveiller le périmètre. Elle va sûrement le faire jusqu'à ce que j'aie effectué la transaction. Une vraie chiffe molle.

Dolly s'adresse à moi avec une voix à peine plus basse qu'un jet qui atterrit à Bangor.

— Qu'es-tu venue acheter, ma chère ?

Je me penche au-dessus du comptoir et je lui murmure :

— Des trucs de filles.

Dolly se penche elle aussi. Je peux même sentir l'odeur de cigarette sur ses vêtements. Ses yeux brillent derrière ses lunettes.

— T'es encore prise pour acheter des tampons pour Emily ?

Je me redresse, choquée. Ma main recouvre ma bouche.

Dolly se donne une tape sur la hanche et pousse un « hi-han ! ».

— Elle croit que je ne le sais pas. Quelle poule mouillée !

Je ricane. Dolly me fait un clin d'œil, et je me dirige vers l'allée des produits féminins. Elle m'appelle et je me retourne. Elle mime un mot avec sa bouche, mais je ne suis pas sûre d'avoir compris. C'était peut-être « Dylan » ? Si seulement je pouvais lire sur les lèvres. Je lui fais un petit signe de la main et je me retourne. Mes chaussures Snoopy glissent sur le linoléum lisse. Elles m'entraînent devant les douches vaginales, les serviettes hygiéniques et le drôle de médicament pour les infections à levure jusqu'aux boîtes bleu et blanc de la section des tampons.

Je cherche le format extra-mince, régulier. C'est ridicule. Je ne peux pas croire que je connais la sorte de tampons qu'Emily utilise. Je m'octroie le trophée de MEILLEURE AMIE DE L'ANNÉE.

— Elle m'en doit une, je me dis.

C'est à ce moment-là que je l'entends, le petit rire guttural de Dylan, celui qu'il a quand il essaie de ne pas rire. Cela se produit toujours quand il essaie très fort de ne pas s'esclaffer, comme la fois où un tampon d'Em était tombé de son casier et qu'elle avait dû poser le pied dessus pour le cacher.

Dylan est ici. Je retiens mon souffle. Je suppose que je devrais encore l'avertir à propos de ce que le père de Tom m'a dit ou lui dire que je suis tellement désolée qu'il ait été obligé de mentir pour être avec moi. Je saisis une boîte de tampons et je me dirige dans l'allée où il se trouve.

Mon cerveau met moins d'une seconde à enregistrer la scène que j'ai sous les yeux, sous les lampes fluorescentes de la pharmacie. Dylan essaie tellement de ne pas rire qu'il est appuyé contre le garçon qui se trouve près de lui. Le garçon près de lui entoure de son bras les épaules de Dylan, et on dirait qu'il respire les cheveux de Dylan. C'est Bob. Bien sûr que c'est Bob.

Mon cœur s'effondre sur le plancher. Ils ont l'air si heureux, même Bob. Il sourit et rigole, et le rayon doré de Dylan semble l'avoir touché également.

Je m'accroche à une étagère pour garder mon équilibre.

Dylan s'est éloigné de moi. Jusqu'où l'amour peut-il fuir ? Une petite partie de mon cœur est heureuse de le voir sain et sauf, le rire aux lèvres, mais l'autre partie est un trou noir qui menace d'avaler tout mon être. Il est heureux sans moi. Il rit sans moi. Et moi, de mon côté ? J'ai embrassé Tom.

Bon, d'accord. Je me dis que je vais être au-dessus de tout cela et je commence à marcher dans l'allée. Un pas. Un autre. Bob m'aperçoit le premier, et son sourire disparaît aussitôt. Ma main se lève et tapote mes cheveux. Bob donne un coup de coude dans les côtes de Dylan, et ce dernier lève également les yeux. La joie disparaît de ses yeux en moins d'une seconde, et il pose son regard sur sa main. Je la regarde également. Elle serre un emballage de condoms de format industriel. Il jette un coup d'œil à Bob. Le visage de Bob devient rouge comme une tomate.

J'avale ma salive. Acheter des condoms est une tout autre affaire que de s'embrasser sur le canapé.

Mes chaussures Snoopy cessent d'avancer.

Le visage de Dylan demeure impassible. Son corps reste immobile. Ses yeux sont si tristes, si tristes, comme les cordes d'une guitare triste que personne ne gratte. Non, ça, c'est moi.

C'est la bouche de Bob qui bouge.

— Belle.

Il dit mon nom comme s'il demandait pardon.

Il dit mon nom comme si c'était un cauchemar.

Il dit mon nom comme si c'était la fin du monde.

J'avale ma salive. Je penche la tête. Les pieds d'Em parcourent l'allée dans ma direction. Je m'efforce de prononcer ces mots en souriant gentiment :

— Eh bien, au moins, vous vous protégez.

Personne ne parle et Em arrive enfin près de moi. Elle en perd le souffle.

— Oh ! mon Dieu ! s'exclame-t-elle.

Elle émet un bruit qui ressemble davantage à un grognement qu'à un sifflement. Elle prend son allure d'adolescente fâchée, les mains sur les hanches et le visage rouge.

— Je n'ai rien contre la protection et rien contre le fait que vous soyez gais et que vous puissiez exprimer votre amour de toutes les manières anales que vous voulez, mais ne pouviez-vous pas attendre au moins une semaine ?

Elle a l'air d'une mère en colère. Sa bouche est tordue. Ses yeux sont à moitié fermés, et elle secoue sa tête en prononçant chaque mot. De sa main droite, elle pointe les garçons dans un geste accusateur. Bob recule et heurte Dylan. Dylan se place devant Bob pour le protéger.

— Nous pouvons faire ce que nous voulons, Emily, dit-il d'un ton assuré.

Ça, c'est Dylan dans son expression la plus combative. J'avais l'habitude de le traiter de « Viking » quand il se transformait ainsi, comme la fois où il était très contrarié parce que M. Patrick m'avait donné 90 pour mon essai sur Sylvia Plath. C'est le Dylan dont je me souviens, pas quelqu'un qui est sur le point de se suicider ou d'aller se cacher, mais un garçon qui sait ce qu'il veut et ce qui est bien. Une petite partie de moi est si fière de lui.

Emily prend une profonde inspiration et repose ses mains sur ses hanches.

— Je sais que vous le pouvez, mais pense à Belle. Elle t'aimait. Tu pourrais avoir un peu de respect.

Je lui jette un regard furieux et je retrouve la parole.

— Emily !

Elle secoue la tête, m'arrache la boîte de tampons des mains et s'éloigne.

Dylan se place aux côtés de Bob, s'apprête à saisir sa main, mais ne réussit qu'à attraper son poignet. Il me regarde. Sa colère s'est évanouie.

— Je t'aime toujours, Belle. Mais plus de la même façon.

Je passe devant eux. Tout en moi est confus. Je ressens encore de la colère et de la culpabilité, mais je n'ai aucun mot pour les décrire. Même si j'avais Gabriel, je ne crois pas que je pourrais jouer la bonne musique pour l'exprimer. Il me faudrait un orchestre.

Je passe donc devant eux, la bouche fermée. Il n'y a rien que je puisse dire.

APRÈS AVOIR FAIT TOUS MES DEVOIRS, j'enfile mon blouson et je vais dans le jardin-avant; appuyée à un arbre, je regarde le ciel.

Je me rappelle. C'était il y a environ un mois, et Dylan venait de donner un concert à Augusta. Tout le monde l'entourait après le spectacle, même s'il faisait partie d'un chœur. Il avait chanté en solo une chanson importante. Les gens l'entouraient et le regardaient avec admiration comme s'il était une star. Il souriait et parlait à chacun d'entre eux. Il n'avait pas la grosse tête; il était humble et bon.

J'attendais avec Em au fond de l'église où ils avaient chanté, près de la table sur laquelle étaient déposés les livres de cantiques supplémentaires. Je laissais Dylan recevoir toutes les félicitations qu'il méritait. Il m'avait regardé et m'avait fait un clin d'œil. Puis, Bob s'était faufilé parmi les gens et l'avait serré dans ses bras, très fort. Dylan lui avait rendu son étreinte.

Je m'étais retournée vers Em.

— Allons attendre dehors.

Il y a quelque chose dehors qui est tellement mieux que dedans.

Je sais qu'il y a des gens qui ont toujours su qu'ils étaient gais. Je sais qu'il y a des gens qui le savent, mais qui luttent pour ne pas l'être. Je sais qu'il y a des gens qui ne se l'admettent jamais et, même si c'est douloureux de penser que Dylan aime Bob, je sais que c'est mieux qu'il le sache, qu'il s'autorise à être qui il est. Même si c'est difficile.

Et moi, qui suis-je ?

Je suis Belle Philbrick, celle qui a embrassé Tom Tanner, qui joue de la guitare et qui est l'amie d'Emily.

Je soupire, je me roule en boule de manière à ce que ma tête touche l'écorce d'un érable. L'écorce est rude contre ma peau. L'air froid pénètre mes vêtements.

J'entends un toussotement. Je me retourne et je vois Eddie.

Il avance vers moi, les mains dans les poches.

— Ça va, Belle ?

— Ouais, dis-je avec un petit rire embarrassé. J'essaie seulement de communiquer avec les arbres par télépathie.

Il reste là debout, à me fixer ; je suppose qu'il ne sait pas quoi penser de moi. Il ne porte pas de blouson. Ses yeux rapetissent.

— Pourquoi as-tu fait ça, Belle ?

— Fait quoi ?

Une lumière s'allume chez Mme Darrow.

Il étouffe un petit rire.

— Sortir avec lui.

J'appuie ma main contre l'écorce de l'arbre.

— Je l'aimais.

Cette fois-ci, Eddie s'esclaffe vraiment.

— C'est un pédé.

— Cesse tes conneries, Eddie. C'est vraiment une chose dégueulasse à dire.

Je laisse tomber ma main et je me redresse. Une petite chose bouge dans le bois, derrière moi, mais je ne me retourne pas.

— Mais il l'est. C'est une pédale.

— Il est gai.

— C'est la même chose.

Je tape du pied comme une petite fille.

— Non, ça ne l'est pas.

Il me fusille du regard comme si c'était ma faute qu'il soit si intolérant, que Dylan soit gai, que rien ne soit comme cela devrait être. Je pointe mon doigt dans sa direction.

— Ne me regarde pas comme ça.

Il secoue la tête.

— Que t'est-il arrivé, Belle ? Tu étais tellement une bonne fille.

J'en reste bouche bée.

— Je suis une bonne fille.

— Les bonnes filles ne sortent pas avec des pédés.

Il fait un pas vers moi. Il détourne son regard, puis pose de nouveau ses yeux sur moi. Il semble plus doux durant une seconde.

— Pourquoi n'es-tu pas devenue ma petite amie ?

J'aperçois des phares dans la rue. Ils tournent dans notre entrée. Ma chère mère ouvre la porte de sa voiture.

— Salut, ma chérie ! Salut, Eddie !

Elle nous regarde tous les deux.

— Il fait froid dehors. Eddie, veux-tu venir chez nous ?

Il secoue la tête sans me quitter des yeux.

— Non, merci, Mme P. J'ai des devoirs à faire.

— Bon, d'accord.

Elle se penche dans la voiture pour prendre son sac à main, puis elle s'avance vers moi.

— Tu viens, ma jolie Belle ?

— Ouaip.

Je la rejoins sur l'allée et je saisis sa main.

— On se revoit plus tard, Belle, me lance Eddie.

J'espère bien que non.

CE SOIR, JE TOURNE EN ROND DANS LA MAISON, je fais des devoirs qui donnent des points supplémentaires, je dis à ma mère que j'ai trop de matières à étudier et que si quelqu'un m'appelle, j'aimerais qu'elle lui dise que je suis déjà couchée.

Elle lève les yeux de son journal.

— D'accord, ma chérie.

Muffin profite de ce moment de distraction pour bondir au milieu de la page éditoriale et s'y rouler en boule. Ma mère secoue la tête, la gratte avec son stylo et éclate de rire.

— Espèce de petite peste.

Muffin la regarde simplement et ronronne.

Ma mère la gratouille sous le menton et me lance :

— Tu n'as pas travaillé ta guitare.

— J'ai été trop occupée.

Beau mensonge !

Elle me jette un regard qui signifie qu'elle ne me croit pas du tout. Elle se lève et m'attire dans ses bras. Je la serre également dans mes bras et me blottis contre son corps moelleux, tout en humant une odeur de lilas et de pommes de terre au four.

— C'est tellement difficile d'avoir 17 ans, murmure-t-elle dans mes cheveux.

C'est le genre de commentaire qui m'aurait fait lever les yeux au plafond, mais je ne me détache pas d'elle. Elle dit toujours qu'elle a besoin de moi pour pouvoir serrer quelqu'un dans ses bras parce que je suis la seule

personne qui lui reste, ce qui est vrai, mais cela repré-
sente une grande responsabilité et, parfois, j'aurais juste
envie de me détacher d'elle, mais je ne le fais pas. Je ne le
fais pas parce que je sais combien cela peut être bles-
sant. Je l'ai appris de Dylan.

Elle s'écarte légèrement afin de pouvoir regarder
mon visage. Ses yeux brillent d'inquiétude.

— J'ai vu le chef Tanner, aujourd'hui, mentionne-
t-elle.

Le trouble qui m'envahit me fait m'éloigner d'elle. Je
prends Muffin et je la serre contre ma poitrine.

— Ah oui ?

— Il m'a tout raconté à propos de Dylan.

Tout en moi s'enflamme, et Muffin bondit de mes
bras pour aller se cacher sous la table.

— Super, maman. Exactement ce dont j'ai besoin.
Une inquisition. Vas-tu me demander comment je ne me
suis pas rendu compte qu'il était gai ? Je ne sais pas… Je
n'ai simplement rien vu, d'accord. De toute évidence,
je suis stupide.

— Oh ! ma douce, me dit-elle en me tendant les bras,
mais je me dérobe. Tu n'es pas stupide.

— Tu parles !

Je remets en ordre les pages de son journal avant de
le replier. L'encre tache mes doigts. Elle avait commencé
à faire un sudoku, mais ne l'a pas terminé. Elle a abandonné au beau milieu de celui-ci.

— C'est normal de te sentir blessée, Belle.

Je lui jette un regard furieux.

— Je ne me sens pas blessée !

J'essaie de fuir à grands pas, mais elle me saisit par le bras, m'emprisonne et me serre de nouveau contre elle.

— Ma douce, il n'y a rien de mal à se sentir blessée.

Je pousse une sorte de cri inhumain, je me dégage et je me précipite dans ma chambre comme une parfaite idiote. Je me jette sur mon lit, je regarde Gabriel qui attend que je gratte ses cordes, puis, je ne résiste plus, je recouvre ma tête avec mes couvertures et j'éclate en sanglots.

----o----

Plus tard, elle vient dans ma chambre et éteint la lumière. Elle s'assoit au bord de mon lit et éloigne mes cheveux de mon visage.

— Belle, je sais que tu ne dors pas.

Je ne réponds pas. Je garde simplement les yeux fermés.

— Tu sais, ma chérie, Eastbrook est une petite ville et tout le monde est au courant de la vie de tout le monde, et toute cette histoire concernant Dylan va sans doute t'embarrasser un peu et te blesser durant un certain temps, mais les gens vont finir par voir les choses autrement. Ils ne vont pas te faire de reproches, et Dylan... eh bien, Dylan, ils vont finir par l'accepter et l'aimer de nouveau lui aussi. Vraiment.

Des gens comme Eddie Caron. J'étouffe un rire.

J'ouvre les yeux. Dans le noir, je n'aperçois que le contour du visage de ma mère. Son haleine sent le café. Je garde les yeux ouverts et je me demande comment je peux aimer quelqu'un de si gentil et de si bête.

— Les gens sont méchants, maman. Les gens sont vraiment, vraiment méchants.

Les mots l'atteignent comme des coups de poing, et elle se raidit afin de les éviter. Puis, son dos se contracte et ses doigts raides comme de l'acier tapotent ma joue.

— Non, ils ne le sont pas, Belle. Je sais à quel point cette ville m'a aidée lors du décès de ton père. Ils vont finir par comprendre. Je sais qu'ils vont le faire.

Elle m'embrasse sur le front et quitte la chambre. Elle ne fait pas claquer la porte, mais je crois qu'elle en aurait envie. Je ne peux pas la blâmer.

Mercredi

JE ME LÈVE, JE M'ÉTIRE LONGUEMENT, j'ouvre la bouche et j'ai envie de chanter. Aucun son ne sort. Je porte ma main à ma gorge, je la saisis comme si cela allait aider les mots à émerger dans l'obscurité de ma chambre. Rien.

J'ai perdu ma voix.

Je marche à petits pas vers la fenêtre, je me cogne un orteil contre ma table de chevet, je grommelle un juron sans émettre le moindre son, puisque je suis devenue une fille sans son. Je remonte le store, le monde extérieur me salue avec des cristaux blancs qui forment des motifs sur la fenêtre, toutes sortes de ramifications et de tourbillons. Les cristaux de givre brillent comme des diamants. Le Bonhomme Hiver nous a rendu visite cette nuit. C'est ce que ma mère disait quand j'étais petite. Elle remontait le store, ouvrait les rideaux et d'une voix souriante, elle disait :

— Réveille-toi, la Belle au bois dormant. Le Bonhomme Hiver est passé !

— Il est passé ? je demandais toujours, en me redressant avec difficulté dans mon lit et en faisant tomber tous mes animaux en peluche, mais jamais Teddy, mon ours unijambiste préféré.

— Il est passé, répétait-elle.

Puis, elle venait m'embrasser sur la tête.

— Il est venu durant la nuit et t'a fait un dessin.

Mes yeux s'emplissent de larmes et je trace les motifs du bout de mes doigts. Pourquoi suis-je si triste ? Je l'ignore. Le Bonhomme Hiver est passé. Il m'a fait un dessin, et je ne peux même pas lui dire combien il est beau. Je ne suis plus capable d'émettre le moindre son.

----o----

J'entends ma mère chanter au bout du couloir. Elle massacre encore les paroles. Elle chante cette vieille chanson de Carly Simon, *You're So Vain*.

— *I dreamed there were crowds in my potty, clowns in my potty,* fredonne-t-elle.

Bien entendu, les bonnes paroles sont *clouds in my coffee*.

Déprimée, je vais tout de même dans la cuisine. Ma mère, toute décoiffée par sa nuit de sommeil, cesse de chanter, se retourne et me sourit. Elle tient dans sa main une tasse de Postum qu'elle m'a préparée. Elle a l'air si gentille, comme une mère dans les films. Je lui rends son sourire, je saisis la tasse et je l'entraîne avec moi vers ma chambre.

— Qu'y a-t-il, ma chérie ? Qu'y a-t-il ? demande-t-elle.

Mais elle ne résiste pas et se laisse entraîner dans le couloir.

— Je veux te montrer quelque chose, j'essaie de dire, mais aucun mot ne sort de ma bouche.

— Tu as perdu la voix ?

Elle s'arrête.

Je hoche la tête et je tire sur sa main. Dans ma chambre, je pointe la fenêtre et les motifs blancs, le givre, la magie.

— Oh! s'exclame-t-elle avec la voix d'une petite fille. Le Bonhomme Hiver est venu.

Elle caresse la fenêtre avec son ongle long. Je lui fais un gros sourire. Elle sourit elle aussi. En passant devant ma guitare, elle pince la corde E grave, et le son rejaillit jusqu'à la fenêtre givrée et dans la chambre.

— Tu devrais te remettre à jouer, dit-elle d'un ton léger, comme si ce n'était pas important, comme si elle prétendait que la musique n'est pas la chose la plus difficile au monde.

----o----

Emily vient me chercher avec cinq minutes de retard. Ses cheveux, plaqués sur son visage, sont encore mouillés.

— Je me suis levée en retard, dit-elle en bâillant.

Je hoche la tête, je saisis son appareil et je la prends en photo. Elle me fait un doigt d'honneur.

Elle recule dans l'entrée, et ma mère nous salue de la main, puis elle grimace, parce que la petite voiture rouge d'Emily a failli renverser notre boîte aux lettres. Ma mère vient de passer les cinq dernières minutes à faire les cent pas, à se coiffer, à boire du café et à tourner en rond, en scandant :

— Elle est en retard. Elle est en retard. Cette fille est-elle jamais à l'heure ? Elle est en retard. Elle est en retard. Tu vas recevoir un autre billet de retard.

Emily passe en marche avant ou embraye ou peu importe la façon dont on appelle ce geste et emprunte la route. Je ferme les yeux en essayant de ne pas penser au visage de ma mère. Elle doit être en train de prier : *de grâce, faites qu'elles n'aient pas un accident. De grâce, faites qu'elles ne meurent pas.*

— J'ai rempli mes demandes d'admission, hier soir, dit Emily.

Elle bâille encore une fois. C'est contagieux et je bâille moi aussi.

— Tu ne m'as donc devancée que d'une semaine, ajoute-t-elle.

J'ai fini de remplir les miennes la semaine dernière. Je les ai signées, cachetées et postées. Bates. Smith, Cornell. Trinity. Toutes des institutions différentes. Emily a fait une demande à Duke, Bucknell, Loyola et St. Joe's. Aucune de nous deux n'a fait de demande à la University of Maine. Aucune de nous deux n'a choisi un endroit où nous étions certaines d'être acceptées. Je suppose que l'Université Smith est celle qui s'en approche le plus pour moi. Je suis fière qu'Emily ait rempli ses demandes. Elle est le genre de personne qui est toujours en retard, le genre de personne qui laisse pendant des mois dans sa voiture les livres qu'elle a empruntés à la bibliothèque parce qu'elle oublie toujours de les ramener, le genre de personne que le club vidéo appelle et qui lui laisse des messages de menaces parce que cela fait trois mois qu'elle a en sa possession le film *She's All That*.

— J'ai fait une demande à l'Université Bates à la dernière minute, annonce Emily d'un air triomphant. J'ai vraiment terminé, je te le jure.

— Bien, dis-je.

Mais ma voix est à peine un murmure rauque. Je la félicite plutôt en levant mes deux pouces dans les airs.

— Oh! tu as perdu la voix. C'est très sexy.

— Ouais. Aussi sexy qu'une grenouille, j'essaie de dire.

Emily se penche vers moi.

— Quoi?

— Ouais. Aussi sexy qu'une grenouille, je répète

Elle lève ses mains dans les airs. Ne devraient-elles pas être posées sur le volant?

— Ne parle pas. Laisse-moi faire la conversation.

Elle me décoche un sourire malicieux, oublie d'effectuer un arrêt et file sur la route Surry. Un écureuil s'enfuit à toute vitesse devant nous.

— Eh bien, j'ai décidé de m'inscrire à l'Université Bates parce que vous l'avez tous fait, dit-elle en rougissant.

Elle prend une profonde inspiration avant de se lancer.

— Je trouve Shawn très, très beau et je crois bien qu'il m'aime, ce qui est vraiment cool, tu sais, pourvu que ça ne te fasse pas trop de peine, à cause de toute cette histoire avec Dylan.

Elle cherche à voir ma réaction. Je lui fais un grand sourire comme celui sur l'autocollant de Walmart, pour l'encourager à poursuivre. Je ne vais surtout pas priver Emily de sa joie. Dieu sait combien de fois elle a été la cinquième roue du carrosse quand elle était avec nous, Dylan et moi.

— Alors, tu approuves ? demande-t-elle.

Je fais signe que oui.

— Voilà, nous allons à la soirée dansante vendredi, et je sais que ça ne t'intéresse pas, mais tu dois venir. Tu le dois. Je veux dire, je ne peux pas ignorer le fait que Dylan est gai et tout le reste, et que tu es allée à toutes les soirées avec lui. Bref... je veux dire, il est maintenant temps que tu fasses l'expérience de l'angoisse avec laquelle toutes les filles sans petit ami doivent composer quotidiennement.

— L'angoisse ? réussis-je à coasser.

— Un mot utilisé dans le SAT Reasoning Test[4], me lance Emily.

Nous sommes presque arrivées. Si ce n'était pas si difficile de parler, je lui dirais que je sais ce que le mot « angoisse » signifie. Vraiment.

— D'accord ? Alors, tu ne vas pas rester toute la soirée debout près du mur...

---

4. N.d.T.: Le SAT Reasoning Test est un examen standardisé utilisé pour l'admission dans les collèges et les universités des États-Unis.

Je sais qu'elle fait référence à cette soirée lamentable, en deuxième année du secondaire, où je m'étais soit cachée d'Eddie Caron ou étais restée près du distributeur de Coca-Cola toute la soirée.

— Et puis, il faut dire que tu as embrassé Tom, hier, alors je ne suis même pas certaine qu'on puisse te considérer comme une fille sans petit ami... même si vous ne sortez pas vraiment ensemble. N'empêche qu'il va te conduire à ce restaurant allemand...

Mon estomac se contracte. Je me penche par en avant.

— Ça va? demande-t-elle. Es-tu vraiment malade ou est-ce juste ta voix?

Je secoue la tête. Je ne sais pas. Je ne sais pas ce que j'ai à part le fait que j'ai peur d'aller à une stupide soirée dansante sans que Dylan me tienne la main. Avec lui, je n'avais pas à me préoccuper des slows et des garçons agaçants qui ont les mains trop baladeuses. Je pouvais me détendre et suivre le rythme langoureux de la musique. Mais tout cela est terminé. C'est du passé. Quant à Tom... Le baiser de Tom? Ah!!! J'ai eu l'impression d'être en feu, mais d'une manière très agréable et je me sens tellement coupable. La culpabilité fait vibrer mon âme comme une corde E grave désaccordée.

— Est-ce que Dylan y va? je demande à Emily.

Elle met une seconde à comprendre ce que j'ai dit, puis elle fronce les sourcils. Elle tourne dans le stationnement.

— Avec Bob ? Oh ! mon Dieu. Je ne sais pas. Crois-tu qu'ils sont aussi courageux que ça ?

Je hausse les épaules.

— Il a pourtant porté ce triangle rose, hier, et il achète des drôles de condoms devant Dolly.

Emily se gare en évitant de peu l'aile d'une camionnette noire. Elle me fixe du regard.

— Oh ! ma pauvre chérie. Ta vie est vraiment à chier !

Je secoue la tête. Je détache ma ceinture et Emily me pousse à l'extérieur de la voiture.

— Maintenant, extirpe ton derrière de ma voiture et cours. Nous sommes vraiment en retard.

EM PREND UNE PHOTO DE MOI en train de me précipiter vers l'école. J'ai l'air affolée. Mon sac à dos rebondit sur mon épaule. Mes cheveux s'emmêlent au vent derrière moi. Ma bouche est serrée. J'ai l'air d'une fille qui n'a jamais joué de guitare, qui ne chante jamais.

Le cours de droit. M. Richter arrive en courant, 10 minutes après nous. Ouf! Emily et moi avons évité le billet de retard.

Durant les cinq premières minutes avant l'arrivée de M. Richter, nous sommes tous restés assis sur nos chaises, bien sages. Nous avons attendu en nous demandant où pouvait bien se trouver M. Ponctualité, mais au bout d'un moment, la fête a commencé. Emily est allée s'asseoir sur le bureau de Shawn. Anna, Andrew et Kara ont essayé de me parler de Dylan et de sa gaititude «fraîchement découverte», mais comme je n'avais pas de voix, je ne pouvais rien dire, ils ont alors fini par abandonner.

J'ai donc déposé ma tête sur mon bureau et j'ai attendu et attendu que quelque chose se produise. Quand je levais la tête, je voyais Mimi Cote qui me fixait tout en mordillant ses ongles. J'ai frissonné. J'ai essayé de me racler la gorge. Malgré tout, je suis heureuse que Dylan m'ait choisie, qu'il ait chanté des chansons stupides avec moi et pas avec elle.

Enfin, M. Richter pénètre dans la classe, les cheveux dressés sur la tête et la cravate de travers.

— Groupe, dit-il en poussant un soupir exagéré et en s'appuyant contre son bureau, les mains posées sur ses hanches minces. Vous ne croirez jamais ce qu'il y avait dans ma piscine.

— Ronald McDonald! crie Emily en quittant à toute vitesse le bureau de Shawn pour aller s'asseoir à sa place.

Il secoue la tête.

— Une danseuse nue! crie quelqu'un.

Je crois que c'est Shawn.

M. Richter lève les yeux au plafond.

— Non. Deux orignaux.

Nous ne disons rien.

Il pointe un doigt dans les airs.

— Deux orignaux gais. Ils étaient en train de copuler… bref, de faire ce que les orignaux gais font.

Un silence d'ahurissement s'installe.

Puis, Emily s'exclame :

— Dans votre piscine?

M. Richter secoue la tête.

— Ils ont déchiré la toile en morceaux.

Emily me jette un regard entendu. Je hoche la tête. Nous avons eu la même pensée. Est-ce que tout le monde sur la planète est gai? Et personne ne nous l'a dit.

— Même les orignaux, articule-t-elle en silence.

— Même les orignaux, j'articule moi aussi.

— Crois-tu qu'ils portaient des condoms? poursuit-elle.

Je fronce le nez, et elle sourit.

— Beurk, dit Mimi, en essayant de tirer sur sa mini-jupe, malgré le fait qu'elle soit assise dessus. C'est dégueulasse.

Derrière elle, Em imite l'expression dégoûtée de Mimi, et je me mets à rire, si fort que je dois de nouveau déposer ma tête sur mon bureau.

M. Richter se sert du commentaire de Mimi pour lancer un débat sur la sexualité et les droits à la vie privée. Il nous parle d'un cas où deux hommes qui faisaient l'amour dans leur maison ont été arrêtés pour sodomie.

— Dans certains États, explique M. Richter en pointant vers nous son stylo, il est illégal pour les hommes d'avoir des relations anales. Dans certains États, il est illégal pour un homme et une femme d'avoir des relations bucco-génitales.

Quelqu'un fait semblant de vomir, mais Shawn lève la main et dit d'un ton grinçant :

— Pas ici, n'est-ce pas ?

M. Richter fait signe que non.

Emily ne peut s'empêcher de le taquiner.

— Tu ne risques donc rien, Shawn.

Shawn croise ses bras, secoue la tête, s'appuie sur le dossier de sa chaise et sourit.

DYLAN, SAIS-TU COMBIEN LE MONDE est dangereux pour toi ? Sais-tu que ton genre d'amour est illégal ? Quand je pense à ton nom, tout mon corps souffre. Tu étais mon meilleur ami. Tu es mon meilleur ami.

Tu me manques.

Je t'ai écrit beaucoup de mots depuis samedi, mais j'ai l'intention de te donner celui-ci.

Tu es gai. J'ai compris. Et puis après ? Nous pouvons de nouveau être qui nous étions, Dylan et Belle, les meilleurs amis, l'harmonie et la mélodie, les chansons folks et les chansons de comédies musicales, les âmes sœurs, d'accord ?

Je l'attends à l'extérieur de son cours de maths comme si j'étais une folle qui le harcèle. Je salue de la main les élèves que je connais. Shawn et Em passent devant moi et Shawn me tapote la tête comme si j'étais un chiot. Puis, j'aperçois Dylan qui circule dans le couloir. Il n'y a pas de triangle rose sur son tee-shirt, aujourd'hui. Il a l'air sombre et méfiant. Il marche en regardant autour de lui pour voir s'il n'y a pas des prédateurs derrière lui, je suppose.

— Dylan.

Ma voix résonne comme une note, une seule note dans le couloir.

Il m'aperçoit.

— Belle.

Mes lèvres esquissent un sourire. Sa bouche s'étire sur ses dents blanches. Il vient près de moi, dans ma bulle, vraiment, comme s'il était toujours mon petit ami. Ami. Voilà ce qu'il est.

— Tu es dans ma bulle.

Je ris de ma voix à peine audible et de ma blague à peine drôle.

Il recule et vient pour demander pardon, mais je saisis sa manche.

— Mais non, je te taquine.

Il sourit de nouveau. Un élève passe devant nous en s'excusant, mais il le fait très lentement parce qu'il veut entendre ce qui nous arrive.

— Tu as perdu la voix?

Je hausse les épaules et je fouille dans ma poche. Je refuse de penser aux condoms.

— Je t'ai écrit un mot.

Il le prend. Nos doigts se touchent, mais je ne ressens aucune décharge électrique. J'avale ma salive. Dylan regarde la feuille de papier.

— Ne t'en fais pas, je réussis à coasser. Ce n'est rien de méchant, ni de menaçant.

Il hoche la tête. Il se racle la gorge. Quelqu'un d'autre passe près de nous, et Dylan dit :

— Je n'ai jamais voulu te faire de mal, Belle.

Ses yeux verts s'emplissent de larmes comme s'ils étaient inondés de pluie.

— Je sais, je murmure avec le peu de voix que j'ai. Moi non plus.

Au moment où je grimpe dans la camionnette de Tom, j'ai retrouvé ma voix, ce qui est bien d'un côté et mauvais de l'autre parce que, maintenant, je vais devoir parler à Tom avec ses yeux enjôleurs, sa voix grave et sa camionnette noire. Je ne sais pas quoi lui dire.

— Merci de me conduire au resto, je réussis à prononcer au moment où il embraye.

Mes lèvres s'agitent. Elles se rappellent les choses qu'elles ne devraient pas se rappeler. Mauvaises lèvres.

Il hausse les épaules.

— Comme je te l'ai dit, je ne voulais pas me retrouver avec Crash ou Bob.

Il y a du ruban adhésif en toile sur le volant, du ruban adhésif sur le siège et un petit homme en ruban adhésif sur le tableau de bord qui donne un coup de pied sur un petit ballon en ruban adhésif collé à son pied.

Je caresse le ruban adhésif avec mon petit doigt. Tom démarre le moteur et me dit :

— Prête.

— Pour une soirée agréable à manger de la nourriture allemande. Mmm ! Tu parles ! dis-je, pince-sans-rire.

Il pouffe de rire.

Sa camionnette a son odeur, une odeur de déodorant et de savon, de propre et de musqué, mélangée à une petite odeur de guimauve grillée. Cela sent l'homme. Dylan n'a jamais senti comme un homme. Il sentait l'herbe et le pin. Pourquoi ne l'avais-je pas remarqué ? Pourquoi n'avais-je pas remarqué certaines choses ?

Herr Reitz, qui dégage une odeur de mauvaise haleine et de saucisson de Bologne, vient en courant vers nous. Il nous tend une carte du trajet à suivre.

— Juste au cas où vous vous égareriez.

Tom fronce les sourcils parce que depuis combien de temps habitons-nous dans cette ville ? Depuis toujours. Et combien de fois sommes-nous allés à Bangor ? Toutes les semaines.

— Quelle bonne idée !

Je hoche la tête avec un enthousiasme beaucoup trop débordant, et Tom serre ses lèvres pour ne pas rire.

Herr Reitz fait semblant de nous menacer en pointant son doigt vers nous.

— Vous deux, pas de galipettes, hein ?

Puis, il nous fait un clin d'œil.

Mes joues s'enflamment. Mes mains n'ont jamais été aussi chaudes. Tom secoue la tête.

— Quel con !

Je suis du même avis. Herr Reitz s'en va en sautillant vers une fille nommée Janelle. Il lui remet une carte. Sa voiture est bondée d'élèves. Je suis certaine qu'il n'y a pas assez de ceintures pour tous. Bob fait le trajet avec Herr Reitz. Comme je le plains.

Herr Reitz monte finalement à bord de sa voiture et donne un petit coup de klaxon enjoué.

— Enfin, murmure Tom. Il lève son pied du frein et avance dans le stationnement.

Ses cuisses sont serrées dans son jean. Je ferme les yeux et j'appuie ma tête contre le dossier.

— Tu en as déjà assez de moi ?

Ma voix trahit mon cœur et a un ton triste et pathétique.

— Assez de mon amie coco gauchiste ? demande-t-il en riant. Jamais.

J'ouvre les yeux pour être certaine de ne pas le rater au moment où je le frappe sur le bras. Il rit encore plus fort et crie :

— On m'attaque ! On m'attaque ! Je suis attaqué par une hippie pacifiste.

Je le regarde, étonnée. Il allume la radio et choisit un poste qui ne passe pas le genre de musique auquel je m'attendrais de la part d'un joueur de soccer riche gonflé d'adrénaline, mais une musique douce, réconfortante, du temps de nos grands-parents. Je le regarde de nouveau étonnée, puis je me demande si mes sourcils vont toujours rester dans cette position. Je devrais peut-être coller du ruban adhésif dessus.

— Quoi ?

Ses mains quittent le volant.

— J'aime Marvin Gaye, explique-t-il.

Il grimace.

— Ça va, dis-je. Gai est le thème de ma vie.

— Est-ce que tu l'es ? laisse-t-il échapper.

— À peine.

— C'est bien ce que je croyais, dit-il.

Je sais qu'il se rappelle l'incident sur le canapé tout comme je m'en souviens. J'essaie d'envoyer ce souvenir dans la bouche d'aération, mais il me sourit. Mon cœur palpite comme des libellules, et je décide que le paysage des arbres dénudés du Maine vaut la peine d'être contemplé.

— Et toi?

— Putain, non, dit-il en s'étouffant.

Je lui demande s'il a toujours su que Dylan l'était.

Il réfléchit une minute. Nous passons devant le Eastbrook Building Supplies and Friend, là où l'on vend des motocyclettes et des véhicules tout-terrain. Il prend une profonde inspiration, puis il répond :

— Pas toujours. Je l'ai deviné en deuxième année du secondaire.

— Quoi?

Je me redresse sur mon siège. Mon cœur veut sortir de ma poitrine.

— Tu te rappelles le pacte dont je t'ai parlé?

— Oui.

Mme Foster, la conseillère municipale qui craint la venue de Walmart, roule dans sa Subaru et klaxonne en nous voyant. Tom klaxonne également. Nous lui sourions tous les deux. C'est ce qu'il faut faire à Eastbrook si vous ne voulez pas que les gens se mettent à commérer à votre sujet.

Tom revient à notre conversation.

— Eh bien, juste avant le pacte, nous sommes allés au Seacoast Fun Park et il a essayé de m'embrasser. Je veux dire, je suis pas mal certain qu'il en avait l'intention, même s'il ne l'a pas fait.

Cela signifie que Dylan a toujours su. Mon cœur bat plus fort dans ma poitrine.

— Seigneur, ça s'est passé en deuxième année du secondaire?

— Ouais.

— Est-ce que ça t'a fait flipper?

Il hoche la tête. Sa joue est agitée d'un tic nerveux et, bien malgré moi, je la caresse du bout du doigt. Je sens les muscles tressaillir. Je retire mon doigt, je lui tapote l'épaule, et il continue de parler.

— Ça m'a foutu la trouille. Après, Dylan a tout fait pour montrer qu'il aimait les filles, comme pour nous le prouver à tous les deux, tu vois? Puis, Mimi m'a demandé de sortir avec elle et alors...

Je hoche la tête et je tords ma main sur mes genoux.

— Et alors...

Son petit homme en ruban adhésif reste collé sur le tableau de bord, même si nous passons dans un nid-de-poule. Je le fixe du regard en pensant comme ce serait bien d'être collée et cimentée, de savoir où je suis, où je suis censée être, comme un homme en ruban adhésif avec un petit ballon de soccer.

— Tu t'en remets bien ? demande Tom au bout d'une minute.

— Oui.

J'inspire profondément et je prends un moment pour le regarder. Son menton est droit et puissant comme celui des superhéros dans les vieux films en noir et blanc, comme celui des cow-boys. Sa peau a l'éclat de l'écorce d'un arbre. J'avale ma salive.

Dans mon corps, des branches d'arbre s'étirent et éraflent ma peau. C'est tout ce qu'il y a en moi. Pas de feuilles. Pas de fruits. Ce n'est peut-être même pas des branches d'arbre, mais des branches d'un bleuetier, sèches et douloureuses. Mais quand je regarde Tom, je sens les choses germer, comme si elles étaient sur le point de croître et de m'emplir.

— Tu m'as fait peur quand tu as perdu connaissance l'autre jour, dit-il en souriant. Oups... quand tu es tombée dans les pommes, je veux dire.

Je serre mes mains très fort.

— Désolée.

— Ce n'est pas grave.

Ses joues rougissent.

— Tu vas bien, maintenant, n'est-ce pas ? ajoute-t-il.

Je hoche la tête.

— Oui, oui.

— Certaine ?

— Oui.

De sa main libre, il saisit le rouleau de ruban adhésif et le lance sur le plancher.

— Je m'inquiétais pour toi.

— Tu t'inquiétais pour une hippie coco gauchiste? dis-je en le taquinant.

Puis, je me mords la lèvre. J'aurais envie de prendre le petit homme en ruban adhésif sur le tableau de bord et de le mettre dans ma poche, avec ma guitare.

Il inspire par le nez, puis il dit dans un souffle ce simple mot :

— Oui.

Je souris. Je repousse mes cheveux derrière mon oreille, puis je me demande s'il n'y a pas un peu de coquetterie derrière ce geste. Em le saurait, elle.

— Que penses-tu de ce qu'Eddie Caron a dit? demande-t-il au moment où nous empruntons la route de Bangor.

Janelle nous dépasse et klaxonne. Un million de mains sortent des fenêtres de sa voiture et nous font un doigt d'honneur. Tom éclate de rire et agite lui aussi son majeur.

— Qu'a-t-il dit?

Il remet sa main sur le volant. Ses jointures sont blanches.

— Tu n'es pas au courant?

Je secoue la tête. Une branche érafle mon poumon, et je tousse.

Sa pomme d'Adam descend, puis remonte dans sa gorge.

— Il a dit qu'il allait casser la gueule à Dylan.

— Il va quoi ?

Mes oreilles explosent. J'éteins la radio au moment où Marvin Gaye chante à propos de faire l'amour.

— Pourquoi ?

Tom cesse de suivre des yeux la voiture de Janelle devant nous et me regarde avec gentillesse.

— Tu le sais, Belle.

— Parce qu'il est gai ?

Ma voix casse au beau milieu de ma phrase, mais Tom a compris.

Il hoche la tête et dit d'un ton ferme :

— Ça l'emmerde que Dylan et Bob viennent à la soirée dansante.

Mes mains tremblent alors je les serre sur mes genoux.

— Ensemble ?

— Oui.

J'absorbe le choc. Nous grimpons une pente. Ma poitrine me donne la sensation que ce sont mes jambes et non la camionnette de Tom qui font tous les efforts.

— On les dépasse ? demande Tom en pointant du menton la voiture de Janelle.

La pente est longue. Il est interdit de dépasser dans cette zone.

— Ouais.

J'ouvre ma fenêtre, et le vent froid s'engouffre à l'intérieur, balayant mes cheveux.

— On est champions! On est champions! crie Tom au moment où nous les dépassons.

La transmission de la camionnette grince. J'agite mon majeur dans l'air, puis je referme la fenêtre.

— Tu leur as fait un doigt d'honneur? dit Tom en riant.

— N'est-ce pas ce que tu voulais que je fasse?

— Oui, mais je n'aurais jamais pu t'imaginer faire un doigt d'honneur à qui que ce soit.

— Il y a beaucoup de choses à mon sujet que tu ne pourrais sans doute pas imaginer.

— Oh! je ne parierais pas là-dessus.

Impossible de ne pas comprendre l'allusion. Je deviens rouge comme une tomate. Je tousse. Quelque chose en moi s'épanouit. Tom saisit ma main et me dit avec douceur :

— Tout va bien aller.

— Pour Dylan?

Il hausse les épaules.

— Ouais. Pour Dylan. Mais surtout pour toi. Tout va bien aller. Je te le promets.

Une partie de moi veut savoir comment il peut bien le savoir, mais une plus grande partie de moi, la partie qui l'emporte, veut simplement le croire. Cette partie serre sa main et ne s'inquiète de rien ; elle se concentre seulement sur la chaleur qu'elle dégage, sur ses doigts qui sont tellement plus gros que les miens, deux fois plus gros. Sa main ne ressemble en rien à la main de Dylan, qui était petite comme la mienne, mais j'aime la sensation ; la sensation de la main de Tom. Sa main me fait penser à des branches couvertes de feuilles et à des petits hommes en ruban adhésif en toile qui savent qu'ils sont au bon endroit.

----o----

Au restaurant allemand, j'aperçois Bob et je l'entraîne près d'une réplique géante d'une serveuse bavaroise aux gros seins et de chopes de bière tout aussi surdimensionnées.

— Es-tu au courant de ce qu'Eddie Caron a l'intention de faire ? je lui demande.

— Oui.

Il essuie ses lunettes épaisses qui sont embuées parce que l'air est aussi humide qu'à la piscine du YMCA.

Je lui lance un regard furieux.

— Est-ce que Dylan le sait ?

Il hausse les épaules.

— On n'est pas inquiets, Belle. On va lui régler son compte.

— Lui régler son compte ?

Je reste bouche bée, et Bob, le garçon sans muscles et aux lunettes épaisses, ajoute en s'éloignant :

— Je dois trouver une table. Je ne veux pas me retrouver assis avec Herr Reitz.

— Tu ne t'es jamais battu de toute ta vie, je lui crie d'une voix rauque.

Il se retourne.

— Chaque jour de ma vie est un combat, Belle.

Il me laisse absorber ce qu'il vient de dire, puis il poursuit.

— Et Damien Derr m'a déjà enfoncé la tête dans la cuvette des toilettes.

— Ça ne compte pas, je lui réplique. C'était en deuxième année du primaire.

Tom vient me rejoindre, passe son bras autour de mes épaules et m'entraîne vers une table.

— Ça compte, crois-moi. Ça compte.

— Eddie Caron est un molosse, dis-je, les doigts tremblants. Il va les tuer.

Tom hoche la tête et s'assoit en face de moi. Il étire ses pieds sous la table et emprisonne l'une de mes chevilles.

— Tout va bien aller.

Je sens des picotements dans mon pied, puis je le dépose à côté du sien. Ce dernier me procure une sensation de chaleur et de sécurité. Dylan va-t-il pouvoir un jour ressentir une telle sensation ? Et Bob ? Je dépose ma serviette sur mes genoux. Tom l'insère dans le col de sa chemise, mais je lui jette un tel regard qu'il éclate de rire et l'arrache d'un coup sec comme un serveur et la dépose lui aussi sur ses genoux.

— C'était pour rire, dit-il.

Herr Reitz se lève au bout de la table. Il a enfilé une culotte bavaroise rose. Il tape dans ses mains.

— Non, pas de chansons ! crie Crash. Pas en public !

Herr Reitz fait semblant d'être attristé.

— Et si on chantait *God Bless America* ?

Tout le monde grogne.

Il sourit et tape encore une fois dans ses mains.

— D'accord. Chers élèves ! Que la fête commence !

Une serveuse qui n'a pas de gros seins ni de chopes de bières dépose devant moi une grosse assiette de saucisses bratwurst et de choucroute qui n'attendent que d'être piquées avec ma fourchette, coupées en morceaux et dévorées jusqu'à ce qu'il n'y en ait plus. Elles vont attendre longtemps.

EDDIE CARON A LES DOIGTS GROS comme des saucisses bratwurst, des yeux méchants et des muscles sortant tout
droit d'une salle d'entraînement du YMCA. Ce n'est pas
le genre de type auquel vous voulez vous frotter. Je veux
dire, quand nous étions petits, nous nous assoyions
ensemble dans l'autobus scolaire, ce qui était super
parce qu'il me protégeait toujours des intimidateurs
plus âgés que nous. Il tabassait tout le monde, tout le
temps.

Durant tout le repas, je pense aux doigts d'Eddie
Caron gros comme des saucisses bratwurst reliés à ses
mains aussi solides qu'un marteau et à ses muscles aussi
gros que des troncs d'arbre. J'imagine ces mains, qui me
construisaient autrefois des châteaux, frapper Dylan, le
mince et prodigieux Dylan. Dylan et sa peau claire. Ses
cheveux blonds maculés de sang. Sa peau dorée qui
devient verte et noire. Blessée.

Je n'arrive même pas à avaler mon cidre.

— Mange, *Fräulein*, me crie Herr Reitz du bout de la
table.

Un morceau de choucroute est collé dans sa barbe et
pendouille comme un ver dans cette masse brune. Je
frissonne.

Herr Reitz lève sa Feuerzangenbowle sans alcool.
Tous les garçons la regardent avec envie.

— Mange, Belle ! Tu vas devenir trop maigre !

Je pique ma fourchette dans une saucisse, et il sourit.

— Mmm... la bonne saucisse, se moque Crash, en approchant sa fourchette de ma bouche comme une mère le fait quand elle essaie de faire avaler des pois ou autre chose à un enfant. Ouvre la bouche. L'avion va atterrir. Ouvre grand la bouche.

Je pouffe de rire. Que pourrais-je faire d'autre?

----o----

Si on peut décrire la personnalité d'un homme en fonction de son véhicule, je dirais alors que Tom Tanner est solide, qu'on peut se sentir en sécurité avec lui et qu'il a de gros pneus, beaucoup de ruban adhésif en toile qui maintient ensemble tous ses morceaux et une quantité modérée de chrome. Ses ailes sont un peu sales, et il aime conduire vite; si Tom est sa camionnette, alors il est confortable et il vous permet d'être assis suffisamment haut pour avoir une bonne vue du monde qui vous entoure, des autres voitures qui circulent, de l'ambulance qui fonce en faisant hurler sa sirène vers une urgence, de la camionnette en panne, qui est garée sur l'herbe, le capot ouvert.

Je ne suis qu'une passagère. Tom ne fait que me raccompagner. Je mâche de la gomme sans aspartame pour enlever le goût de la nourriture allemande dans ma bouche. La gomme à mâcher a déjà perdu sa saveur. La gomme à mâcher sans aspartame perd sa saveur au bout de deux secondes. J'en prends une autre. Tom souffle une bulle et la fait éclater. Je m'appuie contre le dossier de mon siège et je m'assois en tailleur.

Nous avons pris avec nous une sorte d'autostoppeur. Crash a dit qu'il ne pouvait plus supporter d'être dans la voiture de Herr Reitz et qu'il allait se suicider avec une saucisse s'il était forcé de rentrer avec cet hurluberlu. Tom a eu pitié de lui. Nous sommes donc serrés les uns contre les autres sur le siège de la camionnette et Crash profite bien du moment. Doublement bien. D'abord, il a réussi à se faire inviter à monter à bord de la camionnette de Tom. Puis, il plonge dans un sommeil inconscient. Sa tête est appuyée contre la fenêtre. Des ronflements sortent de sa bouche ouverte.

— Seigneur, marmonne Tom tout en continuant de conduire.

— On dirait des éléphants, je murmure.

— Plutôt des flatulences qui sortent de leur bouche, dit Tom en secouant la tête. C'est la dernière fois que je raccompagne quelqu'un chez lui. Ça m'apprendra à être gentil.

Je ferme les yeux et appuie ma tête sur le dossier.

— Et moi?

— Quoi, toi?

Crash laisse échapper un gros ronflement.

— Tu ne me raccompagneras plus jamais chez moi?

J'ai des picotements dans les paumes de mes mains. Trop tôt. Trop tôt pour avoir ces sentiments, je le sais. Trop tôt.

Tom prend ma main dans la sienne. Ses doigts l'entourent, et un frisson monte en moi à partir de mon ventre. Il garde ma main sous la sienne et dépose nos deux mains sur le volant. C'est comme si nous conduisions ensemble. Sa main emprisonne la mienne entre ses doigts chauds, sur le volant froid.

— Toi, dit-il. Toi, ma coco gauchiste. Je te conduirais n'importe où.

----o----

La nuit assombrit le territoire familier qui nous entoure. Il n'y a pas beaucoup de réverbères, même sur la Route 1A ; nous nous fions donc à la ligne jaune au milieu de la route et à notre intuition pour nous guider.

Au loin, nous apercevons les lumières clignotantes d'un gros avion juste au-dessus de la cime des arbres. D'après sa grosseur, c'est sans doute un avion-cargo de la Marine qui vient de décoller de Bangor. Je me demande si Tom aime les avions.

— Je ne sais pas tout de toi, je lui murmure tout bas, parce que même si Crash ronfle, j'ai peur qu'il n'entende.

Tom serre ma main.

— Comme quoi ?

— Comme ton mets préféré.

— Mon mets préféré.

— Oui.

Il soulève sa main et caresse ma peau du bout du doigt.

— Le panais et les oranges.

— Tu déconnes ?

Il hausse les épaules et sourit.

— J'aime le panais. C'est frais et croquant.

— Comme toi.

Il éclate de rire.

— Comme moi.

J'ai des picotements dans la main. Il trace un motif dessus avec son doigt. Son autre main tient fermement le volant. Le petit homme en ruban adhésif sur le tableau de bord me sourit. Il doit savoir que tout en moi picote.

— Pourquoi les oranges ? je demande d'une voix rauque qui me trahit.

— J'aime le jus quand elles sont vraiment fraîches et que tu mords dedans. Elles sont sucrées.

Il retire sa main et l'agite dans les airs.

— Ouais, mais quand tu mords dedans, leur jus gicle dans ton œil, dis-je en retirant ma main du volant et en la déposant sur mes cuisses. Abandonnée.

— C'est le risque à prendre, réplique-t-il.

Un souvenir remonte à ma mémoire.

— Tu avais l'habitude de partager tes oranges avec moi, en première année. Tu te souviens?

Tom fait signe que oui. L'avion disparaît de notre vue, masqué par le toit de la camionnette. Je continue d'évoquer mon souvenir.

— Et ta mère les coupait en quartiers. Et tu m'en donnais toujours un à la récréation. Nous restions près des balançoires et nous mordions dans ces oranges. Et je recevais toujours du jus dans l'œil, dis-je en faisant la moue.

Tom rit.

— Je sais et tu te fâchais toujours, et le jus coulait sur ton menton et tu l'essuyais avec ta manche, en plissant les yeux.

— Vraiment joli.

— Ça l'était.

Je prends un ton offusqué.

— Puis, tu nous poussais Mimi et moi sur nos balançoires, mais seulement à quelques reprises parce que tu finissais toujours par déguerpir pour aller jouer au soccer, sur un autre terrain.

Il ne dit rien. Crash pousse un ronflement plutôt sonore.

— Tu t'en souviens? je lui demande en murmurant encore une fois tout bas.

Je voudrais tellement qu'il s'en souvienne.

— Je n'ai jamais oublié, répond-il.

Nous continuons de rouler un peu et nous croisons l'ambulance du comté qui file à toute vitesse en direction du Maine Coast Memorial Hospital. Ses feux rouges affichent des messages d'urgence.

— Je devrais t'offrir une orange, dit Tom.

Il saisit ma main et l'emprisonne dans la sienne. Je me sens aussi bien que si j'étais chez moi, que si j'étais assise sur une balançoire, en première année, que si le jus sucré des oranges explosait sur ma langue.

----o----

Nous reconduisons Crash à son gros manoir près de la rivière Union et nous le secouons pour le réveiller.

Il hoche la tête très paresseusement, puis comme si quelqu'un venait d'allumer la lumière, il redevient le garçon plein d'énergie qu'il a l'habitude d'être.

— Hé, mec! Merci de m'avoir raccompagné.

Il bondit hors de la camionnette et effectue un saut de mains dans l'entrée menant à sa maison. Tom et moi éclatons de rire.

— Je ne peux pas croire qu'il t'a appelé «mec», dis-je.

Tom rit et embraye la transmission tandis que je m'éloigne un peu de lui en me glissant sur le siège. Il tend la main vers moi et dit :

— Où t'en vas-tu, coco ?

— Mec, je voulais juste te donner un peu plus de place.

Il m'attire lentement vers lui et se penche. Ses lèvres sont dangereusement près des miennes et il dit :

— Je n'ai pas besoin de place.

----o----

Nous nous disons qu'il est tôt et que nous devrions aller nous entraîner au YMCA, ce qui semble être une sorte d'engagement, le fait de nous entraîner ensemble, mais je n'y pense pas tandis que je grimpe l'escalier à toute vitesse, que je passe devant ma mère et que je vais dans ma chambre prendre des vêtements et mes chaussures de sport.

Elle m'arrête dans le couloir, me bloque le passage, les mains sur les hanches, mais un sourire au visage.

— Où vas-tu ?

— Au YMCA, que je lui réponds.

Elle hoche la tête et m'embrasse sur le front.

— Tu y vas avec Emily ?

— Avec Tom.

Elle serre les lèvres comme si elle se retenait de sourire. Je fais de même.

— Tom ? Tom Tanner ?

Je fais signe que oui et je passe à côté d'elle.

— Oui oui.

— Eh bien, amuse-toi et ne rentre pas trop tard, me lance-t-elle en riant.

Je me retourne et je vois sur son visage cet immense sourire de jubilation, comme si elle croyait que je suis une personne très drôle, vraiment rigolote.

— Maman ! je lui lance pour lui faire savoir qu'elle aussi est très drôle. Tu sais la chanson *Piña Colada* que tu chantes tout le temps ?

— Oui.

Muffin se glisse entre ses jambes.

— Les paroles ne sont pas *I am humping chimp's pain*. C'est *I am into champagne*.

Elle sourit en rougissant et pointe son doigt dans ma direction.

— C'est bon à savoir.

Je secoue la tête, je descends l'escalier et quitte la maison.

----o----

Le YMCA d'Eastbrook ne ressemble pas aux YMCA ultra-modernes des grandes villes. Il y a un gymnase, mais pas de piste intérieure. Il y a une piscine, mais elle a les dimensions d'une piscine d'un hôtel de bonne qualité. Le toit coule. La peinture sur les murs s'écaille et le plancher est toujours sale. Mais les personnes qui travaillent là-bas — Janine, Shane et Mike — sont formidables. Ils adorent les jeunes. Ils ont enseigné à tous les enfants d'Eastbrook la bonne façon de faire un tir au panier au basketball ou de frapper sur un ballon de soccer.

C'est Janine qui est à la réception quand Tom et moi pénétrons à l'intérieur. C'est elle qui m'a expliqué, quand j'avais 4 ans et étais en larmes, qu'on ne se fait pas mal aux orteils quand on frappe le ballon avec le côté du pied et non le devant. Elle est vraiment gentille. Tout le monde en ville était prêt à lyncher son mari quand il s'est enfui avec la nièce de 16 ans de Janine, il y a quelques années. Il s'est rendu au service au volant du McDonald's où la nièce travaillait, il a commandé un Big Mac et une portion de cochonneries. Ils sont partis ensemble et ils ont tourné la page. À voir Janine, cependant, on ne pourrait jamais le deviner. Elle est tout sourire et nous jette un regard étonné au moment où Tom et moi lui donnons nos cartes d'identité, ce qui est inutile étant donné que tout le monde connaît tout le monde de toute façon.

— Eh bien, voyez-vous ça! s'exclame-t-elle en nous tendant nos cartes d'identité. Tom Tanner et Belle Philbrick. Il est à peu près temps que vous veniez ici ensemble.

Je rougis, mais Tom se contente de lui lancer :

— Ça, vous pouvez le dire.

Janine ajoute :

— Vous vous rappelez quand vous jouiez au soccer, dans la catégorie des Mighty Mites, et que Dylan lui avait fait un tacle de côté parce qu'il voulait le ballon pour lui-même alors qu'il était dans la même équipe qu'elle?

Je secoue la tête, entièrement confuse, mais Tom hoche la sienne.

Janine se met à rire.

— Tu ne t'en souviens pas, Belle?

Elle n'attend pas ma réponse. Je remonte mon sac d'entraînement sur mon épaule et Tom reprend sa carte, tandis que Janine continue de parler.

— Tom a accouru comme un petit ambulancier, il a essuyé ton mollet, il m'a crié d'aller chercher un sac de glaçons, puis il a fait un tacle de côté à Dylan dès que la partie a repris.

Elle fait un petit signe de tête à Tom

— Quel âge aviez-vous?

Il hausse les épaules, et son sac d'entraînement bouge avec elles.

— Six ans? Sept ans?

— Je vous voyais déjà comme un couple, dit-elle en soupirant.

Elle secoue la tête en nous regardant comme si nous étions des imbéciles.

— Je ne peux pas croire que vous avez mis tout ce temps à le comprendre.

Tom saisit ma main et la serre dans la sienne.

Janine me jette un regard de cougar, et je reste figée devant le comptoir de la réception du YMCA. Derrière les portes fermées du gymnase, des bruits d'une partie de basketball nous proviennent. C'est la ligue masculine du mercredi soir. Je crois que le père de Tom joue dans cette ligue. Je veux détourner mon regard vers les portes, mais j'en suis incapable. Je suis un cerf hypnotisé par les phares des yeux de Janine. Voilà le problème avec la ville d'Eastbrook. Tout le monde possède un regard qui sait tout.

— Tu n'aurais jamais dû abandonner le soccer, me dit-elle, et je sais ce qu'elle veut dire.

Je n'aurais pas dû abandonner beaucoup de choses. Je pense à Gabriel, à la maison, qui attend que je gratte ses cordes. Je pense à Tom, debout près de moi, qui tient ma main. Je pense à l'amitié de Dylan.

Je peux avoir toutes ces choses. Je peux.

— Merci, Janine, que je lui réponds.

Elle me jette un regard entendu, comme si elle comprenait que j'avais saisi son message.

— Y'a pas de quoi, ma chère Belle, y'a pas de quoi.

----o----

En sortant du vestiaire, j'entends des voix masculines en colère provenir de la salle d'entraînement au bout du couloir. Je ne suis pas le genre de personne qui aime les batailles, surtout quand cela implique des types gonflés aux stéroïdes qui font de la musculation, alors je fais demi-tour et retourne vers le vestiaire. J'y suis presque rendue quand je l'entends prononcer mon nom.

— Merde, je marmonne.

Je cours vers la salle d'entraînement et j'ouvre la porte d'un coup sec. Janine, qui porte une jupe et des talons hauts, me suit.

Nous entrons dans la salle et nous nous arrêtons, déconcertées.

Tom et Dylan sont face à face près de la presse inclinée. Tom a les mains écartées devant lui comme s'il essayait de calmer un chien enragé. Dylan crache de colère et il a les poings levés dans les airs.

Je vacille en arrière, et Janine m'attrape et m'appuie contre le mur. Puis, elle court vers eux et marche sur l'une de ces serviettes blanches que les gens utilisent pour essuyer les appareils. Tom et Dylan ne l'ont même pas remarquée.

— Je te jure que je vais te tuer, grogne Dylan.

Il a les épaules courbées et tourne autour de Dylan comme s'il était prêt à bondir sur lui.

— Putain, Dylan. Calme-toi.

Tom le fusille du regard. Il y a de la haine dans ses yeux.

— Moi, me calmer? Pourquoi ne te calmes-tu pas, toi, putain de merde?

— Ta gueule, Dylan.

— Ta gueule, toi-même.

Si ce n'était de toute cette violence qui menace d'éclater, je rirais parce que leur conversation est trop stupide. J'ignore complètement la raison de leur colère. Je ne les ai jamais vus se battre. Oh! c'est faux. Tom a frappé Brandon Bartlett en quatrième année du primaire parce qu'il m'avait tiré les cheveux. C'était plutôt galant de sa part.

Mais je ne veux pas qu'ils se battent. Pas Tom et Dylan. Pas ici. Pas maintenant. Jamais.

— Les gars! je crie.

Mais ils ne remarquent même pas ma présence. Ils ne font que se fixer, les poings serrés, et tourner en rond. La rage emplit toute la salle d'entraînement, et les gens observent la scène; certains cessent d'effectuer leurs séries, d'autres ralentissent sur les appareils cardio.

Dylan se redresse et se mord les lèvres de colère.

— Tu t'es empressé de prendre la place, hein? Quoi? Le lendemain de notre rupture?

— Ta gueule, lance Tom en faisant un pas vers lui.

— Ouais, la seule façon que tu pouvais l'avoir, c'était après un chagrin d'amour. Tom Tanner, le mâle parfait. Tu n'attendais que le bon moment, n'est-ce pas?

Pendant un moment, ils sont tous les deux restés immobiles. Pendant un moment, ils sont restés silencieux. Quelqu'un derrière moi laisse tomber un poids sur le plancher.

— Dimanche, vous vous embrassiez, Bob et toi, dans le stationnement, alors ne viens pas me dire que j'ai agi trop vite.

Tom pointe du menton les poids libres, et j'aperçois Bob, debout près du mur. Il a l'air à la fois ahuri et fâché. Un poids de 4,5 kilos pend au bout de sa main. Il n'a absolument aucun tonus. Mais ce n'est pas important. Non, ce qui est important, c'est que les deux hommes de ma vie se montrent les dents comme des chiens sauvages, et je jure que je ne les reconnais pas.

Janine s'approche d'eux.

— Les garçons.

Ils n'entendent même pas l'avertissement qu'il y a dans sa voix.

— Et le pacte ? demande Dylan, en se redressant davantage. Tu avais promis.

— Foutaise, dit Tom en secouant la tête, en se redressant lui aussi et en laissant tomber ses mains. Je n'en ai rien à foutre du pacte. Tu l'as rompu en premier.

Dylan s'élance vers lui et lui balance un crochet de droite. Tom essaie de l'éviter, mais l'appareil pour les abdominaux l'en empêche, et le poing de Dylan atterrit sur le côté du visage de Tom. Je rebondis en arrière comme si c'était moi qui avais reçu le coup et j'essaie de me précipiter vers eux, mais d'autres personnes quittent leurs appareils cardio et se rassemblent autour d'eux, maintenant qu'il s'agit d'une vraie bataille en règle. Devant moi, il y a ce type du service de radiologie du laboratoire qui vient de déménager en ville. Il y a aussi M. Key, mon prof de science de cinquième année, qui tend les mains comme pour les supplier de faire la paix. Ils disent tous à Dylan et à Tom de cesser de se battre. Mais cela ne semble qu'attiser leur colère.

— Comment l'ai-je rompu en premier ? crie Dylan.

J'entends un poing frapper quelque chose, mais les gens me bloquent la vue et je ne peux pas avancer davantage parce que le type de la radiologie me retient.

— Cessez, les garçons, crie M. Key.

— Comment ? En étant gai ? lance Dylan.

Puis, il pousse un gémissement qui signifie que Tom l'a frappé. Tout dans mon corps tremble comme si la terre s'effondrait, comme si même mes organes, mes muscles et mes os avaient perdu toute stabilité.

Plusieurs personnes retiennent leur souffle.

— Je m'en tape que tu sois gai, dit Tom.

— Alors, c'est quoi ?

Janine fonce vers moi et me dit :

— Je vais aller chercher le père de Tom. Il est dans le gymnase. Ne les laisse pas s'entretuer.

Comme si c'était possible. Je fais tout de même un signe de la tête et réussis à me dégager du type de la radiologie, au moment où Tom dit :

— Non. Quand toi et Mimi avez commencé à vous voir, en troisième année du secondaire.

Mon corps vacille et je suis sur le point de tomber. Mon monde s'écroule. Mimi ? M. Key saisit mon bras et murmure mon nom, mais je me dégage et vais me placer derrière Tom. Dylan m'a trompée. Avec Mimi? Quand nous étions en troisième année du secondaire? Était-ce avant ou après que nous ayons commencé à nous fréquenter?

Tom a l'air de vouloir cracher au visage de Dylan et, d'après mon reflet dans le gros miroir, j'ai l'air de vouloir faire de même.

Dylan détache son regard de Tom et pose les yeux sur moi. Sa colère se dissipe. Ses poings redeviennent des mains avec des doigts. Il n'est plus le prodige que je connaissais; il a perdu son prestige. Tom secoue la tête.

— Tu as toujours voulu tout avoir, Dylan, mais ce n'est pas possible. Tu ne peux pas tout avoir. Personne ne le peut.

Dylan lève les yeux au plafond. Sa pomme d'Adam remonte dans sa gorge comme s'il cherchait à aspirer de l'air, et mon cœur souffre pour lui, malgré tout. Il murmure en direction du plafond :

— Je ne veux pas tout avoir.

Je passe devant Tom et je saisis Dylan par les épaules, l'obligeant à me regarder. Des larmes brillent dans le coin de ses yeux et ma voix s'adoucit.

— Alors, que veux-tu, Dylan?

Sa lèvre tremble. Son regard se pose sur Tom, derrière moi, et sur les gens qui nous entourent; puis, il dit dans un murmure :

— Je veux être moi-même.

— Oh! mon chéri, dis-je en le serrant dans mes bras.

Par-dessus son épaule, je vois les oreilles de Bob devenir rouges. Je laisse aller Dylan au moment où Tom se précipite à l'extérieur du gymnase, dans le couloir. Je me retourne pour le regarder partir. Mes bras se sentent vides, cependant. Mes bras sentent encore le besoin d'étreindre quelqu'un. Peut-être Tom. Peut-être Dylan.

Dylan essuie ses yeux, et Bob laisse tomber son poids sur le plancher. Derrière moi, M. Key lance :

— C'est bon. Allez, vous tous. Circulez, il n'y a plus rien à voir.

Pour Tom, Dylan et moi, cependant, l'histoire n'est pas terminée. Du moins, pas pour Tom. La formation de policier de son père en tant que figure d'autorité a dû déteindre sur lui parce qu'il revient en fonçant vers nous comme un taureau. Il saisit Dylan par le haut du bras et lui dit en guise d'avertissement :

— Mais tu ne peux pas faire du mal aux autres. Dans ta quête d'être toi-même, tu ne peux pas les écarter de ta vie.

Dylan hoche la tête et quelque chose durcit son regard.

— Toi non plus.

Tom retire sa main et il étend ses bras comme s'ils étaient des ailes.

— Moi non plus, convient-il.

Le père de Tom arrive une seconde plus tard. Et même s'il porte un short de basketball et un tee-shirt sans manches au lieu de son uniforme, il prend Dylan à part et se met à lui parler avec le ton calme et régulier qui lui est propre. Je suis certaine qu'il lui dit d'être prudent. Puis, il regarde Tom en le pointant du doigt et lui lance d'une manière toute paternelle :

— Je vais avoir une petite conversation avec toi à la maison.

Tom et moi sortons dans le couloir et allons dans un coin où personne ne peut nous voir. Je m'appuie contre le mur et Tom se place debout devant moi. Tout mon corps tremble contre les blocs de ciment froids que quelqu'un a peints en bleu et blanc dans l'espoir de redonner une beauté au YMCA, je suppose.

— Belle ?

Il y a dans sa voix autant d'interrogation qu'un souhait non exprimé.

J'ai peine à retenir mes larmes. Cette histoire entre Dylan et Mimi est la goutte qui fait déborder le vase. Je me demande si tout le monde le savait ou si c'était seulement Tom et pourquoi il ne me l'a jamais dit. À cause d'un pacte stupide ?

Une boule remonte dans ma gorge, mais je l'avale et lui demande :

— Pourquoi ne me l'as-tu jamais dit ?

— Tu m'aurais haï. Tu aurais cru que j'essayais seulement de briser votre relation parce que j'étais jaloux.

Je secoue la tête.

— Comment peux-tu le savoir ? dis-je d'un ton fâché.

— Je le sais, Belle...

Je serre les lèvres et je ne fléchis pas. Les yeux de Tom brillent de colère.

— Tu n'étais pas obligée de le serrer dans tes bras, dans le gymnase.

— Il était blessé.

Je le fixe dans les yeux et je me rends compte qu'il est blessé lui aussi. Il y a une plaie saignante sur son front, près de sa tempe, et celle-ci commence à enfler.

— Tu es blessé.

Je dépose ma main sur la tête de Tom, comme si je pouvais chasser la douleur par magie, comme si je pouvais simplement effacer la blessure. Je plonge mon regard dans le sien et je constate que la colère s'est dissipée, comme un avion qui disparaît derrière l'horizon.

— Je ne l'aime pas d'amour. Je ne suis pas certaine de l'avoir déjà aimé de cette façon, mais je sais que je l'aime autrement, maintenant.

— Et moi ?

Sa voix est suave et rude à la fois, âpre et rugueuse comme un tronc d'arbre, mais également puissante et solide comme un arbre entier.

Je ne retire pas ma main et je lui réponds :

— Je t'aime beaucoup Tom. Je t'aime vraiment beaucoup, mais c'est trop tôt et j'ai peur. Ça semble lâche. Je sais que ça semble lâche.

Je secoue la tête et laisse tomber ma main, puis je me détourne.

— Je me suis tellement trompée à propos de Dylan. Je ne veux pas me tromper encore une fois.

Il se penche vers moi, pose ses mains sur mes épaules et me regarde avec ses yeux couleur d'écorce et sérieux.

— Je te jure de ne jamais te causer du chagrin.

Je secoue la tête, au bord des larmes.

— Tu ne peux pas le savoir d'avance.

Il pose ma main sur sa joue.

— Si, si, je le peux.

Nous sommes assis dans sa camionnette garée devant chez moi. De temps à autre, ma mère vient dans le salon et jette un coup d'œil par la fenêtre, croyant qu'elle le fait discrètement.

— Ma mère nous surveille, dis-je en riant.

Tom me regarde, se mord la lèvre, puis commence à jouer avec son ruban adhésif en toile en le tordant rapidement et nerveusement.

— Je n'ai jamais compris pourquoi tu as commencé à jouer de la guitare à l'école primaire. Était-ce pour te faire aimer de Dylan ?

— Non.

Je regarde ses doigts plutôt que son visage ; j'essaie de deviner ce qu'il est en train de fabriquer.

— C'est parce que j'aime les histoires.

Ses doigts cessent de s'agiter un moment.

— Les histoires ?

— Ouais, les histoires. J'aime les chansons qui racontent une histoire et j'imagine que j'aime les raconter.

Je retire ma chaussure et j'essaie d'enlever un caillou qui est pris dans la semelle.

Tom coupe un morceau de ruban adhésif, saisit ma chaussure et colle le ruban dessus. Il me sourit longuement.

— Regarde.

D'un coup sec, il enlève le ruban. Le caillou est collé dessus.

— Wow !

Je prends le ruban adhésif et j'examine la terre et les petits cailloux collés dessus, toute la saleté sur laquelle j'ai marché, qui était collée à ma chaussure et que j'ai traînée avec moi sans jamais le remarquer.

— Alors pourquoi n'écris-tu pas d'histoires ? me demande-t-il en s'adossant à son siège.

L'éclairage intérieur de la camionnette donne une lueur légèrement dorée à son visage, ce qui me rappelle Dylan, ce qui me rappelle Dylan et Tom en train de se battre dans le YMCA.

La coupure sur son visage, près de son oreille, a cessé de saigner, mais l'enflure n'a pas disparu. J'approche ma main, mais je n'y touche pas.

— Ça fait mal ?

Il secoue la tête.

— Tu éludes la question.

— Je sais, mais je crois que je devrais aller te chercher de la glace.

— Seules les mauviettes ont besoin de glace. Réponds à ma question.

— D'accord, Superman. Je préfère les mots exprimés à voix haute. Parfois, les histoires semblent prétentieuses et je ne suis pas très bonne pour faire ressortir la musicalité des mots avec juste une feuille de papier et un crayon, ou à l'ordinateur, tu comprends... C'est différent.

Il s'approche de moi.

— Je t'écoute.

— Voilà, les compositeurs font partie de l'histoire. Ils font partie de cette tradition qui consiste à chanter les histoires d'autres individus et les leurs également, de toute évidence. Prends, par exemple, les vieilles chansons ; elles constituent des outils pour comprendre l'histoire des gens. Pas seulement les présidents et les intellectuels prétentieux, mais les gens ordinaires.

Il hoche la tête et éteint la lampe au-dessus de nous. Un hibou hulule quelque part dehors. Un chien lui répond en aboyant. Les lumières chez Eddie Caron clignotent comme si le chauffage venait de s'enclencher.

— Et chaque fois que tu chantes une chanson, tu la changes un peu, tu laisses ta marque. C'est ce qu'a déjà dit Pete Seeger, le célèbre compositeur folk.

Je bouge un peu sur mon siège et je poursuis.

— Je trouvais ça tellement prétentieux, avant. Dire que les chansons sont «des outils de compréhension». C'est tellement prétentieux.

Je secoue la tête parce que je suis parfois stupide.

— Tu as tellement peur d'avoir l'air prétentieuse, souligne Tom. Tu es la personne la moins prétentieuse que je connais.

— Vraiment ?

— Vraiment. Les personnes prétentieuses ne portent pas de chaussures Snoopy.

Je les admire.

— Les trouves-tu ridicules ? On ne peut pas dire qu'elles sont à la mode.

Il sourit et tire sur un des lacets pour le délacer.

— Je crois qu'elles te ressemblent.

— Dylan les détestait. Alors, je ne les portais jamais. Je les ai depuis des lustres.

— Elles sont jolies.

Il ferme les yeux une seconde, de la façon dont les gens le font quand leur tête leur fait mal.

— Tu es sûr que tu ne veux pas de glace ? je lui demande.

— Nan ! Je vais devoir rentrer bientôt.

— Ton père va-t-il te tuer ?

Il ouvre les yeux et sourit comme si cela n'avait aucune importance.

— Sans doute.

Son regard est si profond, intense et dangereux que je dois détourner le mien. De l'autre côté de la rue, j'aperçois la silhouette d'Eddie par la fenêtre de son salon. Il a écarté les rideaux et fixe la nuit, fixe la camionnette de Tom.

— Eddie nous surveille.

Tom hausse les épaules.

J'avale ma salive.

— Personne ne me l'avait déjà demandé, ne m'avait déjà demandé pourquoi je chante des chansons.

Il lève un sourcil.

— Même pas Dylan?

Je secoue la tête.

— Même pas Emily?

— Ce serait comme lui demander pourquoi elle prend autant de photos. Je suppose que c'est l'évidence même.

— *Pourquoi* prend-elle autant de photos? demande Tom.

Il prend ma main et enfile un bracelet en ruban adhésif autour de mes doigts. Il glisse sur ma peau et atterrit autour de mon bras. Tom le fait tourner lentement du bout du doigt.

J'ai de la difficulté à parler avec ma voix normale.

— Elle a peur de perdre les gens. Elle a peur d'oublier des choses à leur sujet.

Les mots sortent lentement et avec difficulté parce que mon cœur lutte contre deux choses étranges. Il a des picotements parce que Tom caresse mon bras et il est triste pour Emily et son côté adorable.

Tom se penche encore plus vers moi.

— Il y a cependant des choses qu'on n'oublie jamais.

— Je sais.

Ma voix devient un murmure comme si elle possédait une vie qui lui est propre.

— Et des personnes non plus. N'est-ce pas, coco?

Je n'ai pas le temps de répondre : ma voix a succombé aux portes du paradis parce que les lèvres de Tom sont pressées contre les miennes. Ma voix est trop

attentive à ce qui se passe pour faire autre chose que se
réjouir.

----o----

Quand nous cessons de nous embrasser, je lui demande :

— As-tu toujours su qu'il était gai ?

— Pas toujours, répond Tom en haussant les épaules
et en détournant la tête. Il m'aimait bien autrefois. J'ai
alors eu un doute. Puis, il a fait comme s'il ne m'aimait
pas. Et c'est à ce moment que nous avons fait ce pacte.

J'avale difficilement ma salive. Je prends sa main
dans la mienne et je lui pose la question parce que je
dois savoir. Je détesterais le savoir maintenant.

— L'aimais-tu, toi aussi ? De cette façon ?

Il me regarde de nouveau et serre ma main.

— Non.

Puis, je me liquéfie parce qu'il m'embrasse ; mon
ventre se colle contre le sien et je pose mes mains sur sa
poitrine et ses cheveux.

— Je crois que je suis prête à aimer de nouveau,
dis-je quand nos lèvres se séparent.

— J'en suis fort aise.

----o----

Tom m'a raccompagnée à la porte, mais je n'entre pas
dans la maison. Je me retourne plutôt et je le salue de la

main en le regardant partir. Je me sens comme s'il partait pour toujours et que je ne le reverrais jamais. Eddie Caron est debout dans son entrée, près du chemin.

Les phares de la camionnette de Tom l'éclairent en passant, faisant scintiller un reflet jaune dans ses yeux. Il a une mine renfrognée.

— Hé! Eddie! je lui crie.

Il ne dit rien; il ne lève même pas la main pour me saluer.

Je fais une autre tentative.

— Bonne nuit, Eddie!

Il ne bouge toujours pas. Je frissonne et j'ouvre la porte. Je pénètre dans la lumière chaleureuse de ma maison, prête à affronter les milliards de questions de ma mère à propos de Tom. Ne vais-je pas un peu trop vite? Suis-je heureuse?

— Je veux que tu sois heureuse, ma chérie, alors fais attention. Il ne faudrait pas que tu entres trop vite dans une nouvelle relation, dit-elle, appuyée contre le comptoir de la cuisine.

Je me hérisse.

— Tu n'aimes pas Tom?

— J'aime beaucoup Tom, il a toujours été un garçon exceptionnel. Tu te rappelles les mots d'amour qu'il t'écrivait à la maternelle?

— Non.

J'essaie de me rappeler, mais non, je ne me souviens de rien.

— Je croyais que c'était Dylan.

— C'était Tom.

Elle sourit et m'ouvre les bras. Je m'avance et me serre contre elle, et tout va de nouveau mieux dans le meilleur des mondes pour nous deux.

----o----

J'appelle Em sur son téléphone portable. Je sais qu'elle le dépose toujours sur sa table de chevet au cas où un ami l'appellerait d'urgence, tard le soir.

— Je suis complètement folle de désir pour Tom, je murmure afin que ma mère n'entende pas.

— Je sais.

— C'est trop tôt, dis-je en glissant mes pieds hors du lit.

Je trottine jusqu'à la fenêtre, j'ouvre le rideau pour regarder la rue, là où Dylan m'a appris qu'il était gai, pour regarder le ciel de nuit.

— C'est vraiment tôt, murmure Em en bâillant.

— Je t'ai réveillée.

— Ça va.

— Dylan et lui se sont battus, ce soir, au YMCA.

— Oh! La vache!

— C'était vraiment hallucinant. On aurait dit des hommes de Néandertal.

— Ils se battaient pour toi?

Je saisis le rideau un peu plus fort et je regarde en direction de la maison d'Eddie.

— Oui. Non. Je ne sais pas. C'était bizarre. J'aime vraiment Tom, cependant.

Une grande silhouette avance dans l'entrée d'Eddie Caron ; elle s'arrête au bord du chemin, face à ma maison, et regarde dans ma direction. Je ne vois toujours que sa silhouette. Je ne bouge pas.

Em se remet à murmurer.

— Parfois, rien ne semble logique. Parfois, les choses n'arrivent pas exactement au moment où on voudrait qu'elles arrivent, le sais-tu ? Si tu aimes Tom, tu aimes Tom. Si tu t'en sers pour te consoler, eh bien, console-toi avec lui. Au moins, tu ne fais pas ta Mallory et tu ne t'apitoies pas sur toi-même en jouant à la « pauvre moi, mon ex-petit ami est gai ».

— Ouais.

Je salue Eddie de la main parce que c'est sûrement lui là-bas.

Il ne me salue pas. Il ne me voit peut-être pas. Il lève plutôt la tête vers le ciel. Les lumières d'un avion clignotent haut dans les airs. Sa cabine est sans doute pleine de passagers endormis, prêts à atterrir dans de nouveaux lieux, à entreprendre de nouvelles aventures, peut-être même une nouvelle vie.

— Crois-tu qu'il n'est qu'un amour de passage ? Que je m'en sers pour me consoler ? je demande à Em.

— Non.

— Pourquoi pas? je lui demande au moment où Eddie retourne lentement chez lui en traînant les pieds.

— Parce que je crois que vous êtes faits l'un pour l'autre. Vous vous désirez depuis le début de l'école secondaire. Vous avez simplement réprimé ce désir.

Je laisse cette pensée pénétrer en moi et j'appuie ma tête contre la fenêtre froide.

— Je viens d'apercevoir Eddie Caron dehors. Il regardait en direction de ma maison.

— Oh! Putain! Ça fait presque peur.

Em oublie de parler à voix basse, et j'entends aussitôt la voix de sa mère qui lui crie de raccrocher.

— Merde, dit Em. Je dois te laisser. Désolée. Salut.

Je tiens mon téléphone dans ma main et je regarde Eddie rentrer chez lui. Il franchit la porte et pénètre à l'intérieur sans allumer la lumière. Il doit savoir s'orienter chez lui dans le noir. Au-dessus de nous, l'avion a disparu. Il s'en va vers un monde meilleur.

Parce que je ne cesse de revoir des images du poing de Dylan atteignant le visage de Tom et parce que je résiste à l'envie d'aller regarder Eddie par la fenêtre ou d'être obsédée par le fait que Dylan m'a trompée avec Mimi, le stéréotype de la pire salope que j'aie connue dans ma vie, je m'installe à mon ordinateur pour dresser une autre liste.

RAISONS POUR NE PAS EN PINCER POUR TOM TANNER

1. Parce que je suis encore en peine d'amour et qu'avec ses jambes musclées de joueur de soccer, il est trop beau pour que je m'en serve uniquement pour me consoler. Cesse d'y penser continuellement !

2. Parce qu'il bricole des choses avec du ruban adhésif en toile et que c'est un peu particulier, même si en matière de fantasmes, ça pourrait être... Cesse d'être obsédée par ça également !

3. Parce qu'il a de toute évidence une mauvaise influence sur ta moralité étant donné qu'il te fait sans cesse penser à des choses auxquelles tu ne devrais pas penser.

4. Parce qu'il t'amène à te demander pourquoi tu ne devrais pas avoir ces pensées obsessives à propos de ces choses.

5. Parce que c'est trop tôt. C'est trop tôt et cela entacherait ta nouvelle relation avec Dylan, qui était parfait, même s'il était gai. Bon d'accord. Ce n'est pas vrai étant donné qu'il a eu cette aventure avec Mimi Cote, ce qui est tellement dégueulasse qu'il n'y a pas de mots pour le décrire. Finalement, ce n'est pas une bonne raison. Je devrais la rayer de ma liste.

6. Parce qu'il t'amène à te demander si faire l'amour avec un hétéro est différent de faire l'amour avec un gai. N'Y PENSE PAS NON PLUS.

7. Parce qu'il savait que Dylan a eu une aventure avec Mimi et qu'il ne te l'a pas dit.

8. Parce qu'il respecte une promesse prise en deuxième année du secondaire, même si personne d'autre ne le fait.

Jeudi

— JE CROIS QUE J'EN PINCE pour Tom Tanner, que je lance à Emily dès que nous quittons mon entrée.

— Ça alors! Tu t'es vite décidée! s'exclame-t-elle d'un ton ironique. Ce n'est pas comme si tu ne m'en avais pas parlé hier soir.

— Ferme-la.

Elle ricane et me donne une tape sur la cuisse. Puis, elle sourit à pleines dents. Tout comme moi.

— Je suis certaine que c'est juste pour me consoler de mon chagrin d'amour, dis-je en continuant de sourire.

— Bien sûr. Il embrasse bien?

Elle mordille le bout de ses doigts.

J'arrache sa main de sa bouche.

— Cesse de te ronger les ongles!

Elle hoche la tête.

— Et il bricole toutes ces choses avec du ruban adhésif en toile..., j'ajoute en laissant ma phrase en suspens.

Em hausse plusieurs fois ses sourcils d'un air coquin.

— C'est cochon!

Quelqu'un dans une fourgonnette klaxonne parce qu'elle lui a coupé la voie et elle crie au conducteur :

— Hé! Ici, dans le Maine, on ne klaxonne pas les gens!

Je jette un coup d'œil à la plaque d'immatriculation.

— Ils viennent du Connecticut.

— Ils devraient le savoir, dit-elle en colère.

Puis, elle oublie, tourne à l'intersection d'une école et sourit.

— Tu t'es vite remise de ton chagrin d'amour.

J'avale ma salive tout en regardant les New-yorkais fâchés, devant nous, qui agitent leurs bras.

— Je sais. Je me sens coupable.

— Mais non. Il s'en est bien remis, lui.

Je hausse les épaules. Je lui parle de ce qui est arrivé au YMCA, de Mimi et de Tom.

— Putain! Quelle semaine tu as eue! Tu as une meilleure voix aujourd'hui.

Elle allume la radio.

— Ouais.

Je n'avais pas remarqué, mais elle est redevenue normale.

— Crois-tu que ce soit mal que je me sois remise si vite de mon chagrin d'amour?

— Non!

Elle me fait de gros yeux.

— Non, je ne le crois pas. Ta vie continue, ma chère!

— Ouais, dis-je.

— Ouais! crie-t-elle.

— Ouais! je crie à mon tour.

— Tu sais, quand on y pense, Tom et toi avez toujours été faits l'un pour l'autre. Il t'a donné cet anneau sur lequel était écrit JE T'AIME, en première année ou quelque chose du genre. Tu te souviens? Et puis Mimi te l'a emprunté et elle l'a perdu.

Em tourne sur une autre route.

Je m'en souviens. Mimi a toujours voulu avoir ce qui m'appartenait. Dylan a toujours voulu être qui il est vraiment. Tom m'a toujours voulue. Et moi, qu'ai-je toujours voulu ?

Nous passons devant les champs de bleuets. Les pierres et les petits arbustes sont couverts de givre, ce qui les rend encore plus magiques ou peut-être est-ce tout ce paysage givré qui est magique.

Em met en marche le lecteur de CD.

— Tu veux chanter ?

— Oui.

Nous fredonnons des airs à la guimauve. Puis, Emily change le CD.

— C'est la musique de Dylan. Ce n'est pas ta musique. Écoutons plutôt du Dar Williams.

— Tu veux chanter des chansons folks ?

— Ouais. C'est mieux, non ?

Le son des guitares et la douce voix de Dar Williams sortent à plein volume de ses haut-parleurs. Em prend une photo de moi en train de chanter. Si seulement j'avais Gabriel avec moi, ma chère guitare. Je prends le modèle réduit en ruban adhésif dans mon sac à main et je fais semblant de jouer. Em rit et prend une autre photo. Elle s'amuse tellement à me prendre en photo qu'elle a failli emboutir la fourgonnette de New York. Nous éclatons de rire et montons le volume.

— Ouais ! je crie. Ça sonne vraiment bien.

Puis nous chantons. Ma voix sonne grave et remplie de plein de choses. Ma voix résonne comme moi, pas une voix bien ajustée, mais plutôt une voix folk, comme si elle était accompagnée de guitares. En plus, j'aime ça. Je l'aime comme ça. C'est vraiment bien.

Dylan m'attend près de mon grand casier en métal, numéro 238 pour qui ça intéresse. Il est appuyé dessus comme il avait l'habitude de le faire. J'avale ma salive. J'ai peut-être tout imaginé. Ce n'était peut-être qu'une grosse farce lamentable. Mais les mains tremblantes de Dylan et ses yeux tristes de chien battu me disent que c'est vrai. Tout est vraiment arrivé. Mon cœur se serre, mais mes pieds continuent d'avancer comme s'ils étaient sur le pilote automatique.

— Salut ! je lui dis.

— Salut, répond-il en penchant légèrement la tête à droite.

C'est tellement triste que je l'attire vers moi et le serre dans mes bras tandis que des élèves passent près de nous. Ils se retournent et nous regardent. Ils ne le font pas exprès, mais tout le monde nous voit.

Il se dégage le premier et dit en essuyant son œil du revers de la main.

— J'ai lu le mot que tu m'as donné.

Je hoche la tête.

Sa voix se casse.

— Merci. Ça m'a beaucoup touché. Tu comptes beaucoup pour moi.

— Ouais.

J'essuie une larme qui a coulé de son œil et qui suit le contour de sa joue, en direction de son menton.

— Toi aussi, tu comptes beaucoup pour moi.

Il avale lentement sa salive, hoche la tête et fait un pas de côté afin que je puisse mettre mes affaires dans mon casier. Il m'aide à retirer mon manteau. Je le suspends et je prends le matériel dont j'ai besoin en essayant de trouver quelque chose à dire.

— Tu sais qu'Eddie Caron menace de te casser la gueule?

Il hausse les épaules.

— Il menace toujours de casser la gueule à quelqu'un.

— Tu peux toujours parler. Je t'ai vu battre Tom avec acharnement, hier soir.

Dylan sourit.

— Les gais savent se battre, eux aussi, tu sais.

— Merci, monsieur je-brise-le-stéréotype.

Em s'approche.

— Ça va? demande-t-elle.

Je hoche la tête.

— Tu sais, Eddie Caron était gentil avant.

— Quand ça? aboie Dylan.

— Quand nous étions petits, dis-je en revoyant Eddie Caron construire des châteaux dans la boue, au bord du chemin, et faire peur aux intimidateurs de la troisième année lors de notre première journée de maternelle.

Dylan transfère son poids d'une jambe à l'autre et affiche un air plus détendu qu'en début de semaine. Anna passe près de nous et lève ses pouces dans les airs comme si elle était fière de nous voir en train de nous parler. Nous la saluons de la main et Dylan dit :

— Tu essaies toujours de voir le bon côté des gens, Belle. Parfois, il n'y a rien de bon à voir.

Je fais un petit signe de tête. L'ambiance entre nous est douce et lourde à la fois, facile et difficile. Je peux presque goûter l'inquiétude qu'elle renferme.

— J'ai entendu dire que Bob et toi alliez à la soirée dansante.

— Oui.

Il transfère de nouveau son poids sur son autre jambe, passe la main dans ses cheveux blonds. Mon petit prodige. Mon Dylan.

— Ça ne te dérange pas ? demande-t-il.

Je fais un pas en arrière. Je cherche son regard. Mes mains ne picotent pas. Mais mon cœur bondit d'amour.

— Non.

Et c'est vrai.

— Où est Gabriel ?

— Je n'ai pas joué depuis un bon moment.

Je fais une pause et regarde Em fouiller dans son sac, sans doute à la recherche de son appareil photo.

— Pas depuis notre rupture.

— C'est stupide.

— Je sais.

Je souris et hausse les épaules parce que c'est effectivement stupide d'abandonner si facilement une chose qui compte tellement pour moi.

— Tu peux me traiter de stupide.

Puis, soudain, Dylan sourit. Enfin, je le retrouve, mon prodige tout rayonnant.

— Tu es ma meilleure amie, Belle.

Je plisse le nez. Il avait l'habitude de dire que je ressemblais à un lapin quand je plissais le nez ainsi.

— Ouais. Tu es également le mien. Mais ce qui s'est passé entre Mimi et toi me fait vraiment chier.

— C'était stupide.

— Oui, vraiment. Tu m'as beaucoup menti, tu sais, à propos de Mimi, à propos de Bob.

Mais en vérité, tous ces mensonges ne me font plus mal.

— Tu es un crétin, dis-je pour le taquiner tout en le frappant à l'épaule.

Il me frappe à son tour. Je lui redonne un coup, plus fort cette fois-ci. Il frotte son bras et dit :

— Vas-tu continuer de m'aider parfois avec mes devoirs d'économie ?

Je secoue la tête en souriant.

— Tu es tellement profiteur.

Il éclate de rire.

— Je sais.

Puis, il redevient sérieux.

— Tu sais, j'étais vraiment *attiré* par toi.

Je souris.

— Je sais.

— Je veux dire… sur le plan sexuel.

Je hoche la tête et je sens mes joues rougir.

— Mais tu étais gai.

Il hoche la tête.

— Je crois que j'ai essayé de ne pas être gai, mais ce n'était pas la réalité. Je veux dire... Ne va surtout pas croire que tu n'es pas attirante.

Il rit.

— Mais je préfère les garçons.

Il regarde le plafond comme s'il voulait se cacher dans les taches d'eau. Puis, il baisse son regard sur moi. Il mord sa lèvre et me sourit.

— Tu préfères *beaucoup plus* les garçons, je précise.

Il hoche la tête et me serre dans ses bras.

Je le laisse faire. Je lui rends son étreinte et c'est si bon. Je ne ressens aucun picotement, mais c'est bon. Mais ce qui est encore mieux, c'est à quel point ça ne me fait plus mal.

— Je ne suis pas certaine que Bob soit assez bon pour toi.

Il me fixe droit dans les yeux.

— Et Tom ? Tu crois qu'il est assez bon pour toi ?

La cloche sonne.

— Nous ne devrions peut-être pas nous engager sur ce terrain, monsieur le bataileur.

Il m'agrippe et m'entraîne avec lui dans le couloir comme il le faisait quand nous nous fréquentions. Sauf que cette fois-ci, c'est un geste amical. Comme le ferait Emily.

— Tu as sans doute raison.

EM PREND UNE PHOTO DE DYLAN ET MOI en train de nous sourire comme deux arbres au milieu de l'été qui partagent le secret du vent. Puis, elle s'enfuit à la recherche de Shawn.

TANDIS QUE DYLAN FILE VERS SON COURS D'ÉCONOMIE et, moi, vers mon cours de droit, j'entends encore une fois, le méchant murmure de haine qui rebondit par-dessus les épaules de Kara Raymond et m'atteint en plein visage.

— Fille à pédés.

Je me retourne pour la voir. Mimi. La fille que Dylan n'a pas choisie quand il m'a choisie. Ou il l'a peut-être choisie. Qu'en sais-je? Je fonce vers elle à grands pas furieux. Elle reste figée sur place, avec sa minijupe tendue sur les formes rebondies de son corps. Elle reste figée et me regarde fixement avec ses yeux trop maquillés et ses cheveux qui lui cachent la moitié du visage. Elle reste figée et me regarde fixement. La haine sort de tous ses pores, de ses vêtements, de ses cheveux.

Je m'arrête à cinq centimètres de son visage. Je serre les poings. Sebastian Puller, une petite peste de cinquième année du secondaire qui se fait continuellement suspendre de l'école, crie:

— Une bataille de filles!

Mimi aurait plutôt tendance à battre en retraite, je le sais, mais elle est figée sur place. Elle dégage l'odeur des cigarettes de sa mère. Sa mère fume. Chaque fois que j'allais jouer chez elle, je revenais avec cette même odeur.

— Mimi, je lui lance. T'as rien de mieux à foutre?

Elle me regarde en plissant les yeux. Mais elle recommence. Elle le redit. Elle me le crache au visage.

— Fille à pédés.

Tous ceux qui nous encerclent retiennent leur souffle, mais je me contente d'expirer et de rire. Je ris parce que c'est trop stupide, vraiment trop stupide. Kara Raymond ricane également, puis, prenant une attitude moralisatrice, elle est sur le point d'engueuler Mimi, mais je la devance.

— Quoi Mimi ? Je suis une fille à pédés parce que je sortais avec Dylan que, de toute évidence, tu aimes encore ? Je suis une fille à pédés parce que je me fiche qu'il soit gai, que je suis encore son amie ? Ç'est ça qui te dérange ? Et alors ? Je devrais le traîner derrière une camionnette ou le jeter en bas d'un pont ? C'est ce que tu crois ? Putain ! Dylan est une bien meilleure personne que toi, Mimi. Tu ne seras jamais à sa hauteur. Et il est mon ami. Oui, mon ami et si ça fait de moi une putain de fille à pédés, eh bien, je m'en fiche !

La deuxième cloche sonne. La cloche qui signifie que nous allons être en retard. Puis, Mimi me crache à la figure :

— Tu te trompes tellement, petite conne. Tu crois que tout le monde est bon, tout le temps, mais c'est faux. Tu transformes tout le monde en paroles de chansons et en héros, mais personne n'est bon. Personne.

— Ferme-la, Mimi. Cesse de faire la garce ! crie Kara Raymond, en essayant de venir à ma rescousse.

Mais je n'ai pas besoin de son aide. Je ne crois pas.

— Foutaise ! que je lance à Mimi.

Elle lève un sourcil.

— Ah oui? Et ton petit ami gai, il a été sincère? Savais-tu qu'il m'a embrassée juste après que vous ayez commencé à vous fréquenter? Le savais-tu?

— Oui, je le sais, je réponds en soupirant.

Elle fait une pause, puis poursuit.

— Et je parie que tu crois que Tom est un beau prince lui aussi, hein? Eh bien, il ne l'est pas. Il embrasse mal. Ce n'est pas comme si tu allais le découvrir parce qu'après tout, tu n'aimes que les gais, non? Merde. Il t'aime depuis toujours et tu ne l'as jamais regardé, jusqu'à ce que Dylan te largue.

Mes mains tremblent. Kara veut s'en prendre à Mimi encore une fois, mais je la retiens.

— Ta gueule, Mimi.

— Pourquoi? Parce que tu ne veux pas savoir à quel point tu te leurres?

Je laisse aller Kara, et elle fonce sur Mimi avec une voix de guerrière.

— Ferme ta gueule, Mimi. Comme si toi et ton soutien-gorge à balconnet n'étiez pas des leurres? Belle est...

Mais je ne l'entends pas parce que je me retourne et je m'éloigne. Je m'en vais à mon cours de droit et je m'en fiche. Je me fiche de Mimi Cote ou du méchant Sebastian Puller ou de la vigilante Kara Raymond ou de tous ces élèves qui me regardent. Je me fiche d'être une fille à pédés ou de me leurrer. Je me fiche que mon seul défaut est d'avoir juré devant toute l'école et que si un prof le découvre, je serai en retenue pour la première fois de ma vie. Je me fiche de tout sauf d'essayer de ralentir le staccato des battements de mon cœur.

— Gouine!

Je me retourne et je vois Mimi encore plantée au milieu du couloir et qui me montre son majeur.

Kara pouffe de rire.

— Gouine? C'est tout ce que tu as trouvé, Mimi? Ça alors! Belle est la fille la plus pathétiquement hétéro-sexuelle de l'école. Elle est passée de Dylan à Tom en à peu près deux jours. Trop drôle!

— En quatre jours, je crie en souriant. Quatre jours, si on compte samedi. Trois si on ne le compte pas.

Mimi me fixe du regard et j'ajoute :

— Et puis, il embrasse très bien. Formidablement bien!

Shawn est apparu dans le couloir et il se tient près de moi. Il pousse un cri de victoire. Puis, il commence à applaudir. Kara applaudit également et d'autres élèves se joignent à eux. Personne ne fait mine de se précipiter en classe parce que le combat entre Mimi et Belle est trop excitant pour ne pas s'y arrêter. C'est comme assister à une émission de télé-réalité dans le couloir, j'imagine.

— Tu es une pute, alors, crache Mimi.

Mais, il est trop tard pour que cela puisse m'atteindre. Elle est trop pathétique.

Shawn lève la main pour que je tape dans la sienne. Je rate un peu sa main parce que je ne suis pas très bonne dans ce genre de geste, mais c'est tout de même bien.

Puis, je ris moi aussi parce que c'est tellement triste. Je ris parce que Kara a raison et que c'est ridicule à quel point je me laisse diriger par mes hormones. Je ris parce que Mimi est une chipie tellement pathétique, ennuyante et sans la moindre originalité. Et le pire est qu'en deuxième année du secondaire, quand nous étions des meneuses de claques, tout ce qu'elle a dit m'aurait complètement démolie. Mon monde se serait écroulé.

Et maintenant?

Maintenant, j'ai un ex-petit ami qui est gai, une nouvelle relation amoureuse et un voisin à moitié psychopathe qui surveille la fenêtre de ma chambre, la nuit.

Mais je ne vais pas faire une Mallory de moi-même pour autant. Je vais simplement tourner la page. Je veux dire, à la maison, je pourrais sans doute prendre Gabriel et composer une très belle chanson à propos de tout cela. Cette pensée heureuse me fait sautiller dans le couloir. Je suis plus heureuse que j'ai le droit de l'être.

À MIDI, EMILY ET MOI abandonnons notre table habituelle et allons nous asseoir avec les joueurs de soccer. Tom est assis en face de moi et il étire ses jambes. Il me regarde boire mon Postum et mange sa pointe de pizza.

— J'ai entendu dire que tu avais eu une petite prise de bec avec Mimi Cote.

Il lève un sourcil. Comment s'y prend-il ?

— Ouais.

Je porte ma tasse à ma bouche pour éviter d'en parler, mais Emily, qui est en train de décrire en détail ce qu'elle allait porter à la soirée dansante, s'arrête au milieu d'une phrase.

— Quoi ? aboie-t-elle.

— Mimi m'a traitée de fille à pédés, j'explique. Alors, je lui ai dit de cesser.

Les narines d'Emily frémissent comme celles de ma mère quand elle est en colère.

— La salope ! Je vais la tuer.

Shawn se met à rire et il couvre la bouche d'Emily avec sa main.

— Du calme, ma chère. Belle a parfaitement pris en main la situation, n'est-ce pas, Belle ?

— Ouais, je réponds.

Tom me sourit et secoue la tête.

— Je maîtrise parfaitement bien la situation, j'ajoute.

Fin de la conversation, n'est-ce pas ? Faux.

— Elle t'a également traitée de gouine, non ? demande Tom.

Il esquisse un sourire. Je lui jette un regard furieux parce que je sais qu'il essaie simplement de faire sortir Em de ses gonds. Et il en faut bien peu, comme toute la ville le sait.

Emily lèche la main de Shawn pour qu'il la retire. Dégoûté, il l'enlève et l'essuie sur sa cuisse. Emily n'y prête pas attention parce qu'elle est trop occupée à crier :

— Elle a fait quoi ?

J'avale une gorgée de Postum.

— Elle m'a traitée de gouine.

Emily grogne et peste durant une minute pendant que nous rions d'elle. Elle finit par comprendre.

— Quoi ? Quoi ? Ça ne te dérange même pas ?

Je secoue la tête.

— Non. C'est triste. Elle est vraiment pathétique.

Emily secoue la tête.

— Eh bien, je crois que c'est une garce.

— Une garce pathétique, je conviens.

— Tu ne l'es pas, non ? me demande Shawn, le regard brillant.

— Quoi ?

— Homosexuelle ?

Emily laisse tomber son baguel.

— Connard ! Comment peux-tu être aussi stupide ?

Elle se lève et se dirige à grands pas furieux vers la file de la cafétéria. Shawn sourit et va la rejoindre, nonchalamment. Tom et moi les regardons discuter. Em n'arrête pas de pointer son doigt sur lui. Shawn

maintient ses bras ouverts devant lui comme s'il capitu-
lait ou qu'il s'attendait à une étreinte, sauf qu'il n'arrête
pas de reculer.

— Ils sont déjà en train de se disputer. Ils commencent à peine à se fréquenter.

— Ça doit être l'amour, lance Tom.

Il me tend sa pointe de pizza.

— Tu en veux?

Je fais signe que non.

— Alors, en es-tu une?

Il lève encore le même sourcil.

Je lui donne un coup de pied sous la table, et il
emprisonne mon pied entre ses mollets durs comme le
métal. Mes joues s'enflamment. Ma jambe me donne la
sensation d'être en feu, mais c'est un feu agréable. Je lui
lance un regard furieux.

— Non, dit-il en souriant. Je dirais que non.

Il garde mon pied emprisonné durant tout le repas
de midi. Je fais comme si je voulais le dégager, mais je ne
le veux pas vraiment. Je ne le veux pas du tout.

NOTRE FŒTUS DE PORC PORTE des marques de couteau et de dissection. Em prend une photo.

— Ce qu'elle est dégueulasse, dit-elle.

— Elle a vraiment mauvaise mine, dis-je en essayant de replacer des bouts de chair pour qu'elle ait de nouveau l'air d'une truie, mais le fait est qu'elle ne retrouvera jamais son apparence. Que font-ils avec les porcs quand nous en avons fait le tour ?

Em hausse les épaules. Sa lèvre tremble.

— Ils les jettent ?

— Je ne veux pas qu'ils jettent Pamela quelque part dans une poubelle, dis-je. Je veux me souvenir d'elle.

Em hoche la tête et me montre son appareil photo.

— Voilà pourquoi j'ai pris des photos. Je vais les télécharger et je vais t'en donner une, d'accord ?

Em a pris beaucoup de photos de Dylan et moi. Un jour, je vais les regarder de nouveau et je vais essayer de tout comprendre, mais pas maintenant. C'est trop tôt. Pamela, le fœtus de porc ? Ça, je peux le supporter.

Je lui souris, à ma chère amie Emily, et je hoche la tête.

— Oui, ça me ferait plaisir. Tout va bien avec Shawn ?

Elle retourne son appareil et se prend en photo.

— Oui. Mais parfois, il est tellement stupide. Il a de la chance d'être aussi beau.

Elle dépose son appareil photo. M. Zeki bavarde avec la jolie stagiaire à l'avant de la classe et ne nous prête pas attention.

— Qu'allons-nous faire à propos de Mimi ? demande Em.

— Mimi ? Rien.

Em n'aime pas cette réponse. Elle fait tambouriner ses doigts sur la table de laboratoire et attend.

— Nous pourrions donner son nom à notre prochain fœtus de porc ?

Em regarde la pauvre Pamela.

— C'est une foutue bonne idée.

À MON ARRIVÉE DANS LE COURS D'ALLEMAND, Tom me regarde en levant un sourcil. Je rougis et je sors mon cahier, même si nous ne nous en servons jamais. Dehors, les arbres ont perdu toutes leurs feuilles. Le temps est gris et oppressant. Une autre journée typique à l'aube de l'hiver dans le Maine.

Tom se racle la gorge derrière moi.

Je me retourne.

— Tu ne me dis pas salut? demande-t-il en me souriant.

Mon cœur bondit dans ma poitrine, mais je prends un air dégagé. Je ne veux pas que ça paraisse.

— Salut.

Son sourire s'agrandit. Je rougis. Il rit.

Crash crie :

— Tom et Belle sont encore en train de se draguer.

Herr Reitz enfile son nez de clown. C'est difficile de prendre un prof au sérieux quand il porte une perruque multicolore et des chaussures jaunes géantes. Il parle cependant d'un ton sérieux.

— Peux-tu le dire en allemand, Rasheesh?

Crash secoue la tête.

— Jamais de la vie, répond-il.

Puis il lève ses mains dans les airs et dit :

— *Tomen et Bellen ist geflirten, ja* ?

Il fait un salut. Herr Reitz le fusille du regard. Il retire son nez de clown.

— Belle, pourquoi ne fuis-tu pas ces imbéciles et ne vas-tu pas porter pour moi cette note au bureau du directeur, *bitte* ?

Je prends la note. Herr Reitz hoche la tête et sourit. Au moment où je passe près du bureau de Tom, je rougis davantage. Mes joues sont en flammes comme d'habitude. Tom me fait un clin d'œil et, dans ma poitrine, mon cœur se met à chanter des chansons.

Puis, cela se produit.

Je suis seule dans le couloir, en train de faire une commission pour Herr Reitz, en me disant que ce ne serait pas si terrible d'aller à la soirée si j'ai l'occasion de danser avec Tom. C'est au moment où je suis en train d'imaginer la main de Tom appuyée sur le bas de mon dos qu'Eddie Caron surgit des toilettes des garçons. Je lui souris, mais mon ancien protecteur ne me rend pas mon sourire. Qu'a dit Mimi, déjà ? Que je me leurrais, que je m'attendais toujours au meilleur de la part des gens, même des gens qui se tiennent debout dehors au bord du chemin et qui fixent ma chambre, la nuit.

— Eddie ? je demande d'une voix aiguë.

Il vient se placer devant moi et me bloque le passage. Le radiateur près de moi émet des cliquetis comme s'il allait exploser.

Je fais un mouvement à gauche. Il se place devant moi. Je fais un mouvement à droite. Il se place encore devant moi.

— Eddie, laisse-moi passer, dis-je en essayant d'avoir un ton ferme.

Le radiateur cliquète encore plus fort. Eddie me fixe comme un chien vous fixe quand il se demande s'il va obéir ou non à votre ordre.

Il est bâti comme une armoire à glace. Son tee-shirt noir s'étire sur une poitrine qui est beaucoup trop large pour être considérée de taille humaine. Elle a davantage la taille d'une remorque motorisée. Quand nous étions petits, il avait l'habitude de traîner des semi-remorques jouets dans la rue et de les emplir de fourmis. Il disait qu'il les emmenait en Floride, là où la température est plus clémente. Je le fixe dans les yeux, cet homme massif, ce Eddie immobile, et je me demande ce qu'il est advenu du petit garçon.

Le radiateur semble vouloir rugir et finit par émettre un puissant bruit métallique. Il n'y a personne dans le couloir pour l'entendre, sauf nous deux.

Eddie fait un mouvement. Il saisit mon bras avec ses doigts boudinés. Je m'efforce de ne pas paniquer. Nous sommes dans le couloir. Il s'agit bien d'Eddie Caron, mon voisin. Il n'est pas fâché contre moi. Il est fâché contre Dylan. Nous sommes à l'école. Je suis en sécurité.

— Lâche-moi, Eddie!

Il me fusille du regard. Ses doigts se resserrent.

— Alors, le pédé t'a larguée, hein? Et puis, bing! Tu te retrouves avec Tom Tanner. Tom Tanner, un minable joueur de soccer?

— Ce n'est pas un minable joueur de soccer, je lui réplique, en oubliant d'avoir peur.

Eddie n'a pas peur non plus. Ses doigts me font mal au bras et il a les yeux de Muffin quand elle ne se décide pas à me griffer parce qu'elle est trop contrariée d'avoir été déplacée du manuel de droit.

— À quand mon tour, Belle? Hein? Quand vais-je avoir mon putain de tour?

Il saisit mon autre bras avec son autre main. Ses yeux s'agitent dans tous les sens, et son haleine dégage une odeur de bière.

— Seigneur, Eddie! T'es saoul ou quoi? Qu'est-ce qu'il te prend?

Je me tortille comme on nous l'a enseigné dans le cours d'autodéfense qu'Em et moi avons suivi avec Janine au YMCA, mais je ne réussis pas à libérer mes bras. Sacrée Janine. Je fais un pas en arrière. Mes bras demeurent emprisonnés dans les mains d'Eddie. La peur fait circuler mon sang dans ma peau. Je me tords, mais mes bras refusent de suivre.

— Eddie, lâche-moi.

Mais cet homme qui est le nouveau Eddie n'écoute pas. Il n'écoute pas. Ses doigts d'acier serrent plus fort mes bras. Je tremble. Mes jambes deviennent des lianes en caoutchouc, et j'essaie de le frapper, mais il esquisse mes coups de pied. Ses yeux se durcissent. Il me pousse contre les casiers. Ma tête se fracasse sur l'un deux et m'élance.

— N'essaie pas de te battre avec moi, grogne-t-il tout bas, le visage près du mien. N'essaie pas de te battre avec moi, sale pute.

— Je ne suis pas une pute. Je suis Belle, ta foutue voisine. Eddie. Merde, je lui crache, tu me fais mal.

Ses yeux se transforment en étoiles blessées, en avions qui s'envolent au loin et qui ne reviendront

jamais. Ses yeux souffrent, mais ses mains ne me libè-
rent pas.

— Et maintenant tu te tapes Tommy, la super
vedette de soccer ? Et moi, Belle ? Moi ?

Il plaque son bras contre ma gorge. Son muscle
solide écrase ma gorge. Je ne peux plus respirer. Je ne
peux plus parler. Avec son autre main, il saisit mon sein
et le serre très fort. La douleur éclate dans mon épaule et
dans mon cœur.

— C'était trop pour le pédé, hein ? dit-il d'un ton
hargneux. Tu sais qu'il m'aimait avant, Dylan, quand
nous avions, quoi, sept ans ? Mais je l'ignorais alors. Je
viens seulement de comprendre. Ce stupide Eddie, si
lent à comprendre, n'est-ce pas ? Tu as été lente à comprendre, toi aussi, hein ? La petite Miss National Honor
Society en a mis du temps à comprendre, elle aussi.

Je lève un genou, mais je rate son entrejambe et n'atteins que sa cuisse, mais cela suffit. Cela suffit pour qu'il
desserre sa prise et ait le souffle coupé. Je le pousse avec
force, mon ancien compagnon de jeu, mon ancien chevalier. Je me glisse et je l'esquive, et je m'enfuis en courant
à toute vitesse dans le couloir. Je tourne un coin et je
fonce dans Mimi Cote. Elle tombe par terre et je lui
tends la main pour l'aider à se relever, mais elle bondit
sur ses pieds et me crache à la figure :

— Salope.

FILLE À PÉDÉS.

Pute.

Gouine.

Salope.

Fille à pédés.

Gouine.

Pute.

Salope.

Je ne suis aucune de ces choses.

Je ne suis aucune de ces choses.

Aucune.

JE SUIS UNE FILLE QUI COURT. Je cours. Je cours. Je cours dans les couloirs éclairés par des lampes fluorescentes et je fonce dans la classe. Mon visage est presque en larmes. Mes mains tremblent. Mon cœur bat fort, fort, trop fort.

Tout le monde me regarde. Tout le monde. Le visage de Tom est blanc comme un mannequin, mais ses yeux sombres et horrifiés me regardent aussi.

Herr Reitz saisit ma main tremblante dans sa main en sueur. Et je sais ce qui est sur le point d'arriver et je n'ai pas beaucoup de temps. Je supplie Herr Reitz du regard, sans dire un mot.

Sa voix est une question.

— Belle ?

Tom se lève d'un bond. Sa bouche remue.

— Elle va faire une crise d'épilepsie.

Il me dépose par terre. Ses yeux sont grands et bruns. Des yeux couleur d'écorce, pleins de bonté et de frayeur.

Folle.

C'est ce que tout le monde va dire de moi, maintenant ; c'est la façon dont tout le monde va m'appeler. Pas la fille à pédés, mais la folle.

Folle.

EMILY ME RACCOMPAGNE À LA MAISON.

— Je ne suis pas censée en avoir.

— As-tu pris de la caféine?

— Non.

— Mâché de la gomme?

— Non. Enfin, oui, l'autre jour, mais c'était de la gomme sans aspartame.

Je regarde par la fenêtre, mais je ne vois rien. Tout est embrouillé. Je n'arrive pas à concentrer mon regard.

— Je me suis cogné la tête contre un casier quand il...

Je laisse ma phrase en suspens.

— C'est peut-être ça, dit Emily.

Elle prend une profonde inspiration et poursuit.

— C'est peut-être le stress. Tu as vécu beaucoup de stress.

Ma voix couvre le ronron du moteur.

— Ouais.

Emily conduit.

— Le bureau de l'infirmière sent le vomi.

— Ouais.

— Il a été suspendu, tu sais. Ils l'ont suspendu, dit-elle avec de la colère dans la voix. Ils vont peut-être le renvoyer. Shawn l'a vu et il a dit qu'il sanglotait dans le stationnement. Il braillait et criait «Dites à Belle que je suis désolé. Dites-lui que je suis désolé».

Je hoche la tête et je serre davantage la veste de soccer de Tom autour de moi, comme pour me cacher. Je ne sais pas comment la veste a atterri sur mes épaules, mais je suis heureuse de l'avoir. Elle a l'odeur de Tom.

— Bien.

— Tom a dit qu'il l'avait glissée sous ta tête quand tu as fait ta crise, dit Emily en reniflant. Dylan a pété les plombs. Il est allé dans le bureau du directeur et a demandé à te voir, en disant qu'il allait poursuivre l'école s'ils ne renvoyaient pas Eddie. Il agitait ses cheveux de tous les côtés. Il t'aime encore, tu sais.

— Il est gai.

— C'est un bon ami.

Emily s'arrête à un feu rouge. Il y a un chien dans la voiture à côté de nous. Même s'il fait froid, le propriétaire a baissé la fenêtre, et le chien hume l'air, en souriant aux autres voitures.

— J'aimerais être un chien, dis-je.

— Les chiens font eux aussi des crises d'épilepsie.

— Super.

Emily pose sa main sur mon épaule et je la regarde. Il y a tant de bonté dans ses yeux.

— Tout le monde va penser que je suis folle.

Ma voix se casse au moment où je le dis. Je mords ma lèvre, et une boule remonte au milieu de ma gorge, menaçant d'exploser. Ce n'est peut-être pas une boule, mais mon cœur, mon cœur qui cherche un endroit où s'échapper.

Emily hausse les épaules.

— Nous allons prétendre autre chose. Nous allons dire qu'Eddie t'a causé une commotion cérébrale.

Je secoue la tête.

— Tom sait que ce n'est pas ça. Shawn aussi. J'ai perdu connaissance lundi, rappelle-toi. Toute l'équipe de soccer m'a vue.

Le feu passe au vert. Emily remet sa main sur le volant.

— Ma douce, nous allons prétendre autre chose. Tout va bien aller. Tom s'en fiche que tu fasses des crises d'épilepsie.

— Tu ne le sais pas. Comment peux-tu le savoir?

Emily demeure silencieuse pendant une minute, puis elle me dit avec une douce voix de mère :

— Ça alors, Belle. Tu l'aimes vraiment.

— Oui, je l'aime beaucoup.

Je baisse la fenêtre. L'air froid pénètre à l'intérieur, et je sors ma tête comme un chien qui renifle l'air. Ça ne fonctionne pas, cependant. Ça ne me fait pas sourire.

MA MÈRE VEUT QUE JE RESTE à la maison demain. Le médecin confirme ce qu'Emily avait deviné. C'est le stress qui a causé la crise ou le choc de ma tête contre le casier ou le manque d'oxygène momentané. Aux urgences, ils disent que ce n'est qu'une commotion cérébrale mineure.

— Juste une commotion cérébrale mineure, geint ma mère en revenant à la maison. Depuis quand une commotion cérébrale est-elle mineure ?

Elle m'aide à me coucher. Le téléphone ne cesse de sonner. La sonnette de la porte retentit. Je ne bouge pas. Je tourne la tête pour voir Gabriel, ma guitare bleue, appuyée au mur. Je vais devoir l'accorder. Cela fait presque une semaine que je n'ai pas joué. Elle doit être triste de ne plus venir avec moi à l'école. Il m'arrivait de sauter le repas du midi et d'aller jouer dans la salle de musique ou, en haut, dans la classe d'allemand. Parfois, Em et Dylan ou d'autres élèves comme Anna ou Kara venaient m'écouter. Pauvre Gabriel, personne n'écoute ses airs, maintenant. Elle n'est qu'un trou vide sans vibrations. Mes doigts s'agitent, mais je ne peux pas la prendre.

Ma petite guitare en ruban adhésif en toile repose sur ma table de chevet. Je la caresse du bout du doigt en pensant à Tom. Mon cœur ne fait qu'un tour. La dernière chose dont je me souviens ce sont ses yeux effrayés.

— Je ne sais pas ; elle a fait une commotion cérébrale, dit ma mère à quelqu'un.

Emily ? Tom ? Non, mon cœur sait de qui il s'agit. Quelque chose me dit que c'est Dylan.

Il murmure quelque chose à ma mère et, une minute plus tard, il ouvre ma porte, pénètre dans ma chambre et s'assoit au bord de mon lit. Nous l'appelions notre lit d'amour.

Sa main repousse les cheveux de mon front. Ses doigts essuient les larmes sur ma joue.

— Ma douce.

Je ferme les yeux. Pourquoi est-ce que tout le monde m'appelle « ma douce » dernièrement ?

— Belle ?

J'ouvre les yeux. Dylan se penche vers moi et murmure :

— Je suis tellement désolé.

Mes lèvres tremblent. J'ouvre les bras. Il m'attire contre lui.

— Moi aussi.

À l'autre bout de la chambre, près de la fenêtre, Gabriel émet le doux son d'un accord G, d'elle-même, comme par magie. Dylan ne lève même pas les yeux ; il garde sa tête près de la mienne et murmure des choses que je n'entends pas très bien, mais qui semblent douces, apaisantes et mélodieuses comme une berceuse.

Son corps est tellement chaud contre le mien. Son corps est tellement chaud que je cesse de trembler. Mes paroles sortent avec force et clarté, bien rondes comme des bleuets au mois d'août.

— Je t'aime.

Il embrasse mes cheveux et il n'hésite pas. Il répond simplement :

— Je t'aime moi aussi.

Et je sais que nous sommes tous les deux sincères. Et je sais que nous n'avons pas besoin de le dire pour que ce soit vrai, mais c'est tout de même agréable à entendre. Et je sais que ce n'est pas le genre d'amour que nous avons déjà cru qu'il était, mais il n'en est pas moins bon ou moins vrai.

Il se met à chanter doucement, une vieille chanson de Van Morrison qui parle d'endroits magnifiques et magiques et de personnes qui sont amies à tout jamais. Ce n'est pas une des chansons d'opéra de Dylan, ni l'une de mes chansons folks, mais c'est notre chanson, notre chanson d'amitié. Sa voix douce comme une berceuse m'entraîne dans le sommeil, mais avant de fermer les yeux, j'aperçois Gabriel appuyée au mur. Demain, je vais la prendre. Demain, je vais acheter de nouvelles cordes et je vais l'accorder et jouer quelque chose de beau et de doux. Et je vais peut-être acheter du ruban adhésif en toile et bricoler des petites figurines qui vont toujours être amies et je vais les coller sur le tableau de bord d'Em. Je vais aussi en donner une à Dylan et une à Tom.

Mais, ça, c'est pour demain.

Aujourd'hui, Dylan et moi allons nous endormir, ici, sur mon lit d'amour, étendus l'un à côté de l'autre. Nous allons nous soutenir toute la nuit, de la façon dont nous avons toujours promis de le faire, de la façon dont les amis sont censés se soutenir quand les choses vont mal. Ensemble, nous allons dormir en sécurité dans notre cocon.

----o----

Mais nous ne sommes pas dans un conte de fées, et le roi et la reine de la récolte ne s'endorment pas jusqu'à la fin des temps. Dylan n'est pas soudainement hétéro, et je ne cesse pas soudainement de désirer Tom.

Tout n'est pas soudainement pour le mieux.

Bien entendu, ma mère ne le laisse même pas passer la nuit. Elle lui permet de rester deux heures près de moi, puis elle le chasse. Il semble embarrassé que ma mère l'ait trouvé étendu sur mon lit, ce qui est ridicule parce que c'est la première fois qu'il se retrouve dans mon lit tout habillé et qu'il ne se soit rien passé.

Je suis fatiguée et à moitié endormie, mais je lui fais un petit signe de la main.

Après avoir reconduit Dylan, ma mère vient s'asseoir près de moi et prend ma main.

— Je veux aller à l'école demain, je lui dis.

— Nous verrons.

— Je vais y aller.

— Nous verrons.

J'avale ma salive et je serre sa main.

— Je ne peux pas me cacher pour toujours.

— Tu as fait une commotion cérébrale, ma douce.

— Je dois aller à l'école. Si je n'y vais pas demain, je n'aurai jamais le courage d'y retourner.

Elle m'embrasse sur le front.

— Nous verrons.

Elle commence à fredonner une berceuse.

— Bonne nuit, chère enfant, avec tes beaux gants blancs. Rose est joyeuse en rêvant...

Je serre sa main et je lui demande.

— Maman, fais-tu exprès de te tromper de paroles ?

Elle attend une seconde. Elle attend une autre seconde et soupire.

— Oui.

— Pourquoi fais-tu ça ?

Je m'assois dans mon lit, et elle appuie doucement ses mains sur mes épaules pour que je me recouche.

Elle me borde encore une fois et dit :

— Parfois, c'est bon d'offrir aux gens une chose à laquelle ils ne s'attendent pas. Tu comprends ?

Je secoue la tête.

— Et puis, ça les fait rire.

Vendredi

Malgré un ciel légèrement couvert, les rayons du soleil pénètrent par mes fenêtres et me réveillent. Je mets mon oreiller sur mon visage. Je sens sa fraîcheur sur mon front. Le souvenir de la veille frappe soudainement mon âme comme un coup de poing traître dans le ventre. Je bondis sur mes pieds.

Mes mains ne tremblent pas.

Ma tête est douloureuse, mais elle ne tourne pas.

Je jette un coup d'œil au réveille-matin. Il est 10 h; ma mère ne m'a pas réveillée. Je pousse un soupir, mais je ne peux pas me fâcher. Gabriel est appuyée au mur, et je la prends en m'imaginant jouer un air de blues mélancolique, jouer un accord E de bas en haut, de bas en haut. Mais j'en suis incapable. Je caresse plutôt la touche du manche avec mes doigts.

Ma mère vient s'appuyer contre le cadre de la porte et sourit, les bras croisés sur sa poitrine.

— Tu vas bientôt jouer?

— Ouaip.

— Bien.

----o----

Nous arrivons à un compromis. Ma mère m'a laissée dormir plus tard, puis elle me permet d'aller à l'école, plus tard. Je ne suis pas contente, mais ça me convient tout de même.

Une fois rendues à l'école, elle me tend ma housse à guitare et me jette un regard inquiet.

— Sois prudente, ma douce.

Je hoche la tête en prenant un air courageux.

— Ne t'inquiète pas. Tout va bien.

Puis, je sors de la voiture. Le froid me frappe de plein fouet et pénètre sous la veste de Tom et mon chemisier. Le vent glacial balaie mes cheveux en arrière, mais je lutte contre ses rafales et le ciel voilé, et je pénètre dans l'école.

---- o ----

La première personne que je croise est Bob. Il me jette un regard furieux.

— Hé! je lui lance en levant ma main pour le saluer.

Mais il continue d'avancer d'un pas rapide dans le couloir vide en faisant claquer ses pieds sur le linoléum sale, comme si je n'existais pas.

Puis, la cloche signalant la fin des cours sonne. J'arrive à temps pour le repas de midi, mais malgré tout le courage que j'aurais voulu démontrer, je n'ose pas aller à la cafétéria. Je continue plutôt de marcher dans le couloir pendant que les élèves sortent précipitamment de leurs cours. Je croise Kara.

— Belle? Ça va? me demande-t-elle les yeux exorbités. J'ai entendu dire...

Je l'interromps aussitôt.

— Je vais bien, dis-je en souriant.

Elle me fixe du regard et hoche la tête ; on dirait qu'il y a un ordinateur derrière ses yeux qui enregistre toutes sortes d'informations.

— Tu viens manger ?

— Non, dis-je en secouant la tête.

Je lui montre Gabriel dans sa housse.

— Je vais aller jouer dans la salle d'étude. Veux-tu le dire à Em si tu la vois ?

— D'accord, acquiesce Kara en prenant un air empathique comme si je venais de lui révéler le secret sur la façon de mettre fin à la détention illégale des épouses et des enfants d'insurgés politiques potentiels.

J'ignore plus ou moins les autres élèves que je croise, comme Andrew, Anna et Shawn, et je me précipite dans la salle d'étude ; je sors Gabriel de sa housse, qui brille de toute sa splendeur bleue, et je songe à jouer quelque chose, mais je ne le fais pas. Je la garde simplement entre mes bras.

----o----

Je reste assise en silence durant un long moment, en tenant simplement ma guitare. Elle a déjà appartenu à mon père, cette guitare. Alors, je reste assise et je l'imagine en train de jouer, mais ce n'est pas réel. C'est le silence autour de moi. Le vide.

Je ferme les yeux.

----o----

Le bruit de mains applaudissant lentement et avec force me tire de ma rêverie.

Tom est assis sur un bureau, près de la porte. Je suis au milieu de la pièce, avec Gabriel appuyée sur ma cuisse et les yeux fermés. Et je ne joue même pas. Je mords ma lèvre et je détourne mon regard, inquiète qu'il me considère comme une folle qui fait des crises d'épilepsie.

Je me racle la gorge.

— Veux-tu ravoir ton blouson?

— Quoi?

Tom se lève et vient vers moi.

Je joue avec les cordes comme si j'étais en train de les accorder.

— Je t'ai demandé si tu voulais récupérer ta veste.

— Tu as dit «blouson», répond-il à quelques centimètres de moi.

— Peu importe.

Mon cœur bat trop vite, prêt à souffrir.

— Tu la veux?

Je dépose Gabriel sur un bureau et je commence à retirer les manches de la veste de Tom. C'est comme si je perdais une couche de moi-même, comme si j'étais à moitié nue sans elle. Je la lui tends.

— Je ne veux pas ma veste, Belle.

Il secoue la tête comme si je l'avais déçu, ce qui doit être le cas, j'imagine.

— Tu vas mieux ? demande-t-il.

— Oui, dis-je en haussant les épaules.

Puis, je ramène la veste contre ma poitrine et je la serre très fort.

— Dylan m'a dit qu'il était allé chez toi, hier soir, dit Tom, appuyé contre un bureau et les bras croisés. Il m'a dit que tu allais bien, qu'Eddie ne t'avait pas fait trop mal.

— Ouais.

Je détourne mon regard. Puis, je tourne mes yeux vers lui. Je ne sais pas où poser mon regard. Je décide de me concentrer sur mes chaussures Snoopy. Ce bon vieux Snoopy, qui s'accroche à ses ballons dans l'espoir de s'envoler.

Tom touche mon bras, et je sursaute. Il plonge son regard dans le mien, m'obligeant à faire de même. Malgré la peur que je peux voir dans son regard, il a l'air sérieux. Vraiment sérieux.

— Tu l'aimes encore ?

Je penche la tête.

— Quoi ?

— Tu m'as bien entendu. Ne m'oblige pas à te le redemander, dit-il d'un ton suppliant, mais ferme.

— Bien sûr que je l'aime. Je vais toujours l'aimer, mais je ne l'aime pas d'une manière romantique et sexuelle. Tu comprends ?

Il hoche la tête, se retourne et fait quelques pas en passant sa main dans ses cheveux. Sa joue est agitée d'un tic nerveux. Il lève les yeux au plafond, puis il me regarde.

— Ça m'a presque tué quand il a dit qu'il avait couché avec toi.

— Il n'a pas couché avec moi ! Il m'a serrée dans ses bras ! je lui crie.

En colère, je lance la veste sur un bureau et m'approche de Tom d'un pas lourd. La lampe fluorescente au-dessus de nos têtes grésille et clignote.

— Ce n'est pas la même chose, je précise.

Il me regarde d'un air dubitatif.

— Vraiment ?

— Tu sais très bien que ça ne l'est pas.

Il reste silencieux un moment, puis dit lentement, comme s'il pesait chaque mot :

— Comment réagirais-tu si tu apprenais que j'ai serré Mimi Cote dans mes bras durant des heures, sur un lit ?

La salle est tellement silencieuse que je peux entendre l'horloge sur le mur battre les secondes à mesure que mon cœur se brise.

— Entièrement vêtus ?

Il hoche la tête.

— Entièrement vêtus.

— Je lui arracherais le cœur.

Il sourit, mais ce n'est qu'un petit sourire triste, et mon cœur, mon propre cœur, rebondit dans ma poitrine ; il se languit de lui. J'avale difficilement ma salive.

— Je suis désolée. Il est venu chez moi et j'étais si triste, mais il ne s'est rien passé. Je suis désolée.

Je mords ma lèvre et les mots sortent avant que je puisse les retenir.

— J'aurais aimé que ce soit toi. J'aurais aimé que ce soit toi qui me tiennes dans tes bras.

Il se gratte les cheveux, puis ouvre ses bras. Je ne réfléchis même pas et je vais me blottir contre lui.

— Je suis désolée, dis-je dans un murmure. Je suis désolée.

Puis, il se penche et m'embrasse beaucoup plus fort, beaucoup plus profondément que nos deux baisers précédents. C'est un long baiser, aussi doux qu'une couette, empli de rêves, de baignoires et d'airs chantés sur des pelouses, main dans la main. C'est un long baiser empli de désir, de besoin et d'amour.

Je soupire. Je m'appuie sur lui et lui s'appuie sur moi. Nos mains se tiennent l'une l'autre et nos lèvres parlent sans s'arrêter pour dévoiler nos secrets les plus profonds, le tout sans dire un mot.

----o----

Sa main caresse mon dos en traçant de petits cercles tandis que nous quittons la salle d'étude pour aller à nos cours. Je réussis à dire :

— Et les crises d'épilepsie ?

— Quoi, les crises ? demande Tom en tenant la porte ouverte.

— Eh bien, je fais des crises, tu sais. Je veux dire, les gens vont sans doute croire que je suis folle et que si tu traînes avec moi…

Tom pose un doigt sur mes lèvres.

— Belle, je savais que tu faisais des crises d'épilepsie.

— Tu le savais ? je lui demande d'une voix aiguë.

Mes lèvres caressent son doigt en bougeant. Avec ma main libre, je saisis sa chemise et je serre le tissu de coton entre mes doigts.

— Belle, je suis désolé de te le dire, mais on est à Eastbrook. Tout le monde sait que tu fais des crises.

Je retire ma main et je lève la tête pour le regarder.

— Ils savent ?

Il éclate de rire et m'entraîne avec lui dans le couloir.

— Les gens, coco, ils savent tout.

----o----

M. Zeki m'examine au moment où je pénètre dans la classe. Tom dépose un baiser sur ma joue et s'en va.

M. Zeki fronce les sourcils d'un air plein de sous-entendus tandis qu'Em grogne :

— Vieux cochon.

M. Zeki vient à notre table et s'accroupit près de moi.

— Ça va mieux, Belle ? Tu te sens bien ?

Je fais signe que oui.

Il me regarde comme si je lui mentais et dit de sa voix hyper efféminée :

— Je voudrais casser la gueule de cet Eddie Caron.

Il frappe son poing dans la paume de sa main, et je fais tout pour ne pas éclater de rire. Em renifle à côté de moi. M. Zeki ne s'en aperçoit pas. Il pose plutôt sa main sur mon épaule.

— N'hésite pas à me dire si je peux faire quelque chose pour toi.

Il fait un petit signe de tête à Em.

— Pour toutes les deux.

— Hum ! Merci, que je lui réponds en cherchant Em du regard.

Elle se contente de me faire de grands yeux. M. Zeki s'éloigne d'un air dégagé et annonce :

— Je suis fatigué. C'est vendredi. Que diriez-vous de bavarder tout en faisant semblant d'étudier pour l'épreuve de lundi ? Je vais m'asseoir ici, avaler des Motrin et faire des mots croisés.

— On dirait bien que tu viens de te trouver un garde du corps, me dit Anna.

Puis, elle sourit.

— Tu en as deux, si tu veux de moi, ajoute-t-elle.

Je lui souris.

— Ça va aller.

----o----

Après avoir rassuré tout le monde autour de nous qu'Eddie ne m'a pas violée, que je vais bien et que je vais aller à la soirée avec Tom, je reprends ma conversation avec Em.

— Bob et Dylan ont eu une grosse dispute à la cafétéria, avant les cours, dit-elle en tirant sur sa gomme à mâcher et en la mastiquant. C'était vraiment embarrassant. Bob a engueulé Dylan à propos de ce qui est arrivé hier soir.

— Qu'est-il arrivé hier soir? je lui demande en prenant mes Tic Tacs. Est-ce que j'ai mauvaise haleine?

— Non. Je n'insinuais rien, dit-elle en pointant sa gomme à mâcher. J'ai mauvaise haleine. J'ai bu du café à midi étant donné que tu n'étais pas là.

— Tu ne bois jamais de café, que je lui réponds, confuse.

J'avale tout de même quelques Tic Tacs.

— C'est parce que je sais que tu ne peux pas en boire.

— Tu mâches tout de même de la gomme. Et je ne peux pas en mâcher, sauf la sorte dégueulasse.

Elle sourit.

— L'amitié a ses limites.

Je la frappe avec mon cahier, mais pas trop fort. Elle me frappe à son tour et je fais semblant d'être joyeuse et souriante, alors qu'en fait, je me dis que je ne sais pas qui les gens sont vraiment, pas même Emily, ma meilleure amie. Je la frappe encore une fois.

— Les filles! crie M. Zeki. Mlle Philbrick ne se remet-elle pas d'une blessure à la tête?

— Désolée! crie Em. Je ne vais pas lui faire de mal.

Elle rigole derrière sa main et ajoute :

— Juste un peu.

M. Zeki secoue la tête et retourne à ses mots croisés. Anna se tourne vers moi.

— Il est tellement amoureux de vous deux, siffle-t-elle.

— On marque des points là où l'on peut, lui réplique Em.

Anna se retourne et je baisse la voix.

— Alors, qu'est-il arrivé hier soir?

Em me jette un regard significatif, comme si je faisais exprès d'être stupide.

— Quoi? dis-je.

— Vous avez couché ensemble.

— Nous n'avons pas couché ensemble! je hurle.

Tout le monde se retourne et se met à rire. M. Zeki crie :

— C'est bon à savoir! Si jamais vous le faites, utilisez un condom! Nous avons tous eu droit à un cours sur les rapports sexuels sans danger en quatrième année du secondaire. Ne m'obligez pas à le redonner.

Je rougis tellement que mon visage brûle. Em est morte de rire. Quand elle cesse de rigoler, je lui raconte ce qu'il s'est produit. Elle secoue la tête.

— Ce n'est pas ainsi que Bob a décrit la chose.

— Bob est un imbécile.

Elle acquiesce et tire sur sa gomme à mâcher.

— Dylan pourrait tellement faire mieux.

— Crois-tu qu'ils vont se réconcilier et aller à la soirée de ce soir ? je lui demande.

— Sans doute, dit-elle en haussant les épaules et en glissant son cahier dans son sac. Tu y vas toujours avec Tom ?

Je souris, ce qu'elle interprète comme une réponse affirmative.

— Il était vraiment furieux quand il a entendu dire ce qu'il s'était passé entre toi et Dylan, hier soir. En avez-vous parlé ?

— Ouais, que je lui réponds en me rappelant ses lèvres sur les miennes, ses mains sur mon dos, toute cette électricité entre nous.

Je me mets de nouveau à rougir.

— Nous en avons parlé. Est-ce toi qui lui as dit de venir m'écouter jouer ?

— Oui. Il t'aime vraiment, tu sais.

— Je l'aime vraiment.

— Bien.

Puis, elle pointe du menton ma housse à guitare que j'ai déposée près de l'évier du laboratoire, bien à l'écart pour la protéger.

— Je suis heureuse que tu te sois remise à jouer, ajoute-t-elle.

Je glisse mon bras entre les siens et elle dépose sa tête sur mon épaule au moment où je lui dis :

— En fait, je n'ai pas joué.

— Ne me dis pas que tu es simplement restée assise là ?

— Bien. Je ne te le dirai pas.

Elle secoue la tête.

— Je ne sais pas ce que je vais faire avec toi.

— M'aimer ? je lui suggère.

Elle hausse les épaules.

— Ça me convient.

----o----

La partie la plus difficile de la journée va être d'aller au cours d'allemand parce que c'est là que tout s'est produit, là que tout le monde m'a vue avoir des convulsions et perdre connaissance.

Tom m'a dit que cela n'a pas duré longtemps, peut-être cinq secondes, mais cela ne me rassure pas.

Anna marche avec moi parce que son cours d'espagnol se donne dans la classe à côté de la mienne.

— Ça va ? me demande-t-elle.

— Ouais, que je lui réponds, alors qu'à la vérité, je suis sur le point de faire de l'hyperventilation en passant devant le radiateur où cela s'est produit.

La vérité est que je préférerais faire n'importe quoi d'autre que franchir cette porte et aller à mon cours d'allemand.

Anna me donne une tape dans le dos.

— Vas-y, tigresse.

----o----

Je fais un pas et je franchis le seuil. Un autre pas et je suis dans la classe. Je fixe le plancher, le carrelage fissuré. Non, ce n'est pas bon. Je lève les yeux et je regarde droit devant moi.

Herr Reitz ouvre grand les bras et s'exclame :

— Belle, *guten tag* !

Il en fait trop. Il fait claquer les bretelles de sa culotte bavaroise et a un trop grand sourire.

Je regarde le ciel par la fenêtre. Il est bleu, maintenant. Les branches des arbres s'élèvent vers lui et semblent pénétrer sa masse. Mon cœur fait des ricochets.

— *Guten tag.*

Je me faufile dans la classe le plus rapidement possible. Tom me suit d'un pas lourd ; il se laisse tomber sur sa chaise et me donne une tape sur l'épaule.

— Salut beauté, murmure-t-il.

— Beauté ?

Crash se met à rire et dit, comme si tout était normal :

— Herr Reitz, Tomen et Bellen *is geflirten* encore.

— Rasheesh! Au moins, essaie de le dire en allemand, gronde Herr Reitz en commençant à écrire la phrase au tableau.

Tout le monde éclate de rire. Tom en particulier. Je n'en crois pas mes oreilles. C'est comme si tout était au beau fixe.

Mais ce n'est pas le cas. Bien sûr que ça ne l'est pas. Bob tousse et lève sa main.

— Herr Reitz, je ne suis plus à l'aise d'être assis près de Belle. J'aimerais changer de place.

Mon cœur s'effondre au sol. Mes yeux s'emplissent de larmes, mais la haine monte en moi plus rapidement. Tom se lève derrière moi. Le bras de Herr Reitz reste figé dans les airs au milieu d'un mot. Et Bob, eh bien, Bob reste planté là avec son jean qui remonte trop haut sur ses fesses et qui laisse voir ses chevilles blanches. Dylan m'a quittée pour lui. Pour lui.

Herr Reitz se retourne et fait un signe de tête à Tom.

— Assis-toi Tom.

Tom s'assoit et étire sa jambe pour accrocher mon pied avec le sien sous ma chaise. Une petite araignée rouge rampe dans le coin de mon bureau. Elle est si petite, comme j'aimerais l'être, à courir ainsi sans que personne ne la remarque.

Herr Reitz fixe Bob. Ses joues se gonflent et se dégonflent, tout comme mon cœur. Il prend une profonde inspiration et dit :

— Bon. Tu veux changer de place ?

Bob fait signe que oui. L'araignée s'enfuit du dessus de mon bureau et va se réfugier sur le côté.

— De bureau ?

— Oui, je veux changer de bureau.

Je n'ai jamais entendu Bob s'exprimer d'une voix aussi forte.

Herr Reitz croise ses bras sur sa poitrine.

— À cause de Belle ?

Bob se balance sur ses jambes. Il me jette un coup d'œil. Mes mains tremblent, pas comme si je faisais une crise d'épilepsie, mais de colère, de haine, de peur. Le pied de Tom tire sur le mien. L'araignée tombe sur ma jambe et demeure immobile. Elle attend.

— Ouais, répond Bob. À cause de Belle.

Ses paroles transpirent la haine.

Herr Reitz hoche lentement la tête comme un journaliste qui essaie de clarifier les faits.

— À cause de ce qui est arrivé en classe hier ?

Bob hoche la tête tout aussi lentement.

— C'est bien ce que je croyais, lance Herr Reitz en se redressant et en poussant un soupir. D'accord, Bob. Tu peux changer de place. Tu peux aller de l'autre côté de cette porte.

Le corps de Bob demeure immobile. Le reste d'entre nous retient son souffle, sans rien dire, pas même Crash. Puis Bob s'anime de nouveau. Il retrouve sa voix haut perchée et apeurée. La voix de Bob.

— Que voulez-vous dire ? *Je* dois partir ? C'est elle, la folle.

Tom bondit et fonce sur Bob, mais le petit Crash lui bloque le passage. Au même moment, Herr Reitz se glisse à grands pas entre les bureaux et se retrouve face à Bob.

— Dehors. Quitte cette classe ! J'ai honte d'être ton enseignant.

Bob hoquète de rage. Tom se détend, juste assez pour ne pas avoir l'air de vouloir aller arracher la gorge de Bob, même s'il bout encore de colère. Je glisse sur ma chaise et couvre mes yeux avec mes mains.

— Qu'en dis-tu Bob ? lui lance Herr Reitz. Vas-tu quitter cette classe ou vais-je devoir demander à Tom de t'escorter ?

Des larmes apparaissent dans les yeux de Bob et je me sens mal. Je lève la tête et je lui tends ma main.

— Bob.

Mais il se contente de saisir ses livres et passe en courant devant moi et quitte la classe.

Ma main est toujours tendue dans les airs. Crash tape sa main dans la mienne parce que quelqu'un doit faire quelque chose, j'imagine. Herr Reitz s'approche et s'agenouille devant moi. Son haleine de saucisson de Bologne m'atteint en plein visage.

— Belle ? Ça va ? Tu veux partir ?

— Non, dis-je en secouant la tête.

Je regarde Crash dans les yeux. Je regarde Tom.

— Je veux rester.

----o----

— Tu veux que j'aille te chercher pour aller à la soirée ? me demande Tom quand la cloche sonne.

Il ne me demande pas si je me remets de toute cette scène avec Bob, ce qui est bien parce que cela me ferait sans doute craquer et je ferais alors une véritable crise où rien ne pourrait arrêter mes larmes ou mes cris ou mon envie d'aller trouver le gros derrière de Bob et de le lui botter au point de le catapulter jusque dans le New Hampshire.

— D'accord, que je lui réponds en souriant.

Je remets Gabriel dans sa housse.

Tom secoue la tête pendant que je glisse la sangle de la housse sur mon épaule.

— Qu'ai-je fait pour être aussi veinard ?

— Toi ? dis-je étonnée.

— Oui, moi.

Et Tom me décoche encore une fois son sourire qui atteint directement mon cœur. Je secoue la tête parce que c'est trop étrange, trop cru, trop nouveau et trop bon, comme une jambe fraîchement rasée. Je pense à toutes ces années durant l'école secondaire où Tom m'a appelée coco et moi qui me hérissais chaque fois qu'il était dans les parages parce que je l'aimais bien au début du secondaire et qu'il était de toute évidence cet athlète dont la plus profonde émotion était la taquinerie. Non pas que la taquinerie soit une émotion, mais c'est ainsi que je le voyais, aussi superficiel.

— Tu m'étonnes, dis-je à Tom.

— Qu'est-ce que tu veux dire?

Il tend galamment son bras pour me laisser franchir la porte en premier.

Je balaie l'air de ma main libre.

— Je ne sais pas. Tu es si gentil. Je veux dire, avant lundi, je croyais que tu n'étais qu'un idiot moqueur qui se fichait de moi.

— Belle, murmure-t-il en me regardant droit dans les yeux, les gens ne sont pas toujours ce que l'on croit.

Je pousse un petit rire nerveux et fais semblant d'être ce type dans le vieux film de karaté ou le jeune dans la série télé *Avatar*.

— Oh! homme de sagesse, vous êtes si sage.

Il saisit ma housse de guitare et rit.

— Ferme-la et laisse-moi porter ça.

— D'accord.

Je regarde ses belles fesses se pavaner dans le couloir. Je cours le rattraper.

— D'accord, je répète.

----o----

Au moment où Tom se gare dans notre entrée, la pluie tombe à verse et tambourine comme des percussions sur le toit et les murs de ma maison. Un peu plus loin, les lumières de la maison d'Eddie s'allument et s'éteignent ; on dirait un avertissement. Il a laissé un mot pour moi à l'extérieur de la maison. Je l'ai trouvé en revenant de l'école. Quatre mots : *Désolé. Je suis désolé.* Je frissonne en me rappelant la main d'Eddie et sa voix durcie. Qu'était-il arrivé au Eddie que je connaissais ? Je n'en ai aucune idée.

— Il est arrivé, me dit ma mère en se précipitant dans ma chambre.

Je m'éloigne de ma fenêtre.

— Je sais.

Ma mère saisit mes mains et écarte mes bras.

— Tu es si jolie !

— Maman, je ne m'en vais pas au bal de promotion. Ce n'est qu'une jupe, dis-je en rougissant.

Elle me serre dans ses bras.

— Eh bien, tu es ma jolie petite fille.

Elle desserre son étreinte et examine mon visage.

— Tu te sens assez forte pour y aller ?

— Maman, ce n'était qu'une petite commotion cérébrale, je réponds en essayant de ne pas avoir l'air agacée.

Cela ne fonctionne pas, mais elle n'en fait pas de cas ; elle me tord doucement le nez au moment où la sonnette retentit.

Elle se précipite pour aller ouvrir.

— Je ferais mieux de laisser entrer ce pauvre garçon, avec toute cette pluie.

Puis, elle me balance par-dessus son épaule.

— Je parlais de ta santé émotionnelle, pas juste de ta santé physique, mademoiselle-je-sais-tout.

Ses grosses pantoufles jaunes claquent joyeusement dans le couloir. Je me tourne devant le miroir et me mets du brillant à lèvres. Les mères ! Je m'efforce de ne pas regarder mon visage qui est si pâle en raison du manque de soleil et de tout ce stress que j'ai subi. Mes cheveux vont être mouillés dans très peu de temps, alors inutile de m'acharner dessus.

— Bien, me dis-je en soupirant. J'ai l'air bien.

Sur le seuil de la porte, Tom ricane.

— Ça, c'est vrai !

— Tu peux parler ! dis-je en me retournant et en souriant.

Il continue de sourire à moitié pendant que je l'examine de haut en bas. Son pantalon tombe parfaitement le long de ses jambes musclées, et sa veste mouillée fait paraître ses épaules encore plus larges.

Il passe sa main dans ses cheveux bruns.

— Le spectacle te plaît ?

J'avance à petits pas vers lui, je me mets sur la pointe des pieds et l'embrasse sur les lèvres, un simple petit baiser qui me fait tout de même chavirer. Puis, je m'éloigne légèrement de lui. Ses yeux sont encore fermés.

— Et comment!

Je prends sa cravate grise et luisante; elle est lourde dans la paume de ma main. Je tâte le matériel.

— C'est quoi?

— Du ruban adhésif en toile.

Je la laisse tomber sur sa poitrine; mes doigts effleurent le tissu mouillé de sa veste détachée.

— Pas de citations, cependant?

— Pas aujourd'hui.

— Tu es vraiment un être bizarre.

Il hausse les épaules et me dit d'un air prétentieux :

— C'est pour ça que tu m'aimes.

— C'est vrai.

Il se précipite vers Gabriel et la saisit par la sangle. J'en perds le souffle.

— Que fais-tu?

— Nous l'apportons, dit-il en traînant son joli petit derrière dans le couloir et en fermant sa fermeture éclair dans l'escalier.

— Oh! non, nous ne l'apportons pas. Je ne vais pas jouer de la guitare à la soirée.

— Peut-être après, dit-il.

Puis, il crie à ma mère :

— Bonne soirée, Madame Philbrick!

— Bonne soirée, Tom! lui répond-elle.

Mais il est déjà dehors. Ce garçon a intérêt à faire attention sinon je vais lui coller du ruban adhésif quelque part.

----o----

Au moment où nous arrivons à l'école, l'averse n'est plus qu'une fine bruine, et le mercure a chuté d'environ 10 degrés, ce qui signifie qu'il va bientôt neiger. Tom se gare dans le stationnement arrière parce que le stationnement principal est complet. Il saisit ma main et me dit :

— Es-tu prête pour ça ? Notre première sortie officielle en tant que couple ?

Je le regarde, étonnée.

— Couple ?

— Ne formons-nous pas un couple ?

Il s'éloigne de moi et laisse tomber ma main. Il a même l'air blessé.

Je hausse les épaules et je le taquine.

— Je ne sais pas. Je ne me rappelle pas que tu aies officiellement demandé à une coco gauchiste comme moi de sortir avec toi.

Il pousse un grognement et se penche au-dessus de moi. Je crie et fais semblant d'essayer de fuir, mais je ne fais pas beaucoup d'efforts. En fait, tout dans mon corps essaie de se rapprocher, comme si Tom était un monstrueux aimant qui attirait mon corps. Il saisit ma tête entre ses mains, et ses yeux brillent à la lueur de la lumière du stationnement.

— Tu es *vraiment* une coco gauchiste rebelle.

— Ouaip, dis-je en me mordant la lèvre. C'est bien moi.

Puis, il m'embrasse en plaquant son corps contre le mien. Ses lèvres caressent lentement les miennes, et tout dans mon corps soupire et chante, soupire et chante et cette chanson est tellement bonne.

Quelqu'un frappe sur le capot, et Shawn ouvre brusquement la portière de Tom en secouant la tête. Il empoigne Tom pour le faire sortir et lui frotte le crâne.

— Putain! Ne pouvez-vous pas au moins attendre après la soirée?

— Non.

Je descends de la camionnette. Em me sourit et tourne sur elle-même sous la bruine.

— Jolie tenue, dis-je en pointant sa jupe bouffante de style français et ses bottes.

Elle sourit, puis fait la moue.

— On va être détrempées par la pluie.

— Shawn, dit Tom en le repoussant avec vigueur et en l'envoyant presque dans le réverbère. Ton escorte est en train de se faire mouiller.

Shawn marmonne quelque chose que je ne peux pas entendre. Tom lui fait un doigt d'honneur et lui sourit, puis il se lance à notre poursuite. Découragée de les voir se chamailler, nous filons vers l'école. Em passe son bras sous le mien et nous penchons nos têtes pour nous protéger de la pluie qui s'est maintenant à moitié transformée en neige.

— Tu as l'air heureuse, dit-elle.

Choquée, je cesse d'avancer, mais elle m'entraîne avec elle.

— Je le suis.

— Bien, ajoute-t-elle en serrant doucement mon bras.

Les battements de la grosse caisse d'une batterie nous parviennent de l'école. Comme toujours, la soirée a lieu à la cafétéria. Tu parles d'un gros budget! Ils tamisent les lumières, déplacent les tables et engagent Mike, ce DJ qui travaille au bureau de poste de Franklin et qui flirte toujours avec les enseignantes.

Je suis sur le point de dire à Em quelle chanson me trotte dans la tête, soit Cliff Eberhardt chantant *I Want You* de Bob Dylan, ce qui est drôle quand j'y pense étant donné que ce qui occupe mon esprit est tellement évident. Mais je n'ai pas le temps de le lui dire parce que Bob fonce vers nous, du fond du stationnement. Ses cheveux sont en broussaille et son pantalon blanc — oui, un pantalon blanc sur un garçon, après la fête du Travail! — est mouillé et taché de boue sur le côté.

Em serre plus fort mon bras et Tom bondit près de moi, puis devant moi, pas pour me bloquer le passage, mais prêt à le faire. Je pose ma main sur son dos.

Bob a les yeux exorbités et il respire comme s'il faisait une crise d'asthme.

— Belle... Belle.

— Quoi? Tu me parles, maintenant? Je croyais que j'étais folle.

Les mots sortent avant que je puisse les retenir ; c'est dire à quel point je suis en colère.

Tom avance et saisit Bob par le bras pour qu'il cesse de me regarder. Sa voix est menaçante.

— N'y pense même pas !

— Non. Non. Tu ne… C'est Dylan. Eddie Caron est sur le point de casser le cou à Dylan, réussit-il à prononcer.

Je me détache d'Em.

— Où ?

Bob pointe en direction du stationnement principal. Son visage est couvert de larmes. Dans ma tête, je vois tourbillonner des images de Dylan, mort ou ensanglanté quelque part dans le stationnement.

— Bob, va chercher de l'aide dans l'école. Em, appelle la police avec ton téléphone portable. Où est ton portable ? je lui demande, en bombardant des instructions comme si j'étais un sergent de l'armée.

— Il est dans la voiture.

Elle court et hurle :

— Shawn, j'ai besoin des clés de ta voiture !

Je n'attends pas. Je traverse en courant le stationnement, passe devant l'école et j'atteins le stationnement principal. Tom fonce à mes côtés, puis devant moi, mais je le suis de près. Shawn nous rattrape lui aussi.

— Ne lui fais pas de mal, je murmure à chaque enjambée. Ne lui fais pas de mal.

Des phares éclairent la nuit. Le DJ fait maintenant jouer un slow. La pluie tombe de nouveau à verse, mais je m'en fiche. Je rejoins Tom et Shawn.

— Nous devons l'empêcher de lui faire mal, je crie.

— Nous allons nous en occuper, Belle, lance Shawn.

Il cesse de courir. Nous nous arrêtons également, Tom et moi. Parce que sous le réverbère, ce n'est pas un Dylan en train d'être réduit en bouillie par le colossal Eddie que nous trouvons. C'est plutôt Dylan qui tabasse Eddie Caron, et ce dernier absorbe les coups sans réagir.

Dylan, mon doux Dylan, a des poings qui volent comme des balles et qui ne cessent de frapper Eddie. Et Eddie, ouais, même s'il est deux fois plus gros que Dylan, se recroqueville de peur. Il se protège la tête avec ses mains et crie :

— Arrête. Arrête !

Dylan n'arrête pas. Il se met à lui donner des coups de pied. Son visage est un masque tordu de haine. Est-ce mon Dylan, là, devant moi ? Je ne sais pas. Je ne sais pas.

Je cours vers lui et saisis son bras.

— Dylan.

Il me repousse d'un coup d'épaule. Tom et Shawn s'animent de nouveau, le saisissent et le tirent en arrière. Eddie lève la tête, croise mon regard, et c'est le petit garçon de première année qui me fixe, un petit garçon blessé qui voudrait être un chevalier, qui cherche une princesse. Du sang coule de son nez.

— Eddie ? je lui murmure.

Il secoue la tête. La pluie se mélange au sang sur ses mains et sur son nez ; elle le dilue et le fait couler jusque sur le sol.

— Eddie ? Pourquoi ne t'es-tu pas défendu ?

— Il a dit qu'il ne m'a jamais aimé.

Il secoue la tête encore une fois, puis détourne la tête, les épaules courbées. Ensuite, il me regarde de nouveau et me dit, presque dans un murmure :

— Je suis tellement désolé pour ce que je t'ai fait, Belle. Je suis tellement désolé.

Puis, il se retourne et s'éloigne en traînant les pieds. Un pas. Deux pas. Je ne comprends pas pourquoi il s'en est pris à moi. Pourquoi il a laissé Dylan lui faire mal ? Je ne comprends rien. Qui est ce garçon ? Qui est Dylan ? Qui suis-je ?

— Hé ! Caron ! crie Tom.

Mais je saisis son bras tendu. Il est mouillé, mais je sais qu'il y a de la chaleur en dedans, de la chaleur, de la force et d'autres bonnes choses.

— Laisse-le.

Nous échangeons un regard. Tom comprend et caresse ma joue de sa main. Je frotte mon nez dessus et cela me calme un peu, mais mon cœur continue de battre à tout rompre.

— Il a cessé de pleuvoir, dit-il d'une voix rauque et profonde. Il neige, maintenant.

Je me dresse sur la pointe des pieds, il se penche vers moi, puis Shawn crie :

— Hé ! Vous deux !

Nous nous retournons simultanément vers Shawn. Dylan est assis dans une flaque d'eau devant lui. Il a les jambes écartées et se presse la tête entre les mains. Je jette un regard à Tom. Il hoche la tête et je m'avance vers Dylan en tendant timidement ma main vers son épaule.

— Dylan ?

Sa voix se brise derrière ses mains.

— J'étais incapable de m'arrêter, Belle.

Il hoquète et cherche à retrouver son souffle. Ses mains s'agitent et essuient ses yeux mouillés.

— Je sais, dis-je en m'accroupissant près de lui. C'est fini, maintenant. Il va bien.

— J'étais incapable de m'arrêter, répète-t-il en balançant sa tête d'avant en arrière, beaucoup trop vite. Il s'en est pris à toi.

— Je vais bien, Dylan.

Il continue de balancer sa tête.

— Non, c'est faux. Il t'a fait du mal et je t'ai fait du mal, Belle. *Je* t'ai fait du mal.

Je saisis sa tête pour qu'elle cesse de bouger. Je l'oblige à me regarder. Nos regards se croisent et quelque chose se passe entre nous. Ce n'est pas un rayon doré comme cette fois, dans le bain, mais c'est quelque chose.

Ma voix ressemble à des cordes de guitare puissantes qui résonnent dans le stationnement et dans son âme.

— Tu ne m'as *pas* fait de mal, Dylan. Je t'ai fait du mal ; tout le monde t'a fait du mal parce que nous voulions que tu sois quelqu'un que tu n'es pas.

— Je t'ai fait du mal.

— Tu m'aurais fait encore plus de mal si tu avais continué de prétendre que tu étais qui je voulais que tu sois.

Ses lèvres tremblent et il saisit mes mains. De gros flocons de neige collent à ses cheveux mouillés, à ses joues. Ils fondent.

— Je voulais être là pour toi, Belle.

— Je sais, que je lui réponds en hochant la tête.

Je lève la tête vers le ciel. Le moteur d'un avion vrombit au loin. Il a quitté l'aéroport de Bangor et file vers des destinations inconnues. Je ne vois pas les lumières rouges clignoter en raison des nuages, mais je sais qu'elles sont là.

— Tout va bien.

Les flocons tombent en cascade sur le sol ; ils chutent vers une destination qu'ils n'ont jamais vue, mais par laquelle ils sont instinctivement attirés. Ils sont tous différents les uns des autres, c'est ce qu'on nous enseigne dans les cours de science, alors qu'ils ont l'air identiques.

Dylan renifle.

— Je voulais être là.

Je détourne mon regard de la splendeur blanche qui tombe du ciel pour le plonger dans celui de Dylan.

— Tu n'es pas obligé.

Je secoue la tête, retire mes mains et pose mon regard sur Tom et sa puissante poitrine, ses cheveux brun foncé comme l'écorce d'un arbre.

— Je n'ai pas besoin que tu sois là pour moi, Dylan. J'ai seulement besoin que tu sois là pour toi.

Cela n'a peut-être aucun sens, mais c'est ainsi. Je serre doucement sa main, je lui donne un baiser sur la tête et je me lève. La neige a déjà recouvert le stationne-ment. Mes chaussures Snoopy laissent des empreintes sur le tapis blanc, des empreintes qui m'éloignent de Dylan et m'entraînent dans les bras de Tom. Comme un flocon, je suis enfin attirée vers l'endroit où je devrais être.

Nous décidons d'aller tout de même à la soirée parce que nous sommes déjà sur place. C'est plutôt décontracté à l'intérieur. Les membres du comité de l'organisation de la soirée ont suspendu des lumières stroboscopiques et une boule disco qui est tellement démodée que, du coup, elle met de l'ambiance. Les tables de la cafétéria ont été retirées et l'éclairage est bleuté. Mike, le vieux DJ roux, fait jouer des airs qui n'ont vraiment pas les rythmes qu'affectionnent les Blancs âgés, Dieu merci. M. Raines, notre directeur, fait le tour des gens en disant :

— Pas de simulation sexuelle pendant que vous dansez ! Pas de frottage, ni de rentre-dedans ! Pas de frottage, ni de rentre-dedans !

Donc, tout est très normal.

Andrew danse collé contre Brittney, une amie de Mimi, en faisant des mouvements du bassin plutôt sensuels. Crash saute et gesticule en accrochant les autres danseurs ; il tourne sur lui-même ; il est complètement déchaîné et prend son pied.

Nous nous contentons de regarder les danseurs pendant un moment. Shawn dit qu'il a vu un policier à l'extérieur du gymnase. Le policier ne vient pas dans la cafétéria, et ce n'est pas le père de Tom, Dieu merci. Em et moi allons danser pendant que Tom et Shawn restent plantés là en se balançant légèrement, l'air embarrassé. Les garçons du Maine ne sont PAS de bons danseurs. Je devrais écrire une liste à ce sujet à un moment donné. Je cherche Dylan des yeux. Il est un peu en retrait et danse avec Kara et Anna et certains membres de Students for Social Justice. Bob est là, également. Bob et Dylan ne dansent pas ensemble. Ils sont avec un groupe et, pendant une seconde, je suis triste pour Bob. Après tout, ils ont acheté des condoms ensemble. Ils s'aiment bien. Ne devraient-ils pas être en train de danser ensemble ? Ils ont peut-être peur. Je cesse de les fixer et me concentre sur Em et Tom.

Puis, au bout d'un moment, Shawn crie :

— Cette musique est vraiment à chier !

— Ouaip, répond Tom en faisant un clin d'œil à Shawn.

Je tire sur son bras.

— Tu viens de faire un *clin d'œil* à Shawn ?

Il secoue la tête et me fait son visage innocent qui signifie « Quoi ? Moi ? ».

Puis, il pointe Andrew qui cesse de danser lascivement avec Brittney juste le temps de bondir vers le DJ. J'éprouve un horrible sentiment. Comme lorsqu'on est dans un avion et que les roues viennent de quitter le sol, mais que l'avion tangue, signe que le trajet ne se fera pas en douceur.

— Qu'est-ce..., je commence à dire, mais le DJ diminue graduellement le volume de la musique déchaînée et s'adresse à nous dans le micro.

— Nous avons une demande spéciale pour une chanson de Belle Philbrick et comme je n'ai aucune de ses chansons parmi mes disques, j'imagine que nous allons devoir l'entendre *live*, dit-il avec sa voix d'animateur de radio super sexy. Belle, veux-tu monter ici ?

Je ne bouge pas. Tom et Shawn se mettent à rire et me poussent vers la scène. Em prend une photo. Andrew sourit et sort Gabriel de derrière la table du DJ. Il me tend ma guitare, puis lance un trousseau de clés à Tom. J'imagine que ce sont les clés de sa camionnette.

— Hum ! Je n'ai vraiment rien à jouer, dis-je.

— Allez, Belle rebelle ! crie Shawn. Joue quelque chose.

Je mords ma lèvre et je regarde tous ces visages, tous ces gens que je connais. Kara et Anna lèvent leur pouce dans les airs pour m'encourager. Mimi me fusille du regard. Em continue de prendre des photos, comme à son habitude. Tom sourit et je veux le tuer. Shawn commence à scander :

— Belle. Belle. Belle. Belle.

Tout le monde commence à scander mon nom, sauf Mimi, qui est allée chercher son balai dans les toilettes des filles.

— Hum ! je répète.

Je monte sur la petite scène de la cafétéria qu'on installe lors des soirées dansantes. Elle est faite en contreplaqué et est peinte en noir. Vraiment rien de haut design.

— Hum ! Vous voulez vraiment que je joue quelque chose ?

— Oui, crie Emily.

Elle bondit dans les airs tellement rapidement que je vérifie pour voir si elle n'est pas sur un trampoline.

Crash hurle :

— Casse la baraque !

Il fait le stupide signe *rock on* avec son index et son auriculaire et agite sa tête d'en avant en arrière en se prenant au sérieux. J'éclate de rire.

— D'accord, dis-je en prenant Gabriel et en l'accordant un peu.

Mais elle n'est pas si désaccordée que cela, ce soir. Elle est prête à jouer, contrairement à moi. Je hoche la tête. J'avale ma salive. J'essaie d'être courageuse. Je trouve Tom du regard. Il me sourit et lève son pouce dans les airs.

— D'accord.

Tom pointe son pouce vers le bas, comme pour m'indiquer de regarder en bas et c'est ce que je fais. Je suppose que je suis bonne pour suivre les instructions quand je suis tendue. Je ne veux pas dire que jouer de la guitare est stressant, mais ça l'est quand tu n'as pas joué depuis une semaine. Ça l'est quand tu viens de voir ton ex-petit ami tabasser quelqu'un. Et même en situation normale, j'ai le trac. Mais je baisse tout de même les yeux.

Sur le plancher, devant moi, je lis les lettres écrites avec du ruban adhésif en toile : TU ES CAPABLE, BELLE.

Tom est de toute évidence fou, mais cela ne l'empêche pas d'être adorable, ridiculement adorable.

Tout est silencieux durant une minute, puis je demande :

— Quelqu'un a un tambourin ?

L'excentrique DJ a un tambourin. Il le sort de son énorme sac de sport noir de L.L. Bean, le genre de sac dans lequel on imaginerait trouver une bombe. Il a aussi un gros pistolet à eau et une boîte de condoms. Je n'ose même pas y penser étant donné qu'il doit avoir environ 48 ans. Je glisse mon pied sous le tambourin afin de pouvoir battre le rythme chaque fois que je le soulève.

Tom pousse un long sifflement. Les gens se remettent à scander mon nom. Dylan se tient à l'écart avec Bob. Ils sont collés l'un contre l'autre. Dylan semble être appuyé de tout son poids contre Bob, et Bob lui sert de soutien. Je n'ai jamais pu le faire. Je ne suis pas assez forte. Autant je n'aime pas Bob, autant je suis contente qu'il soit là pour Dylan, qu'il soit ce dont Dylan a besoin.

Il y a tant de gens ici. Ce sont mes amis. Ce sont des connaissances qui, j'imagine, n'ont pas su quoi penser de moi cette semaine. Alors, ils m'ont fixé du regard et ont murmuré entre eux en essayant de comprendre. Maintenant, ils scandent mon nom. Étrange. Et puis, il y a les imbéciles comme Mimi. Je me demande s'ils vont me huer. Je me demande si je ne vais pas tout simplement m'en ficher.

— Joue pour nous, Belle rebelle ! crie Shawn.

— Joue, Belle ! hurle Dylan avec sa voix mélodieuse.

Il me sourit. Il sourit malgré tout ce qui vient de se produire.

Si Dylan est capable de sourire, je suis capable de jouer. Le temps est venu. Je peux dire une chose, cependant. Je ne vais pas jouer un air de comédie musicale. Je ne vais pas jouer du Barbra Streisand. Je vais jouer quelque chose de fort, de bon et de vivant.

— D'accord. D'accord. Je vais en jouer une, je réponds au sourire, à la cafétéria, à tous.

Dans la lumière tamisée de la cafétéria, je redresse mon corps, et mon âme s'envole jusqu'au plafond ; elle regarde la scène en se demandant qui est cette fille dont le pied est prêt à battre le rythme avec un tambourin, cette fille prête à exprimer une partie d'elle-même, cette fille qui est moi.

Mon esprit est aussi agité que la rivière qui coule près de la maison de Crash ; il n'est qu'une immense chose fluide qui se balance au son de la musique qui jaillit de Gabriel, mais il ne contient aucune pensée, aucun gros secret. Il n'y a que moi, mes doigts et la musique, et éventuellement des paroles qui sortent de ma bouche, telles des offrandes à la rivière qui flottent sous le ciel gris du Maine et essaient de chasser la grisaille avec des petits éclats de lumière. Des secondes s'écoulent. Le temps s'écoule.

Je joue et je joue, et mes doigts se rappellent tous les accords, toutes les notes. Mon épaule est légèrement tendue en raison du poids de ma guitare, mais c'est bon. C'est tellement bon que, pendant un moment, même mon mal de tête disparaît. Je gratte les cordes, je bats le rythme avec mon pied et je chante jusqu'à ce que la chanson soit enfin terminée.

À propos de l'auteure

Carrie Jones aime les pommes de terre et les barres au fondant au chocolat Skinny Cow qu'elle épelle mal en anglais : elle écrit «fudgicles» au lieu de «fudgesicles». Mais cela ne l'a pas empêchée de rédiger des livres. Elle vit dans le Maine avec sa charmante famille. Elle possède un grand chien blanc plutôt maigre et un gros chat. Les deux aiment les barres au fondant au chocolat. Seul le chat aime les pommes de terre. D'où son embonpoint (chut…, il ne faut pas le mentionner). Carrie a toujours aimé les chapeaux de cow-boys, mais n'en a jamais possédé un. C'est vraiment dommage. Elle a obtenu une maîtrise en beaux-arts en création littéraire du collège du Vermont. Elle a été rédactrice en chef de journaux et de revues de poésie et a gagné des prix de la Maine Press Association, en plus de recevoir la bourse Martin Dibner ainsi que le Maine Literary Award. Elle ne sait toujours pas très bien pourquoi.

Remerciements : mode d'emploi

1. Assure-toi de remercier tes proches qui t'ont supportée quand tu disais des choses comme : « Je suis
   nulle. Putain que je suis nulle ! Pourquoi est-ce que je
   m'acharne à écrire ce livre ? »

   a. Merci à Em et Doug d'avoir toujours eu foi en moi
      quand je n'arrivais même pas à savoir ce qui signi-
      fiait vraiment le mot « foi ». Votre amour est tout
      pour moi.

2. Assure-toi de remercier les gens qui t'ont nourrie
   durant 18 ans, qui t'ont vue fesses nues et qui sont
   encore là pour en parler. Hum-hum…

   a. Merci à mes parents, Betty Morse et Llewellyn
      Barnard, pour être aussi drôles et bizarre un peu
      et affectueux et de véritables soutiens.

3. Assure-toi de remercier les gens que tu as tourmentés
   toute ta vie, qui ont enduré leur jeune sœur et ses
   goûts douteux en matière de chaussures, ainsi que
   son manque d'organisation et son incapacité à
   envoyer à temps les cartes d'anniversaire. Je les
   achète. J'oublie simplement de les poster. Je vous le
   jure.

   a. Un gros merci à ma sœur Deb et à mon frère
      Bruce.

4. Assure-toi de remercier tes grands-mères parce qu'elles t'ont vue, elles aussi, fesses nues et qu'elles pourraient, en théorie, vendre des photos. MAIS ELLES NE LE FERONT PAS!

   a. Merci à ma nana Rena Morse et à ma mamie Florence Barnard pour vos mots d'amour.

5. Remercie les mentors qui t'ont aidée à mieux écrire parce qu'ils t'ont supportée quand tu disais des choses comme : «Je suis désolée que ce soit aussi nul.» Aucune somme d'argent ne vaut l'aide qu'ils m'ont apportée.

   a. Merci à Kathi Appelt, Sharon Darrow, Tim Wynne-Jones et Rita Williams-Garcia pour votre génie et vos encouragements.

6. Tu DOIS REMERCIER tes éditeurs! C'est extrêmement important. Comment s'appellent-ils déjà? Je blague.

   a. Merci à Andrew Karre d'être le meilleur éditeur que je ne pourrais jamais avoir et pour ta magnifique patience quand je divaguais au téléphone. Tu as rendu ce livre mille fois meilleur que la première fois qu'il s'est retrouvé sur ton bureau. Merci de l'avoir autant amélioré.

   b. Merci à Rhiannon Ross d'avoir cru en ce livre et de m'avoir convaincue d'y croire à mon tour. Tes courriels ont fait mon année.

7. Tu DOIS AUSSI REMERCIER ton agent. Mais même si je n'étais pas obligée, je le ferais parce qu'il est EXEMPLAIRE, BRILLANT et EXTRAORDINAIRE.

    a. Merci Edward Necarsulmer IV, un grand chevalier et une âme bienveillante qui s'habille avec goût, même si tu n'as jamais porté de chemise en flanelle… bon d'accord, parce que tu n'en as jamais porté.

8. Assure-toi de remercier tes amis qui ont enduré tes jérémiades et le fait que tu ne répondais pas toujours au téléphone.

    a. Merci aux Whirligigs de l'Université du Vermont. Le meilleur groupe d'écriture qui ait jamais existé. Il n'y a rien de mal à entretenir une amitié aussi étroite.

    b. Merci à Grady Holloway, Don Radovich, Jennifer Osborn et Dottie Vachon qui partageaient le repas de midi avec moi.

    c. Merci à Chris Maselli, Emily Wing Smith, Johanna Staley et Bruce Frost ; grâce à eux, je me suis toujours sentie aimée et en sécurité, même quand j'étais loin de la maison.

9. RESPIRE. Cette liste est longue. Demande-toi si les listes des autres auteurs sont aussi longues. Décide de ne pas t'en soucier. Assure-toi de remercier deux personnes que tu adores depuis toujours.

a. Merci à Emily Ciciotte et Belle Vachon d'avoir prêté vos prénoms aux personnages de mon premier livre.

10. Remercie les personnes importantes que tu aimes.
    a. Merci à Joe Tullgren, mon premier petit ami gai et sans doute pas mon seul petit ami gai. Tu es merveilleux et tu m'as tellement appris à propos de l'amour.

11. Remercie le type qui t'en a appris plus sur l'écriture que personne d'autre au monde, le type qui t'a aidée à croire en toi-même, le meilleur prof d'écriture de l'école secondaire qui n'ait jamais existé sur la terre.
    a. Merci Joseph Sullivan. Un jour, M. Sullivan, un parmi nous va finir par vous acheter cette sacrée maison de plage. Je vous le promets.

12. Maintenant, cesse de remercier les gens. Ouf! Va demander à ton gentil éditeur si la liste est trop longue.

13. Ignore ce qu'il dit si c'est négatif. Dis-lui qu'il est un super éditeur si c'est positif. Yé!

Extrait du
Tome 2

VENDREDI

— Alors?

Em ramène ses cheveux vers l'arrière et se laisse tomber sur le siège à côté de moi à la cafétéria.

— Quoi de neuf avec le problème?

Je remue mon Postum. Le son de blé se dissout dans l'eau, qui devient trouble.

— Le Problème?

— J'ai pensé que peut-être tu… tu sais? Que quelque chose s'était passé cette nuit.

Em se penche en avant, et attend encore et toujours plus, exactement comme moi.

Tom a presque fini de faire la file. Il sourit avec ses fossettes à la dame qui sert les repas. Elle rougit et lui remet sa carte. Ses doigts forts l'enfoncent dans la poche de son jean. Puis, il se retourne, établit un contact visuel avec moi, même si je suis à l'autre bout de la cafétéria.

J'avale. Ma main se crispe sur ma tasse de Postum comme si ça allait me donner de la stabilité.

— Le Problème est encore un problème.

---- o ----

Aujourd'hui, la citation que Tom a écrit sur un bout de ruban adhésif en toile collé sur le dos de sa main en est une de George Burns, qui est mort, mais qui avant était acteur et avait joué Dieu dans un film, je crois. Je sais qu'il avait toujours un cigare à la bouche, ce qui est tellement phallique, je n'en reviens juste pas. Mais, la vérité, c'est que je trouve tout phallique ces derniers temps. C'est parce que je suis sexuellement frustrée.

La citation écrite sur la main de Tom?

« Ne restez pas au lit à moins de gagner de l'argent au lit. »

J'essaie de tapoter le ruban adhésif lustré avec mon doigt de façon vraiment nonchalante, mais je le caresse plutôt avec le bout du doigt.

— Intéressant.

— Tu trouves?

— Ouais.

Nous sommes dans le cours d'allemand. Soudain, l'air n'est plus pareil. L'odeur des chaussettes détrempées de Crash est remplacée par l'odeur de Tom, un mélange de déodorant Old Spice et de pin. Je lui chuchote :

— Tu es trop sexy pour moi, c'est insupportable.

Il fait bouger ses sourcils. Je soulève le bout du ruban adhésif. Dessous, il y a de petits poils d'homme.

— Ça va faire mal quand tu voudras l'enlever.

— Je sais, fait-il avec son air entendu de petit ami, mais ça en vaut le coup.

Je ne sais plus s'il parle du ruban adhésif ou de moi. Sa joue tressaute, et il tourne la tête.

— Tu rougis…

— Je sais.

— Tu as ton entraînement, aujourd'hui ?

Je tripote mon crayon, poussant pour en faire sortir la mine. C'est une mince ligne noire. Encore quelques clics et elle va tomber sur le pupitre de Tom.

— Ouais.

— Baseball… Baseball… Baseball…

La mine tombe. Je la pince avec le bout de mes ongles, et Herr Reitz, notre prof d'allemand, entre par la porte à l'arrière de la classe en s'éclaircissant la voix. Aujourd'hui, il porte des *lederhosen,* ces espèces de pantalons allemands. Chaque jour, il y a quelque chose, des culottes bavaroises ou un habit de Valkyrie, comme ces femmes vikings dans les opéras. Une fois, il est arrivé vêtu en Shakespeare, une autre fois, en Gros Oiseau de l'émission *Bonjour Sésame*, tout gros et jaune. Aujourd'hui, il serait parfait sur le côté d'une boîte de biscuits.

Il lance les bras dans les airs et crie :

— Tadam !

Les collants blancs ne sont pas jolis sur des mollets maigres d'homme, surtout sur les mollets maigres d'un professeur d'allemand.

Nous faisons semblant d'applaudir pendant qu'il marche vers l'avant de la classe. Il salue. Fait une pirouette.

— Hé, pourquoi vous vous déguisez tout le temps ? demande Crash en bougeant sur sa chaise de façon à plier les genoux sous lui, ce qui le fait paraître plus grand.

Il nous regarde dans l'espoir d'avoir un peu de soutien. Nous hochons la tête, parce que ça, il faut bien le dire, c'est une question que nous nous posons tous.

Herr Reitz hausse les épaules, sourit.

— En Allemagne, je chantais de l'opéra.

— Ça explique tout, fait Crash en se laissant aller sur le dossier de sa chaise. Mais maintenant, vous êtes coincé ici.

Pendant un bref instant, le sourire de Herr Reitz s'efface, mais il réapparaît, et le professeur répond :

— Je ne dirais pas que je suis coincé.

— On est tous coincés, mec, gémit Crash.

Ça, c'est bien vrai. Nous sommes tous coincés, pris, de millions de façons, pris les uns avec les autres, coincés ici, à Eastbrook, dans le Maine, la plus petite ville de l'univers, coincés à attendre la fin de notre dernière année d'école, pris comme le ruban adhésif sur le poignet de Tom. Que peut-il y avoir de pire ? Alors, même si je suis coincée derrière ce stupide pupitre, je me lance à l'eau.

— Je pense qu'on devrait le faire.

Dès que c'est dit, j'ai envie de rentrer sous terre. Pourquoi est-ce que je l'ai dit dans le cours d'allemand ? Il y a vraiment quelque chose qui cloche chez moi.

Tom incline la tête sur le côté.

— Quoi ?

Même sa façon de chuchoter est sexy.

Je me ressaisis.

— C'est aujourd'hui que ma mère et moi allons sur la tombe de mon père.

Je me retourne rapidement avant de voir la pitié dans les yeux de Tom.

— Belle ! fait Herr Reitz. Aujourd'hui, nous allons apprendre à dire qui nous sommes.

Bob, le nouveau petit ami de mon ancien petit ami, renifle bruyamment.

— On l'a appris dans le premier cours d'allemand, se plaint Crash. On pourrait pas apprendre à dire « Veux-tu me suivre jusqu'à mon hôtel ? » ou autre chose d'utile ?

Herr Reitz place ses mains sur sa poitrine dans une pose ultra dramatique du genre «j'ai déjà fait de l'opéra» et joue celui qui est scandalisé.

— Crash? Êtes-vous en train de dire que savoir qui l'on est n'est pas utile?

Tom se croise les bras et sourit.

Crash a l'air horrifié.

— Je sais qui je suis, mec...

Pendant un instant, je déteste Crash, qui a un père, qui n'a jamais eu de douce moitié qui s'est avérée gaie, qui a une identité. Puis je m'arrête, parce que la haine, ce n'est pas joli. C'est ce qu'on nous apprend au catéchisme quand on est petit, ou dans cette vieille chanson de John Lennon qui dit «Aime ton prochain. Pas de jalousie. Pas de haine. Blablabla.»

----o----

Après le cours d'allemand, Tom s'en va à son entraînement de baseball. Quand j'arrive à mon casier, je trouve Em, ma meilleure amie. Elle avance dans le couloir en dansant. Son petit derrière fait des espèces de mouvements tourbillonnants qui me font penser à des danseurs espagnols. Elle balance les hanches tout près des casiers, souriant, attrapant son carnet de notes pour le cours de droit, le premier cours du lundi.